中华好诗词

陈斐 主编

楚辞

金开诚 选注

浙江教育出版社·杭州

图书在版编目（CIP）数据

楚辞 / 金开诚选注. -- 杭州：浙江教育出版社，2025. 1. --（中华好诗词 / 陈斐主编）. -- ISBN 978-7-5722-8831-9

Ⅰ. I222.3

中国国家版本馆 CIP 数据核字第 2024325G2R 号

中华好诗词 楚辞
ZHONGHUA HAO SHICI CHUCI
金开诚　选注

责任编辑	赵清刚
美术编辑	韩　波
责任校对	马立改
责任印务	时小娟
产品监制	王秀荣
特约编辑	温雅卿
装帧设计	郝欣欣
出版发行	浙江教育出版社
	地址：杭州市环城北路177号
	邮编：310005
	电话：0571-88900883
	邮箱：dywh@xdf.cn
印　　刷	天津盛辉印刷有限公司
开　　本	880mm×1230mm　1/32
成品尺寸	145mm×210mm
印　　张	7.25
字　　数	233 000
版　　次	2025年1月第1版
印　　次	2025年1月第1次印刷
标准书号	ISBN 978-7-5722-8831-9
定　　价	35.00元

版权所有，侵权必究。如有缺页、倒页、脱页等印装质量问题，请拨打服务热线：010-62605166。

总序

今天，我们和诗词打交道的方式，大致可概括为"说诗"和"用诗"两种。对于这两种方式，王国维在《人间词话》中做过区分、说明。他用晏殊、欧阳修等人写爱情、相思的词句，比拟"古今之成大事业、大学问者，必经过"之"三种境界"，可视为"用诗"。他所下的转语"然遽以此意解释诸词，恐为晏、欧诸公所不许也"，则承认了"说诗"的存在。

春秋时期，我国即有了频繁、成熟地引用《诗经》来含蓄、典雅地抒情达意的"用诗"实践。"用诗"可以"断章取义"，将诗句从原先的语境剥离出来，另赋新意。"说诗"则应以探求作者原意为鹄的，尽管作者原意可能并不是唯一的、封闭的，尽管探求的过程也需要读者"以意逆志"、揣摩想象，但不能放弃这种探求。正如仇兆鳌在《杜诗详注》自序中所云："注杜者必反覆沉潜，求其归宿所在，又从而句栉字比之，庶几得作者苦心于千百年之上，恍然如身历其世，面接其人，而慨乎有余悲，悄乎有余思也。"

通常，我们对诗词的阅读和研究，属于"说诗"，应尽量探求作者原意；在作文或说话时引用诗词，则是"用诗"，最好能符合原意，但也不妨"断章"。接触诗词，首要的是"说诗"，弄清原意；

然后举一反三、触类旁通地"用诗",让诗点化生活、滋养生命。

　　我们"说诗",应怎样探求作者原意呢?愚以为,必须遵从诗词表意的"语法",通过对文本"互文性"的充分发掘寻绎。《文心雕龙·知音》云:"夫缀文者情动而辞发,观文者披文以入情。""作诗"是抒志摛文、将情志外化为文字的"编码"过程;"说诗"则是沿波讨源、通过文字探求情志的"解码"过程。作者"编码"达意,有一定的"语法";读者"解码"寻意,也必须遵从这些"语法"。同时,作品是一个"意脉"贯通的有机整体,承载的是作者自洽的情意,反映在文本上,即是字、句、篇、题乃至诗词书写传统之间彼此勾连的"互文性"。这些不同层次的"互文性",构成了人们通常所说的"语境"。"说诗"应充分考虑文本的"互文性",理顺"意脉",重视作者言说的"语境"。凡此种种,既限定了阐释的边界,也保证了阐释的效力,将专家、老师合理的"正解"和相声、小品、脱口秀演员搞笑的"戏说"区别开来。

　　散文语言"编码"达意,比较显豁、连贯,诗词语言则讲究含蓄、跳跃,故"言在此而意在彼""言有尽而意无穷""无理有情""笔断意连"之类的话语常见诸诗话、评点。用书法之字体比拟的话,散文似楷书,诗词则是行书或草书。由于"五四"新文化运动的猛烈抨击,传统文体的书写和说解传统,在当下已命若悬丝。从小学到大学,哪怕是专业的中文系,也没有系统教授传统文体写作的课程。即使是职业的研究者,也普遍缺乏传统文体的书写体验。这种"研究"与"创作"的断裂,直接导致了今日的新生代研究者对诗词的感悟力和解读力普遍不高。因为诗词表意往往含蓄、跳跃，如果没有深切的创作体验，就很难把握住全篇的"意脉"，解说难免支离破碎、顾此失彼。就像一个人如果没有拿过毛笔，面对楷书还大致可以辨识，但如果面对的是一幅行书或草书，他连怎么写出来的（笔顺、笔势）都很难弄明白，更不要说鉴赏妙处、品评高下了。

说到这里，也许有朋友会说，现在社会上喜欢写诗词的人可是越来越多了呀！的确，这对于中华优秀传统文化的传承来说，是好现象。不过，很多朋友是因为爱好而写作，就他们自学的诗词素养，写出一首符合"语法"且"意脉"贯通的诗词来说，还有不小的距离。记得数年前，当能够"写"诗词的计算机软件被开发出来时，有朋友问我怎么看待？如何区别计算机和人创作的诗词？我说：我能区别计算机和古人创作的诗词，但没法区别计算机和今人创作的诗词，甚至计算机创作的比我看到的绝大多数今人创作的还要好，起码平仄、押韵没有问题。因为古人所处的时代，古典文脉传承不成问题，诗文书写是读书人必备的技能，生活、交际常常要用，他们所受的教育中有系统、大量的创作训练，既物化为教材，也可能是师友父子间口耳相传的"法门"、技巧。因此，古人写诗词，就像今人说、写白话文一样，不论雅俗妙拙，起码是符合"语法"且"意脉"贯通的。而在传统文体被白话文体大规模取代的今天，我们已成了诗词传统的"局中门外汉"（张祖翼《伦敦竹枝词》初版自署），不论是写作还是说解，如果不经过刻意、系统的训练，要做到符合"语法"和"意脉"贯通，都非常困难。想必大家都有过学习外语的体验，之所以感觉困难、进展缓慢，是因为缺乏"习得"这种语言的文化氛围。计算机"写"诗词，不过是根据事先设定的平仄、押韵程序，提取相关主题的关键词排列、拼凑，绝大多数今人也差不多，都很难做到符合"语法"且"意脉"贯通。以上是我数年前的回答。ChatGPT（人工智能的语言模型）的诞生，使我的看法略有改变，但它要写出合格的诗词作品，尚待时日。

今人对诗词的感悟力和解读力普遍不高，除了缺乏创作体验，还由于时势变迁，所受专业化的教育训练，使他们的国学素养一般比较浅狭。而诗词又是作者整个生命和生活世界的映射，可能涉及作者生活时代的社会风俗、礼乐制度、思想观念、地理区划乃至自然科学方面的知识。如果对诗词生成的文化背景缺乏了解，自然难以充分发掘文本的意蕴及其"互文性"，无法还原作者言说的"语境"，解说难免隔靴搔痒、纰漏百出。

今天，我们对传统文体的看法已经和"五四"先贤有了很大不同。很多人意识到，传统文体未必没有价值，未必不能书写、表达当代人的生活、情感。尤其是诗词，与母语特性、民族审美、文化基因的关系更为密切。最近几年，《中国诗词大会》《经典咏流传》等与传统文化相关的娱乐节目的热播，更是彰显了中华优秀传统文化根于人心、超越时空的永恒魅力。

那么，我们应该如何提升诗词创作和说解的水平呢？窃以为，就学术、教育体制而言，应该恢复诗词创作教学，适当修复"研究"和"创作"之间良好互动的关系。在古代，文学创作教学的传统源远流长，不仅指授诗文作法、技巧的入门书层出不穷，而且那些以传世为期许的诗话、文评，比如《文心雕龙》《沧浪诗话》等，也以提升创作能力为鹄的，带有浓厚的教科书特征；文学活动的主体，通常兼具创作者、评论者和研究者"三位一体"的身份。"五四"新文化运动打倒了传统文体，并从西方引进了一套崭新的现代文学研究和教育机制。这套机制将"研究"和"创作"断为二事，从此，中文系不以培养作家为使命，而以传授用西方现代文论生产出来的"文学知识"为主要职责。一定程度上说，这些知识不仅忽视了中国古代文学的"中国性"及其生成的古典语境，未能很好地阐发中国古代文学的文化基因、民族审美和母语特性，而且完全不涉及传统文体的创作。诚然，伟大的作家不是仅靠学校培养就能造就的，但文学创作的能力却是可以培养、提升的，中文系的研究和教学不应该放弃对文学创作能力的培养。职是之故，我们有必要修复"研究"和"创作"之间良好互动的关系，特别是亟待从创作视角阐释我们的文学遗产，并以研究所得去丰富、深化传统文体的创作教学。这既可以填补研究空白，推动学科、学术、话语这"三大体系"的建设，也可以反哺当代传统文体创作，是赓续中华文脉的当务之急！

　　就个人而言，细读、揣摩国学功底广博深厚、"研究"和"创作"兼擅的前辈名家的"说诗"论著，必不可少，特别是钱仲联、羊春秋等现代诗词研究泰斗。他们前半生接受教育的时候，诗词还以"活态"传承着，在与晚清民国古典诗人的交往中，他们"习得"

了诗词创作与说解的能力。同时，他们后半生主要在高校执教，颇了解当代读者的学习障碍和阅读需求。因此，由他们操刀撰写的诗词读物，往往深入浅出，言简意赅，既能传达古典诗词的神韵，又契合当下读者的阅读需要。

作为中华学人，我们对诗词的研究，毕竟不能像有些汉学家那样，偏重理论"演练"。我们有着赓续文脉的重任，必须将研究奠基于对作品的准确解读之上。这势必要求我们尽快提升对诗词的感悟力和解读力。另外，作为"80后"父亲，自从儿子出生以后，我的"人梯"之感倍为强烈，想从专业领域为儿子乃至普天下孩子的成长奉献涓滴。基于这两个方面的考虑，在编纂"民国诗学论著丛刊""名家谈诗词"等丛书之后，我计划再编纂一套"中华好诗词"丛书，把自己读过而又脱销的现代学术泰斗撰写的诗词经典选本，以成体系的方式精校再版，和天下喜欢或欲了解诗词的朋友分享。这个设想，得到了诗友、洪泰基金王小岩先生的热情绍介，以及新东方集团俞敏洪、周成刚和窦中川三位先生的垂青、支持！编校过程中，大愚文化的王秀荣、郭城等老师，付出了很大辛劳。我们规范体例、核校引文、更新注释中的行政区划，纠正了不少讹误，并在每本书的书末附录了一篇书评、访谈录或学案。对于以上诸位师友的热情襄赞，作为主编，我心怀感恩，在此谨致谢忱！

这套丛书，是我们抱着"发潜德之幽光，启来哲以通途"的传承目的编的，乃 2024 年度教育部哲学社会科学研究重大专项项目"古典诗教文道传统的当代阐释及教育实践"（2024JZDZ049）的阶段性成果。每个选本，都是在对同类著作做全面、详尽调查的基础上精挑细选出来的。选注者不仅在相关研究领域有精深造诣，而且许多人本身就是著名诗人。他们选诗，更具行家只眼；注诗，更能融会贯通；解诗，更能切中肯綮。每册包括大约三百首名篇佳作及其注释、解析，直观呈现了某一朝代某一诗体的精彩样貌。诸册串联起来，则又基本展现了从先秦到近代中华诗词的辉煌成就。读者朋友们通过这套丛书，不仅可以在行家泰斗的陪伴、讲解下，欣赏到中华数千年来最为优美的古典诗词作品，而且能够揣摩到诗词创作和欣赏的基本"法门"。而诗歌又是文学王冠上最耀眼的明珠，是所有文体中最难懂、表现手法最丰富的。诗歌读懂了，其他文体理解起来不在话下。诗歌表情达意的技法，也能迁移、应用到其他文体的写作中。缘此，身边的朋友不论是向我咨询如何提升孩子的阅读水平，还是请教怎样提高学生的作文分数，我开出的药方都是"好好儿读诗，特别是诗词"。

孔子说，"不学诗，无以言"，往极端说，甚至"无以生"。诗人不仅能说出"人人心中有，口中无"的话，还是人类感觉和语言的探险家。读诗是让一个人的谈吐、情操变得高雅、优美、丰富起来的最为廉价、便捷的方式。你，读诗了吗？

陈斐
甲辰荷月定稿于艺研院

前言

一

"楚辞"这个名词,最早见于司马迁《史记》,大概在汉代初年就已经有了。流传到今天,它已具有三重含义:

第一,它指的是出现在战国时代、楚国地区的一种新的诗体。

第二,它也指战国时代一些楚国人以及后来一些汉朝人用上述诗体所写的一批诗。

第三,它也指汉朝人对上述这一批诗进行辑选而成的一部书。

在以上三重含义中,第一种无疑是"楚辞"一词的本义,所以现在要从楚辞是一种新的诗体说起。在中国文学史上,楚辞是继《诗经》而起的,只有把楚辞和《诗经》相比,才能看出它新在哪里。

(1)句式。《诗经》中的诗以四字句为典型句式,句中是"二二"节奏。例如:

关关|雎鸠,‖在河|之洲。

楚辞的典型句式有六字句和五字句两种(都不算语气词"兮"),句中是"三三"和"三二"节奏。例如:

  帝高阳 | 之苗裔（兮），‖ 朕皇考 | 曰伯庸。
  君不行（兮）| 夷犹，‖ 蹇谁留（兮）| 中洲？

所以，从《诗经》到楚辞，诗歌的典型句式发生了变化，变得更有表现力了。除了典型句式之外，《诗经》和楚辞中都有许多长短不齐的句子，而一般说来，楚辞中穿插这种句子更加灵活多变。

  （2）语气词"兮"的运用。语气词"兮"相当于现代汉语中的"啊"。在《诗经》的一些诗中，也出现过"兮"字，但数量不多；而且不像楚辞那样，运用这个语气词，竟成为语言形式上一个显著的特征。楚辞起源于乐歌，我们只要想一想，现在歌曲中所用的"啊""呀"之类的词，看上去没啥意思，却是歌曲的有机组成部分，有它或没它，唱的时候就会很不一样。由此不难推知楚辞中的"兮"字当初在乐歌中所起的作用。虽然楚辞作为乐歌的唱法早已不为人所知，但是，仅仅把它作为诗来诵读，也可以感受到"兮"字的运用及其在句中位置的种种变化，在诗的节奏变换和表情达意上，是有一定作用的。

  （3）地方色彩。《诗经》中的民歌部分，是从各地收集来的，最初必有一定的地方色彩；但经过周王朝乐官的统一和加工，地方色彩就会有所减弱。楚辞则始终有着浓厚的地方色彩。正如宋人黄伯思所说："屈、宋诸骚，皆书楚语、作楚声、纪楚地、名楚物，故可谓之楚词。"（《东观余论·校定〈楚辞〉序》）这不但指出了楚辞的地方色彩，而且说明，正因为具有地方色彩，所以这种新的诗体才被人称为"楚辞"。

楚辞这种诗体最早是在民间产生的。楚国的民歌很早就得到流传，例如《诗经》的《周南》《召南》两部分中，就有显然是采自楚地的诗歌，但所用的形式和后来的楚辞并不一样。这是由于楚辞的新诗体还没有产生呢，还是由于周王朝乐官做了修改的缘故，现在不得而知。但到公元前6世纪中叶，楚国出现了一首根据越人土语翻译出来的诗歌，就是著名的《越人歌》：

今夕何夕兮，搴舟中流？今日何日兮，得与王子同舟？蒙羞被好兮，不訾诟耻。心几烦而不绝兮，知得王子。山有木兮，木有枝，心悦君兮，君不知！（见《说苑·善说篇》，首句"舟"字据《玉台新咏》改）

稍后数十年，又出现了著名的《孺子歌》：

沧浪之水清兮，可以濯我缨；沧浪之水浊兮，可以濯我足。（见《孟子·离娄上》）

这两首歌从体裁上看都已和楚辞相似。再有就是现在保留在《楚辞》一书中的《九歌》，它们本是楚国的民间祭歌，始作于什么时候无从考知，但一般都认为屈原曾对这组祭歌做过修改和加工。加工大概主要是在内容和辞藻上，变动句式的可能性较小，因为这牵涉所配的乐曲，假如变化很大，就会增加演唱的困难。

从《周南》《召南》到《九歌》，可以看出楚国民歌发展的一条线索。伟大的诗人屈原就是在学习楚国民歌的基础上，接受并发展了楚辞这一新的诗体，写出了大量光辉的诗篇。后来，楚国的宋玉、唐勒、景差等人以及汉初的贾谊等人，也以屈原为榜样，运用楚辞这种体裁来写诗歌，于是，楚辞便又成为屈原以下这一些人所写的诗歌的名称。

自从伟大的诗人屈原像巨星一般出现于诗坛，楚辞这种地方色彩特别浓厚的诗歌，便立即具有了显著的时代特色和深刻的历史意义。这是因为：

第一，屈原的诗作所提出并企图解决的问题是带有时代性和历史性的，它并不限于楚国，而是战国时期各诸侯国共同面临的问题，也是从战国到汉这相当长的时期中的必须解决的重大的历史课题。屈原的诗作不仅与他那个时代的重大历史课题相联系，而且他所表现的政治倾向是与历史的客观进程相一致的。关于这个问题下面还要详细论述，这里暂不多说。

第二，屈原及其追随者所取得的创作成就，代表着他们那个时代的艺术文学的最高水平。不论在战国后期楚国以外的诸侯国中，还是在整个秦王朝统治时期，都没有什么人在艺术文学的创作上达到这么高的水平。所以，在汉王朝建立以后的一个长时期中，艺术文学创作的主要表现也仍然是用楚辞这种形式来写诗歌，直到汉武帝时代才出现典型的汉赋，而这种文学形式又正好是和楚辞一脉相承的。

屈原等人所写的楚辞，最初大概都是单篇流传。所以汉武帝时淮南王刘安作《离骚传》，所注解的仅仅是《离骚》一篇；司马迁在《史记·屈原列传》中提到的屈原作品，也只有《离骚》《天问》《招魂》《哀郢》和《怀沙》。多数研究者根据东汉王逸《离骚后叙》认为，西汉末年刘向编校经书，才把屈原、宋玉、贾谊、东方朔、庄忌、王褒、淮南小山诸人所写的楚辞，加上他自己的一篇《九叹》，编成一集，名曰《楚辞》。于是，《楚辞》便又成为一部书的专名。后来，王逸给刘向所编的《楚辞》作注，并加进他自己写的一篇《九思》，而命名全书为《楚辞章句》，这就是现在所能见到的最早的《楚辞》注本。不过，关于刘向编成《楚辞》一书，这件事还是有理由怀疑的，但因问题过于琐碎和专门，这里就不多说了。反正这也并不影响"楚辞"一词现在可以作为一个书名来用。

二

楚辞的最重要的作者是屈原。根据近代一些学者的研究，屈原的生年大概不出于楚宣王二十七年（前343）到三十年（前340）之间。他是楚王朝的远房宗室，在楚怀王时期曾任"左徒"。从有关的资料来看，这是一个相当有权的官职。楚怀王初期很想在政治上有所作为，因此能够接受屈原的进步主张，对内实行政治改革，对外实行联齐抗秦的政策，使楚国的国势一度出现上升的趋向。但是屈原的进步主张和措施却触动了楚国反动贵族势力的利益，他们为了维护贵族特权，也为了屈从秦国的威胁讹诈以求保持苟安的局面，便对屈原进行了残酷的诬陷和迫害。最终在楚怀王的中期或后期，屈原第一次被迫离开楚国的政治中心郢都（今湖北江陵西北），向北到了汉北（今湖北襄阳附近地区）。屈原这次离郢，有的研究者说是被放逐，也有研究者认为仅仅是被楚王疏远或贬官，说法虽然不一，实质上没有区别,都意味着屈原所坚持的进步主张和措施已被扼杀。后来楚怀王由于一再受到秦国的欺骗和侵略,又曾将屈原召回郢都,但不再像过去那样信任他。到了前299年,楚怀王被秦昭王骗入秦国,遭到拘留,三年后竟死在秦国。楚顷襄王在位的时期,屈原受到反动贵族势力的更大迫害,被长期放逐于楚国的江南地区,永远不能返回郢都。最后在今湖南长沙东北的汨罗江投水而死。至于死在哪一年,研究者的说法也有分歧,比较多的人认为是顷襄王二十二年(前277)。

屈原是战国时期一位坚强的政治斗士,他的光辉诗篇直接产生于激烈的政治斗争,深刻反映了楚国的现实矛盾,清楚地表现了他的进步理想、斗争经历和政治热情。在这些诗篇的丰富的思想内容中,特别值得注意的有以下各点:

第一,对人民群众的态度。屈原在诗中多次满怀热情地提到"民",例如:

> 长太息以掩涕兮,哀民生之多艰!(《离骚》)
> 愿摇起而横奔兮,览民尤以自镇。(《抽思》)
> 皇天之不纯命兮,何百姓之震愆。民离散而相失兮,方仲春而东迁。(《哀郢》)

这些"民"字,多数研究者都认为是"人"的同义词。这个看法是对的。屈原不是阶级论者,不能要求他对楚国社会进行阶级分析。但是,他在长期的政治斗争实践中,却清楚地认识到楚国存在着两种人:一种是他深恶痛绝的"党人""谗人",实际上就是阻碍楚国实施改革的反动贵族势力；另一种是他所关怀和同情的、深受反动贵族之害的广大的楚国人，其中有剥削阶级，也有劳动人民。而后者事实上还是"楚国人"中的大多数。我们结合着具体的历史条件来分析，就应该肯定屈原关怀和同情广大"楚国人"是有进步意义的。这种进步意义并不表现为他专门关心楚国的劳动人民，而只是在于他并没有将劳动人民排除在"楚国人"之外而对他们漠不关心。这就是他这样一个地主阶级的代表人物，在当时的历史条件下，所能够达到的思想高度。

第二，对楚国的热爱。屈原对楚国怀有无比深厚的感情，这是从他的诗篇和实际行动中都可以看出来的。他对楚国的热爱和我们今天所说的爱国主义当然有根本的区别。但是，爱国主义在历史上既不是凭空而来的，也不是一成不变的，它是随着历史的发展而发展的，在种种不同的历史背景中有种种不同的具体表现。春秋战国时代，全中国处于诸侯割据的状态，诸侯国都在实际上行使其政权的职能。因此生活在诸侯国的人民，都不能不关心本国的政治现实和在列国中的处境，因为这直接关联着自己的切身利益。尤其是楚国，由于相对来说开发较晚，长期被中原各国称为"荆蛮"，加以歧视排斥，这就使得它在政治、经济、文化各方面都和中原各国有一定的差异和距离，保持着相对独立的发展，也使得楚国人民形成较强的地方观念。在这种历史条件下，屈原对楚国的热爱首先表现为他高度忠于同他有着宗法联系的楚王朝，这说明他的爱国主义是有深深的阶级烙印和历史局限的，是绝不能和我们今天所说的爱国主义相提并论的。但是，在屈原的爱国主义中，也包含有其他思想感情的因素，例如他强烈关心楚国人民的命运；深刻恋念楚国人民开辟和建设起来的美好乡土；他尊重楚国的历史和文化并为此而自豪；特别是他始终怀着由楚国来统一全中国的远大理想和迫切愿望，可见在他心目中全中国从来就是一个整体，诸侯割据只是历史发展中的暂时现象。这种种思想感情的因素，充分说明屈原的爱国主义是含有值得肯定的历史内容的。如果把爱国主义作为一种发展着的思维经验来看，那么屈原的诗篇也确曾为它提供了有价值的内容。

第三，政治变革的要求。屈原所要求的政治变革，实质上是改变楚国的上层建筑（主要是政治和法律），来适应已经变化了的经济基础。战国时期，中国由奴隶社会进入封建社会，就楚国地区来说，情况并不例外，而且楚国经济基础的变化还出现得比较早。现在公认鲁国在宣公十五年（前594）实行"初税亩"，标志着公田转化为私田和封建制生产关系的确立，这在诸侯国中是最早的。往后不到五十年，楚国的经济领域中也就出现了同样的变化。《左传》襄公二十五年（前548）载楚国的司马（官名）蒍（wěi）掩对全国土地进行登记和统计，区分山地、沼地、丘陵地、碱地、涝地和肥沃的平地等，实行"量入修赋"，即根据土地所有者在各类土地上的实际收入来征收赋税（主要是提供车马、步兵和武器）。我们知道，作为奴隶制在农业生产中的必然表现形式的"井田"，是不可能在山地、沼地、丘陵地等地方出现的。因此"量入修赋"这一办法的实行，证明楚国地主阶级已经开垦了各式各样可以获利的大量土地成为自己的私田，迫使楚王朝废除固定的井田贡赋；在承认地主阶级土地私有的基础上，根据他在各类地亩上的实际收入来征收赋税，在楚国确立了封建制的生产关系。那是在屈原出生的二百年前。

经济基础的变化必然引起上层建筑的变革。这个变革终于在前383年（即楚悼王十九年）左右发生了。那时楚悼王任用吴起实行变法，比秦国的商鞅变法（前359）要早二十多年，但没有成功，被反动的贵族势力扼杀了。然而在已经发生了变化的经济基础之上，由于生产力发展的要求，政治上的变革还是必然要出现的。大约七十年以后，屈原所主张的政治变革，本质上是和吴起变法没有区别的。

屈原所主张的政治变革的性质，在《史记·屈原列传》中透露了明显的消息。其中讲到楚怀王让屈原制定"宪令"，还没有定稿，上官大夫就想把它夺过来，屈原不给；于是上官大夫向怀王进谗，屈原便遭到疏远。这就是一场重大的政治斗争在史书上留下的影子。所谓"宪令"不是一条两条具体的法令，而是具有纲领性的根本大法。楚怀王让屈原制定"宪令"，这显然是要在楚国的政治法律方面进行重大的改革，因而就成为上层建筑领域中一场激烈的斗争。司马迁说上官大夫"夺稿"是由于争宠嫉妒，这固然也有可能，但其更深刻的动机乃是插手"宪令"的制定，从中设法维护反动贵族的特权。正因为如此，上官大夫的所作所为才得到所有反动贵族的支持，使屈原的政治变革失败。当然，屈原所起草的"宪令"条文现在已无法见到，但它的主要内容，我们却还能够了解。因为屈原后来在他的诗中反复宣扬了这些内容，概括起来说就是修明法度和举贤授能。他在《离骚》等篇中一再强调"规矩""绳墨"，反对违法乱纪；又热烈称说伊尹、傅说（yuè）、吕望、宁戚等出身微贱而建立了丰功伟绩的历史人物。在《九章·惜往日》中更明确地说："惜往日之曾信兮，受命诏以昭时。奉先功以照下兮，明法度之嫌疑。"照王逸《楚辞章句》和洪兴祖《楚辞补注》的解释来看，这里所说的简直就是制定"宪令"一事。无论如何，《惜往日》所说的"国富强而法立"是屈原变革楚国政治的根本目的，这是无可怀疑的。当然，古代的法律是统治阶级剥削和压迫劳动人民的工具，古代国家的"贤能"也无不忠于统治阶级的利益。但是历史上一切反动势力都念念不忘在法律之外还享有更大的特权，能够肆无忌惮地"背法度而心治"。这就不能不给人民群众带来深重的苦难，也必然会使国家濒于危亡。特别是在经济基础发生了根本变化的战国时期，反对贵族特权以完成上层建筑的变革，是摆在诸侯国面前的重大历史课题，谁要是停止和落后就必然在列国的争夺中挨打以至被吞灭。屈原诗篇的深刻的进步倾向，就在于它充分反映了变革的必要，尖锐地揭露了楚国反动势力的腐朽性质，并且预示了变革失败后的楚国的命运和前途。这就使他的抒情诗篇达到了史诗一般的深度。

三

在中国古代抒情诗的发展中，诗人屈原以其光辉诗篇作了巨大的开辟，提供了丰富的经验。择其主要的来说，有以下几点：

第一，积极浪漫主义的创作方法。在屈原以前，艺术文学创作中的浪漫主义，基本上处于朴素的、自发的阶段。从屈原开始，积极浪漫主义的创作方法才得到比较自觉的运用，并显示了巨大的威力。在屈原的诗作中，积极浪漫主义的运用集中表现在诗人自我形象的塑造上，而这首先就有其深刻的社会根源。我们分析楚国当时的政治形势，反动贵族势力的确占有很大的优势，而以屈原为代表的进步势力却居于劣势。在这样一个特定的历史环境中，进步势力不能不受到摧残以至于被扼杀，所以从美学上说，屈原所塑造的自我形象是有着深刻的悲剧含义的。但是以屈原为代表的进步势力，在比较长久的历史发展中，却有其较为远大的前途。他所坚持的理想，例如建立一套适应于新的经济基础的政治法律制度以推动生产力的发展、统一全中国使之成为富强的帝国等，都是属于未来的历史内容，客观上符合于历史发展的趋势。因此屈原基于一定的历史预见而对自己的理想怀有坚定的信心，并在艺术文学的创作中有气魄把自己刻画成一个崇高、完美、"与天地兮同寿，与日月兮同光"（《涉江》）的艺术形象。同时还通过形象的对比，把那曾在楚国猖狂一时的反动势力，从政治上、道德上、美学上加以鞭挞和摧毁，使之变为一堆历史的垃圾。这就是屈原诗作中的积极浪漫主义的主要表现。同时，为了塑造崇高、完美的艺术形象，屈原也充分发挥了他的丰富想象，运用了他的全部文化知识，调动了一切艺术手段，来绘制不受时间空间局限的广阔背景，配备多种多样、生动奇异的景色和事物，以起陪衬的作用。因此他的许多诗作都显示了色彩浓艳、形象瑰丽、气势雄伟等特色，能以足够的容量来表现他那深刻的思想和奔放的热情。

第二，比兴的艺术。屈原的抒情诗有一个突出的特点，就是他所抒发的主要是政治热情。政治热情是人的一切情感活动中最根本和最主要的方面，由此熔铸而成的抒情形象当然分量较重，认识价值较高，社会意义较大，感染力量较强。但是政治热情总是不可避免地要和种种道理原则、观点主张结合在一起，所以在表现上比较容易变为抽象说理，流于概念化。屈原在这方面所提供的最有价值的经验，就是他巧妙地运用了比兴的艺术，使抽象化的政治热情得到生动具体而丰富多彩的表现。他善于在进步的世界观和政治理想的指导下，充分发挥形象思维的作用，准确地选择自然界和社会生活中的各种事物形象，突出其或美或丑的特征，来抒发爱憎感情，表明道理主张。诗人倾注于比兴形象的美学评价，实际上也就表现了他对被比喻的事物所作的政治的、思想的、道德的评价。因此他的诗作既有丰富的形象性，也含有深刻的思想意义。比兴的手法在《诗经》中已经广泛运用，屈原对此做了巨大的发展。他所运用的比兴形象不再像《诗经》所用的那样比较单纯和静止，而是丰富复杂，互相联系，且有很大的能动性，因而就更有艺术表现力，能够生动地表现事物之间的复杂联系及其变化和发展。

第三，诗歌语言的特点。这可以分为两点来说：

（1）华实并茂的语言风格。屈原在诗中一方面大量运用华美的辞藻，尽量写得花团锦簇、五彩缤纷；另一方面他又总是用质朴本色、刚劲坚实的语句来构筑篇章的骨架。像《离骚》的"长太息以掩涕兮，哀民生之多艰""何方圜之能周兮，夫孰异道而相安""虽体解吾犹未变兮，岂余心之可惩"，《抽思》的"善不由外来兮，名不可以虚作，孰无施而有报兮，孰不实而有获"等，都像巨大的柱子似的支撑在篇章之中，表现着认识的深度、情感的高潮，把抒情和说理融为一体。在屈原的诗中，华美和质朴两种语句总是恰当交织、相得益彰，所以就形成一种华而又实、丰厚茂密、多彩而统一的语言风格。后代各种风格的诗人，多在屈原的诗歌语言宝库中汲取自己所需要的营养。

（2）对偶句的锤炼和运用。这是一种积极修辞的形式，目的在于利用汉语汉字的特点，使诗歌语言更加美化。在《诗经》中对偶的运用还不是很多，而屈原就很注意作这样的加工。南方民歌也许本来就有注重对偶的特色。例如在前引的《越人歌》《孺子歌》中就可以看到这种痕迹；《九歌》中运用对偶更为普遍，像《少司命》中的"悲莫悲兮生别离，乐莫乐兮新相知"，乃是公认的情文并茂的名句。屈原吸取和发展了南方民歌的这一特色，在诗作中大量锤炼对偶句，这是诗歌语言发展中的重大开辟，对后来诗赋词曲等各种文学形式的语言运用都有深远的影响。

综上所述，屈原不仅是最重要的楚辞作者，也是中国文学史上最有成就和影响的伟大诗人之一。所以我们现在选注楚辞，即以屈原的作品为主，共计选了他十五篇。但其中《渔父》一篇应该看作屈原以后的人根据有关传说写成的。

《史记·屈原列传》说，"屈原既死之后，楚有宋玉、唐勒、景差之徒者,皆好辞而以赋见称"。但唐勒、景差的辞赋没有流传下来。宋玉是屈原之后比较重要的楚辞作者,他的生平现在所知甚少。大概他是一个有才华的文人,曾在楚国做官,但并不得意。他的楚辞之作只流传下一篇《九辩》;其他还有骚体和非骚体的赋多篇(见于《文选》和《古文苑》),但真伪还成问题。所以在屈原以后的楚国作者中,我们所能选的只有《九辩》。

在汉代的楚辞作者中,我们选了较有特色的贾谊的《吊屈原》和淮南小山的《招隐士》。前者虽为王逸《楚辞章句》所未收,但全文著录于《史记·屈原贾生列传》。至于《楚辞章句》中所收的东方朔、庄忌、王褒、刘向和王逸的辞作,则都用"代言体"写成,就是说这些作者虽然没有屈原那样的经历、思想和感情,却用了屈原的口气代替他抒情,这就很难有艺术的真实性和创造性,往往流于形式的模仿和词句的因袭。所以对这些辞作均未加选用。

四

以下是对本书体例的几点说明:

(1)本书共选注楚辞十八篇,其中十七篇的原文均照《四部丛刊》影印明翻宋本《楚辞补注》过录;只有《吊屈原》一篇录自中华书局1963年出版的影印南宋端平本《楚辞集注》。原书中的繁体字、古体字一律改为通行简化字。异体字凡是非专用的一律不改(如"媮"是"偷"的异体字,但也是"愉"的通假字,不改);专用的一般都改作现在通行的写法,但也有少数专用异体字因照顾到阅读习惯未加改动（如"圜"不改为"圆"）。

（2）除原书中极个别的明显错字（如《九辩》"皇天平分四时兮"，"平"误作"十"），参照别的版本作了改动而未作校改说明之外，其他凡因牵涉文义而不得不校改的字（为数很少），均在有关注文中说明版本根据。

（3）原文中稍为难读的字均加括弧注明读音，注音根据是《新华字典》和《辞海·语词分册》（修订稿）。

（4）《楚辞》中有一些语句的韵脚，如照现在的音来读，就不能成韵。为此有些注本都给这些字注明"古音读如某字"，这样做当然也有它的好处，但是任何一个字在古代的绝对音值实际上是不能考知的，"古音重建"早已被公认为不科学。因此本书凡遇这一类韵脚字都不为了强求押韵而另外注音。

（5）本书的注释极少新意。选注者所做的一点微小工作，只不过是选择介绍古今学者已经做过的解释。但在多年的实际工作中，深深感到有些水平很高的注释者，对一般读者阅读古文的困难可能估计不足，因此本书的注释力求详尽通俗，争取给读者少留难点。当然这仅仅是注者的主观愿望和一点心意。书中对难字难词采用分句注释，各篇的注释不避重复；但在同一篇中，难字难词就没有必要重复出现。此外，对原作中的大部分句子，基本上以两句为单位作了串讲；其中标明"以上二句说"的，大体上是直译；标明"以上二句意思是"的，大体上是意译；还有一种用得较少的串讲，是在注了字词之后顺便解释一下句意或作者的用意。选注者深知，由于追求详尽和直译，许多注释、串讲不免烦琐，表达方式过于板拙，也可能损害了诗意。至于注释中错解曲解，一定也有很多。这都有待读者同志批评指正。

1962年，选注者在为业师游国恩先生起草《知识丛书·屈原》时，写了《楚辞注本十种提要》，作为该书的附录。现略加修改，移置本书，供读者参考。

1979年5月

目录

离　骚 / 屈原　　　　　　　　　001

九　歌（选六）/ 屈原　　　　　031

　　湘　君　　　　　　　　　　　034
　　湘夫人　　　　　　　　　　　038
　　少司命　　　　　　　　　　　041
　　东　君　　　　　　　　　　　044
　　山　鬼　　　　　　　　　　　047
　　国　殇　　　　　　　　　　　050

天　问 / 屈原　　　　　　　　053

九　章（选五）/ 屈原　　　　　081

　　橘　颂　　　　　　　　　　　084
　　抽　思　　　　　　　　　　　087
　　哀　郢　　　　　　　　　　　094
　　涉　江　　　　　　　　　　　100
　　惜往日　　　　　　　　　　　105

招　魂 / 屈原　　　　　　　　111

渔　父 / 屈原　　　　　　　　131

九　辩 / 宋玉　　　　　　　　137

吊屈原 / 贾谊　　　　　　　　157

招隐士 / 淮南小山　　　　　　　　　163

附录一　《楚辞》注本十种提要　　　168

附录二　宏微兼观，文史融通
　　　　　——金开诚《楚辞》
　　　　研究论析 / 周建忠　　　　183

修订重印后记　　　　　　　　　　201

离骚

屈原

内

文

本篇是屈原的代表作，也是楚辞中最重要的一篇。

《离骚》的篇名，历来有多种解释。其中汉代人所作的两种解释一直比较通行：一种认为是遭遇忧患的意思，另一种认为是离别的忧愁。

本篇的创作年代不能确考。汉代司马迁在《史记·屈原贾生列传》中说，屈原在楚怀王时期因被谗而遭到疏远，"故忧愁幽思而作《离骚》"，多数人认为这个说法比较符合本篇的实际内容。

《离骚》是中国古代文学中仅见的长篇抒情诗。全诗以强烈的爱憎、丰富的形象、浓重的色彩深刻反映了诗人屈原与楚国反动贵族之间的激烈的政治斗争，突出表现了屈原本人的进步理想、政治热情、峻洁的品格和顽强的斗争精神。诗中反复强调修明法度、举贤授能是使楚国强盛的正确道路，而违法乱纪、结党营私则必然将楚王朝引向危亡。诗人熟练地运用比兴的手法，描写两种主张和做法之间的斗争，并深刻指出走着不同道路的人是绝不能够彼此相安的。由于《离骚》的创作密切反映了楚国当时的政治现实，作者在强烈的政治倾向的推动下，又创造性地在抒情叙事中融进了说理的成分，因而使全诗具有鲜明的政论性，这正是它的思想性的集中表现；从中可以清楚地看出，在当时的历史条件下，屈原作为地主阶级的进步政治家所达到的思想高度及其必然存在的阶级烙印和历史局限。

《离骚》作为抒情诗，大大突破了《诗经》中基本定型的"短章复沓"形式，它在高度概括复杂的现实矛盾的基础上，对抒情主题作了富于变化而层层深入的表达。全诗篇幅宏伟，气势磅礴，波澜起伏，气象万千。诗人屈原在创作上的一些主要特征，如积极浪漫主义、比兴艺术和华实并茂的语言风格等，都在《离骚》中得到最充分、最典型的表现，因而它也最能够显示屈原的艺术个性和独特风格。总的来说，《离骚》的出现，的确在中国文学史上标志着诗歌创作进入了新的时代。

帝高阳之苗裔兮[1]，朕皇考曰伯庸[2]。摄提贞于孟陬兮[3]，惟庚寅吾以降[4]。皇览揆余初度兮[5]，肇锡余以嘉名[6]：名余曰正则兮，字余曰灵均[7]。

◎ 注释

[1] 帝：指传说中的远古帝王。高阳：古帝颛顼（zhuān xū）即位后用的称号。苗裔（yì）：后代子孙。兮（xī）：语气词，相当于现代的"啊"。

[2] 朕（zhèn）：我。在秦始皇以前，一般人都可以用"朕"来自称。皇：大。考：对亡父的尊称。伯庸：是屈原父亲的名或字，但可能是化名。以上二句说：我是古帝颛顼的后代，我那已过世的伟大父亲叫伯庸。

[3] 摄提：古代星历学中的"太岁纪年法"，把太岁在天空寅位的那一年称为"摄提格"，这里"摄提"一般认为是"摄提格"的简称，即指寅年。贞：正，正当。孟陬（zōu）：正月。按夏历每一年的正月是寅月。

[4] 惟：发语词。庚寅：指屈原的生日，这一天用"干支"来计称，正好是庚寅日。降：降生。以上二句说：寅年而正当寅月，又恰在庚寅之日，我降生了。

[5] 皇：即指上文所说的"皇考"。览：观察。揆（kuí）：估量。余：我。初度：初生之时。度，时节。

[6] 肇（zhào）：开始。锡：赐给。嘉名：美名。以上二句说：父亲在我初生之时仔细观察我，一开始就给了我美好的名字。

[7] 以上二句意思是：给我取名叫"正则"，表字"灵均"。"名"和"字"在这里都用作动词。按屈原名平，字原，所谓"正则""灵均"是特意用在文学创作中的化名。

纷吾既有此内美兮[1]，又重之以修能[2]。扈江离与辟芷兮[3]，纫秋兰以为佩[4]。汨余若将不及兮[5]，恐年岁之不吾与[6]。朝搴阰之木兰兮[7]，夕揽洲之宿莽[8]。日月忽其不淹兮[9]，春与秋其代序[10]。惟草木之零落兮[11]，恐美人之迟暮[12]。不抚壮而弃秽兮[13]，何不改此度[14]？乘骐骥以驰骋兮[15]，来吾道夫先路[16]！

◎ 注释

[1] 纷：盛多的样子。《楚辞》句例，往往以一个字或三个字的状语放在一句之前。内美：内在的美好品质。

[2] 重（chóng）：加上。修能：优秀的才能。以上二句说：我既有这么多内在的美好品质，又加之以优秀的才能。

[3] 扈（hù）：楚方言，披的意思。江离：香草，即芎䓖（xiōng qióng），也叫川芎。芷（zhǐ）：香草，即白芷。辟芷：长在幽僻之处的芷草。这里是用佩戴香草来比喻德和才的进修。

[4] 纫：联结。秋兰：香草，即兰草或泽兰，因在秋末开花，香气更浓，所以这里特举秋兰。佩：古代人身上佩戴的饰物，名词。以上二句说：身上披着江离和白芷，又把秋兰联结成串作为饰物。

[5] 汩（gǔ）：楚方言，水流很快的样子，这里是比喻时间过得快。不及：来不及。

[6] 不吾与：不等待我。和某物同在叫"与"，引申为等待的意思。以上二句说：时间过得飞快，我总好像来不及似的，怕的是年岁不等人。

[7] 搴（qiān）：楚方言，摘取。阰（pí）：土坡。木兰：香树，或称黄心树，紫玉兰，据说这种树去了皮也不死。

[8] 揽：采摘。洲：水中的陆地。宿莽：经冬不枯的草，一说即拔心不死的卷施草。以上二句意思是：早晚都用芳香而生命力坚强的植物装饰自己。比喻德和才的顽强进修。

[9] 日月：指时光。忽：过得很快的样子。淹：久留。

[10] 代序：时序更相替换。以上二句说：时光忽忽而过，毫不停留；春去秋来，季节不断交替。

[11] 惟：思。

[12] 美人：泛指有德才和有作为的人。迟暮：指年老。以上二句意思是：想那草木都要凋零，怕的是有作为的人也将逐渐衰老。按从"日月"句至此是四个过渡句，在此以前是讲屈原本身的进修，在此以后是勉励君主上进，因此中间用"时间不断过去，美人终将衰老"的一般道理来作过渡，使前文顺当地转入后文。

[13] 抚：持有，引申为凭借的意思。壮：指壮盛之年。秽（huì）：脏东西，比喻不好的行为。

[14] 度：指行为的准则。以上二句指出楚王没有凭借壮盛之年来抛掉不好的行为，并问他为何不改变这种做法。

[15] 骐骥（qí jì）：骏马，比喻贤能的人。

[16] 来：来吧，是招呼楚王之词。道：同"导"，引导。夫（fú）：语助词。先路：前面的路。以上二句说：如果你决心乘上骏马以奔驰，那就来吧，我来给你引路。

昔三后之纯粹兮[1]，固众芳之所在[2]；杂申椒与菌桂兮[3]，岂维纫夫蕙茝[4]？彼尧舜之耿介兮[5]，既遵道而得路[6]；何桀纣之猖披兮[7]，夫唯捷径以窘步[8]。

◎ 注释

[1] 三后：指传说中的三个古代贤君：夏禹、商汤、周文王。后，君王。纯粹：没有杂质，指德行完美。

[2] 固：本来，确实。众芳：比喻众多的贤臣。以上二句说：从前夏禹、商汤、周文王三位贤君德行完美，他们那里确实有众多的贤臣。

[3] 杂：动词，杂用，兼有。申椒：椒，花椒，落叶灌木，所结的籽即称为花椒，是一种香物。申，重叠，形容花椒簇生累累。菌（jùn）桂：即箘（jùn）桂，是桂树的一种，树干正圆如竹，皮薄可卷，也是一种香物。申椒、菌桂比喻各种贤臣。

[4] 维：同"唯"，只。蕙：香草，和兰草同类，亦名薰草、零陵香、佩兰。茝（zhǐ）：同"芷"，即白芷。蕙和茝也比喻贤臣。以上二句说：三后兼有花椒、菌桂等各种香物，岂只是把蕙草和白芷联结起来作为饰物？

[5] 尧舜：唐尧、虞舜，传说中的上古圣君。耿介：光明正大。

[6] 道：正道，正确的道理。路：比喻治国的正确途径。以上二句说：那唐尧、虞舜光明正大，已经遵循正道而找到治国的途径。

[7] 何：何等，多么。桀（jié）：夏桀，夏朝末主。纣（zhòu）：商纣，商朝末主。桀、纣都是传说中的暴君。猖披：猖狂放肆。

[8] 捷径：歪斜小路。窘（jiǒng）步：难以举步，不好走。以上二句说：夏桀、商纣是多么猖狂放肆，他们只走邪路，以致寸步难行。

惟夫党人之偷乐兮[1]，路幽昧以险隘[2]。岂余身之惮殃兮[3]，恐皇舆之败绩[4]！忽奔走以先后兮[5]，及前王之踵武[6]。荃不察余之中情兮[7]，反信谗而齌怒[8]。余固知謇謇之为患兮[9]，忍而不能舍也[10]。指九天以为正兮[11]，夫唯灵修之故也[12]！曰黄昏以为期兮，羌中道而改路。[13]初既与余成言兮[14]，后悔遁而有他[15]。余既不难夫离别兮[16]，伤灵修之数化[17]。

◎ 注释

[1] 夫（fú）：指示代词，彼，那些。党人：结党营私的人，指楚国反动贵族集团。偷乐：苟安享乐。偷，苟且。

[2] 路：比喻国家前途。幽昧（mèi）：昏暗。险隘：危险狭隘。

[3] 惮（dàn）：害怕。殃：灾祸。

[4] 皇：大。舆：车。皇舆，国君所乘的高大车辆，比喻楚王朝。败绩：本来是作战大败，战车倒翻的意思，这里指王朝倾覆。以上二句说：岂是我个人害怕遭殃，怕的是楚王朝要垮台。

[5] 忽：急急忙忙的样子。先后：动词，跑前跑后。

[6] 及：赶上。踵武：足迹。以上二句说：我急急忙忙在车旁奔走照料，跑前跑后，总想让它按着前代贤君的脚印走。

[7] 荃（quán）：香草，即溪荪，俗名石菖蒲；《楚辞》中或称为荪，都比喻国君。察：细看。中情：内情，本心。

[8] 齌（jì）怒：暴怒。齌，本是用急火煮饭的意思，这里形容怒火之大。以上二句说：楚王不详察我的本心，反而听信谗言而大发怒火。

[9] 謇謇（jiǎn）：正直敢言的样子。为患：造成祸患。

[10] 舍：放弃。以上二句说：我本来就知道正直敢言会给自己造成祸患，但忍耐不住，不能放开不说。

[11] 九天：上天。传说天有九重，上帝在最上一层。这里"指九天"就是指着上帝发誓。正：通"证"。

[12] 灵修：指楚怀王。"灵"是聪明的意思，"修"是俊美的意思。《楚辞》中常用夫妇关系来比君臣关系，"灵修"就是借妻子对丈夫的美称，来做臣对君的美称。以上二句说：请老天爷来作证，我那样做只是为了楚王的缘故。

[13] "曰黄昏"二句：这是《九章·抽思》篇中的相似文句误入本篇的，应删。

[14] 初：当初。成言：说定，约定。

[15] 悔：翻悔。遁：变迁，变心。他：他志，别的主意。以上二句意思是：以男女婚约为比喻，说明楚王当初已同我说定要有所作为，后来却翻悔变心，又有别的主意。

[16] 难：为难。离别：指离开楚王。

[17] 数（shuò）：屡次。化：变化。以上二句说：我并不难于离去，可悲的是楚王屡屡变化，反复无常。

余既滋兰之九畹兮[1]，又树蕙之百亩[2]。畦留夷与揭车兮[3]，杂杜衡与芳芷[4]。冀枝叶之峻茂兮[5]，愿俟时乎吾将刈[6]。

虽萎绝其亦何伤兮[7]，哀众芳之芜秽[8]！

◎ 注释

[1] 滋：栽种。畹（wǎn）：十二亩。"九畹"表示种得很多，"九"是虚数。

[2] 树：动词，种植。百亩：也是种得多的意思。

[3] 畦（qí）：田垄，这里用作动词，按垄种植。留夷：香草，即芍药。揭车：香草，高数尺，花白，味辛。

[4] 杂：动词，穿插种植，间种。杜衡：香草，叶似葵而有香，亦名杜葵，俗名马蹄香。芳芷：即白芷。以上四句是用种植香草比喻培养人才。

[5] 冀（jì）：希望。峻茂：高大茂盛。

[6] 俟（sì）：等待。时：指芳草长成之时。刈（yì）：收割。

[7] 萎：枯萎。绝：凋落。

[8] 芜（wú）秽：长满乱草，草荒。比喻人才变质。以上二句意思是：香草因受摧残而枯萎倒还不算可悲，可悲的是它们同流合污变成一片乱草。

众皆竞进以贪婪兮[1]，凭不厌乎求索[2]。羌内恕己以量人兮[3]，各兴心而嫉妒[4]。忽驰骛以追逐兮[5]，非余心之所急[6]。老冉冉其将至兮[7]，恐修名之不立[8]。朝饮木兰之坠露兮[9]，夕餐秋菊之落英[10]。苟余情其信姱以练要兮[11]，长顑颔亦何伤[12]！揽木根以结茝兮[13]，贯薜荔之落蕊[14]。矫菌桂以纫蕙兮[15]，索胡绳之纚纚[16]。謇吾法夫前修兮[17]，非世俗之所服[18]。虽不周于今之人兮[19]，愿依彭咸之遗则[20]。

◎ 注释

[1] 竞进：争着向上爬。

[2] 凭：楚方言，满的意思。乎：于。求索：指对权势财富的追求索取。以上二句意思是：众人极其贪婪地争着向上爬，他们已经满有权势财富，但仍不厌于追求索取。

[3] 羌（qiāng）：楚方言，发语词。内恕己：意思是对待自己宽容。量：估量。

[4] 兴心：生心。以上二句说：那些人对自己宽容，却用卑鄙的心肠估量别人，而产生嫉妒之心。

[5] 驰骛（wù）：狂奔乱跑。追逐：指追求权势和财富。

[6] 所急：急于去做的事。

[7] 老：指老年。冉冉（rǎn）：渐渐。

[8] 修名：美名。以上二句说：老年渐渐会到来，只怕美名不能树立。

[9] 坠露：指木兰树上坠下的露水。

[10] 落英：初生的花。"落"的古义之一是"始"。英，花。由于菊花一般不落，而且这一句与上一句密切相对，所以这里的"落英"应如此解释。以上二句以早晚服用芳物，比喻自己思想高洁，与上述贪婪的人形成对比。

[11] 苟：假如，只要。信：确实。姱（kuā）：美好。练要：意思是思想感情精练明确，集中于主要的东西。

[12] 顑颔（kǎn hàn）：面黄肌瘦的样子。以上二句说：只要我的思想感情确实美好而集中于主要的东西，虽然长期饿得面黄肌瘦又有什么可悲伤的？

[13] 木根：香木的根株。结：系上。

[14] 贯：串联。薜荔（bì lì）：常绿灌木，蔓生，亦名木莲，俗名木馒头。蕊（ruǐ）：花心。以上二句说：采来香木的根株系上香草白芷，又把薜荔的花心串起来，系在上面。

[15] 矫：举。

[16] 索：动词，搓绳。胡绳：一种蔓生香草。有人说就是延胡索。纚纚（xǐ）：绳子又长又好的样子。以上二句说：举起菌桂连缀着蕙草，又垂着用胡绳搓成的长条。

[17] 謇（jiǎn）：楚方言，发语词。法：效法。前修：前代贤人。

[18] 服：佩戴。

[19] 周：合。

[20] 依：依照。彭咸：传说是殷代的贤臣，因谏劝君主不被听取，投水自杀。遗则：留下的榜样。以上二句说：我的行为虽然不合于现在的俗人，但我愿意依照彭咸遗留的榜样去做。

长太息以掩涕兮[1]，哀民生之多艰[2]。余虽好修姱以鞿羁兮[3]，謇朝谇而夕替[4]。既替余以蕙纕兮[5]，又申之以揽茝[6]。亦余心之所善兮[7]，虽九死其犹未悔[8]！

◎ 注释

[1] 太息：叹息。掩涕：等于说擦泪。

[2] 民：人，指广大的楚国人（参阅《前言》）。这句是诗人慨叹广大的楚国人生活多难。

[3] 虽：是"唯"的借字，只。修姱：指美好的德行。鞿（jī）：马缰绳。羁（jī）：马络头。"鞿羁"在这里是比喻对自己的约束。

[4] 谇（suì）：责骂。替：废弃。以上二句意思是：我只不过爱好优美的德行，用来约束自己，却早上被人骂，晚上又丢官。

[5] 纕（xiāng）：佩饰。以：因。

[6] 申：重复，加上。以上二句说：废弃我，既是因为我以蕙草为佩饰，又是因为我采集了白芷。

[7] 亦：语助词。善：爱好。

[8] 九死：死亡多次。以上二句说：只要是我真心所喜爱的，即使为之而死亡多次，也还是不后悔。

怨灵修之浩荡兮[1]，终不察夫民心[2]。众女嫉余之蛾眉兮[3]，谣诼谓余以善淫[4]。固时俗之工巧兮[5]，偭规矩而改错[6]；背绳墨以追曲兮[7]，竞周容以为度[8]。忳郁邑余侘傺兮[9]，吾独穷困乎此时也。宁溘死以流亡兮[10]，余不忍为此态也[11]！

◎ 注释

[1] 浩荡：本义是形容水面广大，这里是无思无虑的意思，等于说"糊涂"。

[2] 民心：人心。以上二句说：怨的是楚王太糊涂，始终不详察人们的心意。

[3] 众女：比喻楚国的反动贵族。蛾眉：比喻女子的眉毛像蚕蛾的眉毛那样细而弯，这在古代是美貌的象征。

[4] 谣诼（zhuó）：造谣诽谤。以上二句说：那些女人嫉妒我的美貌，造谣诽谤我善于淫邪。

[5] 工巧：善于投机取巧。

[6] 偭（miǎn）：违背。规：画圆形的仪器。矩：画方形的仪器。规矩：比喻法度。错：通"措"。以上二句说：时下的风气就是投机取巧，人们都违背法度，改变着正常的措施。

[7] 绳墨：木工用的墨斗墨线，是定直线的工具，这里比喻正道。追曲：追求邪曲。

[8] 周容：苟合求容。度：常规。以上二句说：他们违背正道而追求邪曲，争着苟合求容以为常规。

[9] 忳(tún)郁邑：忧愁烦闷的样子。佗傺(chà chì)：楚方言，怅然而立，失意的样子。

[10] 宁：宁可。溘(kè)：忽然。流亡：不详。一般均解释为流放、放逐。但《九章·惜往日》有"宁溘死而流亡"一句，句意应与此处相同，而"流亡"显然不能解释为"流放"。王逸《楚辞章句》对《离骚》此句的解释是"宁奄然而死，形体流亡"；在《惜往日》中的解释是"意欲淹没，随水去也"。两处虽有差异，但"流亡"均不作"流放"解。郭沫若先生在以上两处分别解释为"我就淹然死去而魂离魄散"，"我宁肯死去而随流水"（见《屈原赋今译》）；姜亮夫先生则认为两处均应解释为"淹忽而死，随水以去"（见《屈原赋校注》）。现在姑且采用郭沫若先生的第一说，《惜往日》并同。

[11] 此态：指苟合求容之态。以上二句说：我宁可忽然死去而魂离魄散，也不忍作出这种丑态！

鸷鸟之不群兮，自前世而固然[1]。何方圜之能周兮，夫孰异道而相安[2]！屈心而抑志兮[3]，忍尤而攘诟[4]。伏清白以死直兮[5]，固前圣之所厚[6]。

◎ 注释

[1] 鸷(zhì)：凶猛的鸟，如鹰、雕等。以上二句说：凶猛的大鸟不和普通小鸟合成一伙，从前世以来一直就是这样。

[2] 圜：同"圆"。以上二句说：方的和圆的怎么能相合，不同道的人哪能彼此相安！

[3] 屈心：宁愿心里受委屈。抑志：宁愿压抑自己的意志。

[4] 忍尤：宁愿忍受罪过。尤，罪过。攘(rǎng)诟(gòu)：宁愿招来侮辱。攘，取。诟，侮辱。

[5] 伏清白：等于说一心扑在清白之上。死直：为直道而死。

[6] 前圣：前代圣贤。厚：动词，看重。以上四句意思是：宁愿受到种种的痛苦和迫害，只要自己一心扑在清白上，为直道而死，这肯定是前代圣贤所看重的。

悔相道之不察兮[1]，延伫乎吾将反[2]。回朕车以复路兮[3]，及行迷之未远[4]。步余马于兰皋兮[5]，驰椒丘且焉止息[6]。进不入以离尤兮[7]，退将复修吾初服[8]。制芰荷以为衣兮[9]，集芙蓉以为裳[10]。不吾知其亦已兮，苟余情其信芳[11]。

高余冠之岌岌兮[12]，长余佩之陆离[13]。芳与泽其杂糅兮[14]，唯昭质其犹未亏[15]。忽反顾以游目兮[16]，将往观乎四荒[17]。佩缤纷其繁饰兮[18]，芳菲菲其弥章[19]。民生各有所乐兮，余独好修以为常。[20]虽体解吾犹未变兮[21]，岂余心之可惩[22]！

◎ 注释

[1] 相（xiàng）道：看路。

[2] 延伫（zhù）：长时间站立，这里是迟疑不去的意思。反：同"返"。以上二句说：后悔看路不曾看清，迟疑了一阵，我将返回。

[3] 复路：回复旧路。

[4] 及：趁着。行迷：迷路。以上二句说：折回我的车，回到旧路上，趁着迷路还不是很远。

[5] 步：慢行。皋（gāo）：水边的高地。

[6] 丘：小山。焉：于此，在这里。以上二句说：让我的马在长着兰草的水边慢慢行走，又跑上了长着椒木的小山，且在这里休息。

[7] 进不入：即"进而不入"，意思是虽然进仕于朝廷，却未被楚王真正纳和信任。离：通"罹"，遭到。

[8] 退：隐退。初服：当初未进仕时的服饰，比喻原来的志趣。以上二句意思是：进仕朝廷未被真正接纳，反而遭了罪，现在要洁身隐退，继续进修原有的品德。

[9] 芰（jì）：菱，这里指菱叶。荷：荷叶。

[10] 芙蓉：荷花。以上二句说：用菱叶荷叶制成上衣，又集结荷花来做下装。

[11] 已：止，罢了。以上二句说：不了解我那也罢了，只要我的内心真正芳洁。

[12] 高：这里作动词，使之高的意思。岌岌（jí）：高耸的样子。

[13] 长：这里作动词，使之长的意思。佩：佩带的饰物。陆离：曼长的样子。

[14] 芳：指香洁的东西。泽：通"襗（zé）"，汗衣，引申为污垢的意思（用郭沫若先生说）。杂糅（róu）：混杂在一起。

[15] 唯：发语词。昭质：洁白光明的品质。以上二句意思是：在楚国现实中，香洁的东西和污浊的东西混杂在一起，而我的洁白光明的品质却不受腐蚀，没有亏损。

[16] 反顾：回顾。游目：纵目远望。

[17] 四荒：四方远处。荒，远。

[18] 缤（bīn）纷：盛多的样子。繁饰：装饰繁华。

[19] 菲菲：香气很盛的样子。弥：愈加。章：通"彰"，显著。以上二句说：佩物盛多，装饰繁华，香气勃勃愈来愈显著。

[20] 以上二句说：人们在生活中各有各的爱好，我独爱好优美的东西而习以为常。

[21] 体解：古代酷刑，即肢解。

[22] 惩：受戒而止的意思。以上二句说：虽被肢解我也不变，难道我这种心志会因受到儆戒而止歇？

◎ 评析

　　从开头至此是全篇第一大段。在这一大段中，作者自述其身世、德才和理想；他关心楚王朝的命运而把改革的希望寄托于楚王，终因楚王变心而理想不能实现。接着又叙述他同楚国反动贵族集团的深刻矛盾，对后者作了尖锐有力的揭露。最后设想自己要退隐，但仍决心坚持原有的品德和理想。

　　女嬃之婵媛兮[1]，申申其詈予[2]。曰："鲧婞直以亡身兮[3]，终然殀乎羽之野[4]。汝何博謇而好修兮[5]，纷独有此姱节[6]？薋菉葹以盈室兮[7]，判独离而不服[8]。众不可户说兮[9]，孰云察余之中情[10]？世并举而好朋兮[11]，夫何茕独而不予听[12]？"

◎ 注释

[1] 女嬃（xū）：旧说是屈原的姐姐。按"嬃"在古代楚方言中是姐妹的通称，从《离骚》文例和本段文义来看，这里"女嬃"当是屈原所假设的一个"老大姐"式的人物。婵媛（chán yuán）：楚方言"啴咺"的借字，因说话愤急而喘息的样子。

[2] 申申：反复地，再三再四地。詈（lì）：骂。予：我。

[3] 曰：说。主语是女嬃。本段此下各句都是女嬃的话。鲧（gǔn）：神话中人名，是夏禹的父亲，因治水不成，被虞舜放逐到羽山之野，最终死在那里。婞（xìng）直：刚直。亡身：即"忘身"，意思是不顾自身的安危。

[4] 殀（yāo）：同"夭"，死。乎：于。羽：羽山，神话中地名，传说在东边海滨。以上二

句说：鲧这个人刚直而不顾自身的安危，最终死在羽山之野。

[5] 博謇：意思是在各种事情上都实话实说。博，广泛，多方面。謇，直言。

[6] 姱节：美好的节操。以上二句意思是：你为何对什么事都要多嘴多舌，那样喜欢高洁？为何独有你定要讲究这么多美好的节操？

[7] 薋（zī）：积累。菉（lù）：草名，亦名王刍、淡竹叶。葹（shī）：草名，即苍耳。"菉""葹"都是普通的草。盈：满。

[8] 判：与众有别的样子。服：佩用。以上二句意思是：满屋子堆积的是普通的草，你却与众不同地偏要抛开它们不肯佩用。旧说女媭要屈原佩戴恶草，大误。

[9] 户说：挨家挨户地说明。

[10] 余：这里是"咱们"的意思，是女媭站在屈原一边说话的语气。以上二句说：对众人不能挨家挨户去说明，谁会来详察咱们的本心？

[11] 并举：意思是"都这样行事"。朋：朋党，成群结伙。

[12] 茕（qióng）独：孤独。不予听："不听予"的倒语。以上二句意思是：世上的人都喜欢成群结伙，你为什么要孤独下去，而不听我的话，变得随和一点？

依前圣以节中兮[1]，喟凭心而历兹[2]。济沅湘以南征兮[3]，就重华而陈词[4]："启九辩与九歌兮[5]，夏康娱以自纵[6]。不顾难以图后兮[7]，五子用失乎家巷[8]。羿淫游以佚畋兮[9]，又好射夫封狐[10]。固乱流其鲜终兮[11]，浞又贪夫厥家[12]。浇身被服强圉兮[13]，纵欲而不忍[14]。日康娱而自忘兮[15]，厥首用夫颠陨[16]。夏桀之常违兮[17]，乃遂焉而逢殃[18]。后辛之菹醢兮[19]，殷宗用而不长[20]。

◎ 注释

[1] 节中：不偏不倚，没有偏差。

[2] 喟（kuì）：叹息。凭：满，指愤懑。历兹：至此。以上二句说：我遵循前代圣贤的榜样并无偏差，可叹的是心中愤懑，直到如今。

[3] 济：渡。沅湘：沅水、湘水，都是现在湖南境内流入洞庭湖的大江。征：行。

[4] 就：投向。重华：虞舜之名。陈词：陈述申诉之词。传说虞舜葬在九嶷山，在沅水、湘水之南，所以向重华陈词要渡过沅、湘南行。

[5] 启：夏启，传说中夏朝的君主，是夏禹之子。九辩、九歌：乐曲名，古代神话说这是夏启从天界那里取得的。(向重华所陈之词由此句开始。)

[6] 夏：指夏启。康娱：寻欢作乐。康，乐。自纵：放纵自己。

[7] 顾难（nàn）：看到危难。图后：考虑后来的事。

[8] 五子：指夏启的五个儿子。失：误增字，应删。用乎：因而。家巷：内讧，内乱。巷，通"哄"。根据多种古书所记的上古传说，夏启有五个儿子贬在观地，称为"五观"。夏启十年至十一年间，"五观"发动叛乱；乱平以后，最小的儿子武观被放逐到西河。夏启十五年，武观又在西河发动叛乱。这里"五子家哄"是兼指前后两次叛乱而言。

[9] 羿（yì）：传说是夏代有穷国的君主，曾起兵推翻夏启之子太康。淫：过分。淫游，游乐过度。佚（yì）：放纵。畋（tián）：打猎。

[10] 封狐：大狐，泛指大的野兽。

[11] 乱流：淫乱之辈。鲜：少。终：名词，结果，下场。

[12] 浞（zhuó）：人名，即寒浞。传说他是羿的相，因贪恋羿妻，勾结羿的家臣逢蒙把羿杀死。厥（jué）：其，指羿。家：妻室。以上二句说：淫乱之辈本来就少有好下场，寒浞又在贪图羿的妻子。

[13] 浇：通"奡（ào）"，人名，寒浞之子。传说他勇猛有力，曾起兵灭了斟（zhēn）灌、斟寻二族，杀死逃在那里的夏相（太康之侄，仲康之子）。但后来又被夏相之子少康所杀。被服：即披服，这里是"身上具有"的意思。强圉（yǔ）：即"强御"，强暴有力。

[14] 忍：克制。以上二句说：浇身上具有强大的力气，但放纵欲望而不自克制。

[15] 日：天天。自忘：忘记自身的危险。

[16] 颠陨（yǔn）：坠落。以上二句说：浇天天寻欢作乐，忘掉了自身的危险，他的脑袋因此掉落。

[17] 常违：违常，违背常规。

[18] 乃：就。遂焉：终于。以上二句说：夏桀违背常规，最终遭到祸殃。

[19] 后：君王。辛：商纣之名。菹醢（jū hǎi）：古代酷刑，把人剁碎做成肉酱。

[20] 宗：宗祀。殷宗：指殷商王朝。以上二句说：纣王把人剁成肉酱，殷王朝因此不得久长。

"汤禹俨而祗敬兮[1]，周论道而莫差[2]，举贤而授能兮[3]，循绳墨而不颇[4]。皇天无私阿兮[5]，览民德焉错辅[6]。夫维圣哲以茂行兮[7]，苟得用此下土[8]。瞻前而顾后兮[9]，相观民之计极[10]。夫孰非义而可用兮，孰非善而可服[11]？

阽余身而危死兮[12]，览余初其犹未悔[13]，不量凿而正枘兮[14]，固前修以菹醢。[15]"曾歔欷余郁邑兮[16]，哀朕时之不当[17]。揽茹蕙以掩涕兮[18]，沾余襟之浪浪[19]。

◎ 注释

[1] 俨（yǎn）：严肃。祗（zhī）：与"敬"同义。这句是说商汤、夏禹对天道和人事都态度严肃，恭恭敬敬。

[2] 周：指周初的文王、武王等人。论道：讲论治国之道。莫差：没有差错。

[3] 举贤：选拔贤人。授能：把职务交给有才能的人。

[4] 循：遵守。绳墨：比喻法度。颇：偏，偏差。

[5] 阿：偏袒，袒护。

[6] 错：通"措"，设置，安排。辅：辅助。以上二句说：皇天对人没有偏私，看谁有德就给以辅助。

[7] 哲：名词，智慧的人。茂行：盛德之行。

[8] 苟得：才能够。下土：国土，天下。相对"皇天"而言，所以称为"下土"。以上二句说：只有圣人哲人以其盛德之行，才能够享有天下。

[9] 瞻：往前看。顾：往后看。

[10] 相（xiàng）观：观察。计：指立身处世的计划、打算。极：终。计极：意思是最终的、最根本的打算。

[11] 服：行。以上四句意思是：前前后后看看历史上的种种事实，从中观察做人应有什么样的根本打算，结论是：哪有不义的事可以干，哪有不善的事可以行？

[12] 阽（diàn）：临近危险。"阽余身"等于说"余身阽"，即余身临近危险。危死：几乎要死亡。

[13] 初：指当初的心志。以上二句说：我已临近危险，几乎是在死亡的边缘，但回顾我当初的心志，却还是不后悔。

[14] 凿（záo）：器物上的孔眼，是安插榫（sǔn）头的。枘（ruì）：榫头。

[15] 以上二句说：不度量凿眼而削正想要安放的榫头，这本是前代贤人被剁成肉酱的原因。（向重华所陈之词到此为止。）

[16] 曾：通"增"，愈加。歔欷（xū xī）：哭泣时的抽噎。郁邑：烦恼苦闷。

[17] 时：时世。当：值。不当：没遇上。这句是悲叹自己没遇上好的时世。

[18] 茹蕙：柔软的蕙草。

[19] 沾：浸湿。浪浪（láng）：流不断的样子。以上二句说：拿着柔软的蕙草揩抹眼泪，眼泪却滚滚而下沾湿了衣襟。

跪敷衽以陈辞兮[1]，耿吾既得此中正[2]。驷玉虬以乘鹥兮[3]，溘埃风余上征[4]。朝发轫于苍梧兮[5]，夕余至乎县圃[6]。欲少留此灵琐兮[7]，日忽忽其将暮。[8]吾令羲和弭节兮[9]，望崦嵫而勿迫[10]。路曼曼其修远兮[11]，吾将上下而求索。[12]

◉ 注释

[1] 敷：铺开。衽（rèn）：衣襟，这里是指古人所穿长袍的下截。
[2] 耿：明亮的样子。中正：指正道。以上二句说：铺开衣襟跪着诉说了以上的话，我心明眼亮地感到已经得了正道。
[3] 驷（sì）：古代指驾一辆车所用的四匹马。这里作动词，意思是把四虬（qiú）驾在一起。虬：传说中的一种龙。玉虬，带有玉饰的虬。鹥（yī）：凤凰一类的鸟。乘鹥，以鹥为车而乘之。
[4] 溘（kè）：忽然。埃风：夹着尘埃的大风。这句说：忽起一阵大风，我就趁着它上行于天。
[5] 轫（rèn）：停车时抵住车轮的木块。发轫：起动车辆，启程。苍梧：山名，即九嶷山，在今湖南宁远东南。传说虞舜死于苍梧之野，葬在九嶷山。上文屈原想象向虞舜陈词，所以这里说从苍梧出发。按此句以下至本段末，是叙述一天的行程。
[6] 县：同"悬"。悬圃（pǔ），神话中地名，据说在昆仑山的中层。（这里所说的昆仑山是神话中一座上通于天的仙山，下同。）
[7] 琐（suǒ）：门上雕刻的花纹，这里即指门。因悬圃是神仙所居，所以它的门称为"灵琐"。
[8] 以上二句说：想在这仙宫门前稍留一下，可是太阳很快下落，将近黄昏。
[9] 羲（xī）和：神话中太阳神的驾车者。弭（mǐ）：停止。节：度，指车行的速度。弭节，停车。
[10] 崦嵫（yān zī）：神话中山名，为太阳所入之处。迫：迫近。以上二句说：我命令羲和把太阳神的车子停下来，望着崦嵫山却不要靠近它。
[11] 曼曼：通"漫漫"，路程很长的样子。修：长。
[12] 以上二句说：路程漫漫又长又远，我还要上下天下地去寻求。

饮余马于咸池兮[1]，总余辔乎扶桑[2]。折若木以拂日兮[3]，聊逍遥以相羊[4]。前望舒使先驱兮[5]，后飞廉使奔属[6]。鸾皇为余先戒兮[7]，雷师告余以未具[8]。吾令凤鸟飞腾兮[9]，继之以日夜。飘风屯其相离兮[10]，帅云霓而来御[11]。纷总总其离合兮[12]，斑陆离其上下[13]。吾令帝阍开关兮[14]，倚阊阖而望予[15]。时暧暧其将罢兮[16]，结幽兰而延伫[17]。世溷浊而不分兮[18]，好蔽美而嫉妒[19]。

◎ 注释

[1] 饮（yìn）：给牲畜水喝。咸池：神话中的天池，据说太阳出来时在此洗浴。按此句以下一段，是叙述又一天周游求索的情况。

[2] 总：结。辔（pèi）：缰绳。扶桑：神话中长在东方日出处的大树。以上二句是叙述早上在东方出发时的情况。

[3] 若木：神话中长在西方日落处的大树。拂：逆。拂日，意思是挡住太阳，不让它下落。

[4] 聊：姑且。逍遥：悠游自得的样子。相羊：通"徜徉（cháng yáng）"，徘徊。以上二句说：折一枝若木挡住太阳下落，让我姑且在这里悠游徘徊。这二句是叙述日暮时到达天空西边后的情况。

[5] 望舒：神话中为月神驾车的人。

[6] 飞廉：神话中的风神。属（zhǔ）：跟随。以上二句说：我命令望舒在前面开路，又让飞廉追随于我的后边。

[7] 鸾（luán）：凤一类的鸟。皇：通"凰"，雌凤。先戒：在前边清道警卫。

[8] 雷师：雷神。未具：行装尚未齐备。

[9] 凤鸟：指凤车（以凤为车），与上文"乘骛"相应。此连下句是说命令凤车日夜飞驰。

[10] 飘风：旋风。屯：聚。离：通"丽"，附拢。

[11] 帅：通"率"。霓（ní）：副虹。云霓，泛指云霞。御：通"迓（yà）"，迎接。以上二句说：旋风结聚着向我的凤车靠拢，它率领云霞来迎接我们。

[12] 纷总总：纷然杂聚的样子。离合：忽散忽聚，流动变化。

[13] 斑陆离：各种色彩参差交织的样子。上下：忽高忽低，飘浮不定。

[14] 阍（hūn）：守门人。开关：等于说"开门"。

[15] 阊阖（chāng hé）：传说中的天门。以上二句说：我叫上帝的守门人把门打开，他却靠

着天门冷冷地看我。
[16] 时：时光。暧暧（ài）：日光昏暗的样子，是黄昏景象。罢：完结。
[17] 结：编结。幽兰：兰草，因多生于幽僻之处，所以称为幽兰。以上二句说：时光已是黄昏，一天将要完了，我手里编着幽兰，在天门前久久徘徊。
[18] 溷（hùn）浊：混乱污浊。不分：分不清善恶和美丑。
[19] 好（hào）：喜欢。蔽：遮蔽。美：指优秀的人。

朝吾将济于白水兮[1]，登阆风而绁马[2]。忽反顾以流涕兮，哀高丘之无女[3]。溘吾游此春宫兮[4]，折琼枝以继佩[5]。及荣华之未落兮[6]，相下女之可诒[7]。

◎ 注释

[1] 白水：神话中水名，据说发源于昆仑山。按此句以下四段，是叙述又一天周游求索的情况。
[2] 阆（làng）风：神话中地名，在昆仑山上。一说即悬圃。绁（xiè）：系，拴。以上二句说：早上我渡过白水，登上阆风后把马拴住。
[3] 高丘：高山，指阆风。女：指神女。这句说：哀叹阆风山上竟没有神女。按此处所说的神女及下文所说的下女，均比喻志同道合的人。《离骚》第一大段表明，屈原想在楚国实行改革，有两个手段，一是依靠楚王，二是培养一批志同道合的人，结果都归于失败。《离骚》第二大段基本上是用幻想形式进一步表现第一大段的内容，所以"叩阍"未通是比喻对楚王绝望；"求女"不成则是比喻寻求志同道合的人又归于失败。这正和第一大段所述的情况相应。
[4] 春宫：神话中东方的仙宫。
[5] 琼枝：玉树的枝。以上二句说：忽然我又来游这东方的仙宫，折下玉树的枝来补充我的佩饰。
[6] 荣、华：都是花。这里是指玉树枝上的花。
[7] 下女：指下文宓妃等人，因相对于高丘神女而言，所以说下女。诒（yí）：通"贻"，赠给。以上二句说：趁着玉树枝上的花朵尚未凋落，认一个下界的美女以便赠给她。

吾令丰隆乘云兮[1]，求宓妃之所在[2]。解佩纕以结言兮[3]，吾令蹇修以为理[4]。纷总总其离合兮[5]，忽纬繣其难迁[6]。夕归次于穷石兮[7]，朝濯发乎洧盘[8]。保厥美以骄傲兮，日康娱以淫游[9]。虽信美而无礼兮，来违弃而改求[10]。

◎ 注释

[1] 丰隆：神话中的云神。

[2] 宓（fú）妃：神话中人名，据说是古帝伏羲氏之女。

[3] 纕（xiāng）：佩饰。结言：订约。

[4] 蹇（jiǎn）修：人名，是一个假设的人物。理：媒人。以上二句说：我解下饰物拿去订约，让蹇修给我当媒人。

[5] 纷总总：这里是形容情况迷乱，不明朗。离合：忽离忽合，指宓妃的态度变化不定。

[6] 纬繣（wěi huà）：态度别扭的意思。难迁：难以改变。以上二句说：情况乱糟糟皆因宓妃忽而同意忽而不同意，突然她又闹别扭，再也难以说动。

[7] 次：止宿。穷石：神话中地名。

[8] 洧（wěi）盘：神话中水名。以上二句说：宓妃晚上住在穷石，早晨又跑到洧盘洗发梳妆。

[9] 保：恃，仗着。厥：其，指宓妃。以上二句说：仗着她的美貌而骄傲，天天寻欢作乐，游玩过度。

[10] 来：招呼从者之词。违弃：抛开。改求：另作追求。以上二句说：她虽然确实美丽然而不讲礼法，来吧，让我们抛开她另作追求。

览相观于四极兮，周流乎天余乃下[1]。望瑶台之偃蹇兮[2]，见有娀之佚女[3]。吾令鸩为媒兮，鸩告余以不好[4]。雄鸠之鸣逝兮，余犹恶其佻巧[5]。心犹豫而狐疑兮，欲自适而不可[6]。凤皇既受诒兮[7]，恐高辛之先我[8]。

◎ 注释

[1] 览、相、观：都是看的意思。四极：指天空中四方的尽头。以上二句说：观察寻求直到四方的尽头，在天上周游了一遍，我才下到人间。

[2] 瑶台：玉台。偃（yǎn）蹇：高耸的样子。

[3] 有娀（sōng）：传说中的上古国名。佚女：美女。古代神话说，有娀氏的美女名简狄（dí），住在高台上，后来成为帝喾（kù）之妃，生子契，是商朝的始祖。

[4] 鸩（zhèn）：传说中的一种毒鸟。以上二句说：我让鸩鸟去当媒人，它却恶毒地说她不好。

[5] 恶（wù）：憎厌。以上二句说：雄鸠叫唤着飞去说媒，我又嫌它太轻佻。

[6] 适：往。以上二句说：心里犹豫而疑惑不定，想自己到简狄那里去，又觉得不可以。

[7] 凤皇：通"凤凰"。诒：通"贻"，这里是名词，指礼物，聘礼。受诒：是说凤凰接下了帝喾托付给它的聘礼，准备去送给简狄。古代神话的一种说法是：简狄在高台上，帝喾派凤凰去当媒介，后来简狄就嫁给了帝喾。这一说法即为《离骚》《天问》《思美人》各篇所用。

[8] 高辛：帝喾即位后用的称号。这句说：恐怕高辛抢在我前面了。

欲远集而无所止兮[1]，聊浮游以逍遥[2]。及少康之未家兮[3]，留有虞之二姚[4]。理弱而媒拙兮[5]，恐导言之不固[6]。世溷浊而嫉贤兮，好蔽美而称恶[7]。闺中既以邃远兮[8]，哲王又不寤[9]。怀朕情而不发兮，余焉能忍与此终古[10]！

◎ 注释

[1] 集：本指鸟栖于树，这里与"止"同义，停留。这句意思是：想到远方去而又无处可去。

[2] 浮游：游荡。

[3] 少康：传说是夏代的中兴之主，夏相之子。夏相被杀后，少康逃在有虞国，娶了国君的两个女儿，后来就借助有虞的力量，杀死了浇，恢复夏朝。未家：没有成家。

[4] 有虞：传说中的上古国名，姚姓。二姚：有虞国君的两个女儿。以上二句说：趁着少康没有成家，还留着有虞的二姚。

[5] 理、媒：都指媒人。

[6] 导言：沟通双方的言辞，说合。以上二句说：媒人无能而笨拙，恐怕说合不牢靠。

[7] 称：举。称恶：抬举恶人或宣扬恶行的意思。

[8] 闺：旧时指女子所居的内室。邃（suì）：深远。这句是以闺中深远，求女不得，比喻难以找到志同道合的人。

[9] 哲王：指楚怀王。寤：通"悟"，醒悟。

[10] 终古：永远。以上二句说：我怀着忠贞之情而无可抒发，我怎能忍受这种情况直到最后！

◎ 评析

　　从"女嬃之婵媛"至此是全篇第二大段。作者假设有一个老大姐式的人物对他殷切劝诫，他听了不服气，就去向古帝虞舜陈诉。当他认为已得到公正的评判之后，便满怀信心周游太空，上求天帝，下索佚女，探寻实现理想的途径，然而这一切仍归于失败。这是以想象的形式来进一步表现他在现实中的追求和遭遇。

索藑茅以筳篿兮[1]，命灵氛为余占之[2]。曰："两美其必合兮[3]，孰信修而慕之[4]？思九州之博大兮，岂唯是其有女？[5]"曰："勉远逝而无狐疑兮[6]，孰求美而释女[7]？何所独无芳草兮，尔何怀乎故宇[8]？世幽昧以眩曜兮[9]，孰云察余之善恶[10]？民好恶其不同兮，惟此党人其独异。[11]户服艾以盈要兮[12]，谓幽兰其不可佩。览察草木其犹未得兮，岂珵美之能当？[13]苏粪壤以充帏兮[14]，谓申椒其不芳。"

◉ 注释

[1] 索：讨取。藑（qióng）茅：一种可用来占卜的茅草。据说古代南方人有"茅卜法"，即用此草。以：与。筳（tíng）、篿（zhuān）：都是算卦用的竹片，这是另一种占卜法。因是寓言，所以这里同时提到楚人常用的两种占卜法。

[2] 灵：巫。氛：巫者之名。巫氛是传说中的上古神巫，这里假设请他来算卦。占（zhān）：占卜，算卦。

[3] 曰：主语是屈原，以下四句是屈原问卜之词。其：表示肯定语气的语助词。

[4] 慕：追求。之：它，指"两美必合"这种事情。以上二句说：双方美好必定可以结合，就看谁是不是真正美好并且追求这种结合。

[5] 九州：古代中国分为九州，所以"九州"是全中国的代称。是：此，此地，指楚国。以上二句说：我想中国地方很大，难道只有此地才有美女？

[6] 曰：主语是灵氛，以下至本段末是灵氛的答词。勉：勉力，努力。

[7] 释：放。女：通"汝"，指屈原。以上二句说：你努力往远方去，不要疑惑不决，谁寻求美好的人而会把你放弃？

[8] 芳草：比喻所求之女。故宇：旧居。以上二句说：何处没有芳草，你何必怀恋故乡？

[9]世：指楚国的世俗。幽昧：昏暗。眩曜（xuàn yào）：本指日光强烈，引申为眼光迷乱的意思。

[10]云：语助词。余：这里是"咱们"的意思，是灵氛站在屈原一边说话的语气。以上二句说：楚国的世道昏暗迷乱，谁来详察咱们这种人是好是坏？

[11]以上二句说：人们的爱憎本来就不同，而这帮结党营私的家伙却格外特别。

[12]户：家家户户。服：佩带。艾：即艾草，在作者心目中这是一种恶草。盈：满。要：通"腰"。

[13]珵（chéng）：美玉。以上二句说：他们观察草木还得不到正确的认识，岂能对美玉有恰当的评价？

[14]苏：取。粪壤：粪土。充：塞满。帏（wéi）：古人身上佩带的香袋。

欲从灵氛之吉占兮，心犹豫而狐疑。巫咸将夕降兮[1]，怀椒糈而要之[2]。百神翳其备降兮[3]，九疑缤其并迎[4]。皇剡剡其扬灵兮[5]，告余以吉故[6]。曰："勉升降以上下兮[7]，求榘矱之所同[8]。汤、禹严而求合兮[9]，挚、咎繇而能调[10]。苟中情其好修兮，又何必用夫行媒[11]？说操筑于傅岩兮[12]，武丁用而不疑[13]。吕望之鼓刀兮[14]，遭周文而得举[15]。宁戚之讴歌兮[16]，齐桓闻以该辅[17]。及年岁之未晏兮[18]，时亦犹其未央[19]。恐鹈鴂之先鸣兮[20]，使夫百草为之不芳[21]。"

◉ 注释

[1]巫咸：传说中的上古神巫，这里是假设请巫咸降神。降：降神，巫者假装有天神下降，附在他身上，他就代表神发出指示。降神都在晚间，所以说"夕降"。

[2]怀：带着。椒：花椒，用以浸酒敬神。糈（xǔ）：精米，祭神所用。要（yāo）：拦截，这里是迎候的意思。以上二句说：巫咸将在晚间降神，我带着花椒精米前去迎候。

[3]翳（yì）：遮蔽，这里形容下来的神很多，黑压压一大片。备：齐，都。

[4]九疑：指九嶷山之神。按上文想象由九嶷山出发"上下求索"，叩阊求女失败以后，当仍落脚到九嶷山，设想在那里卜卦和降神，所以此处又说到"九疑"。缤：盛多的样

023

子。迎：可能是"逆"字之误，"逆"与下文"故"古音叶韵。以上二句说：天上诸神齐都下降，九嶷山的众神纷纷相迎。

[5] 皇剡剡（yǎn）：大放光芒的样子。其：指众神。扬灵：显示神灵。

[6] 吉故：吉利的故事，指下文所述君臣遇合的事例。

[7] 曰：主语是巫咸，以下至本段末，都是巫咸代表天神讲的话。

[8] 榘：同"矩"，画方形的仪器。矱（huò）：尺度。榘矱，比喻准则。以上二句说：努力到上下四方去寻求吧，寻求那些和你遵循同样准则的人。

[9] 严：严肃认真的意思。

[10] 挚（zhì）：即伊尹，传说是商汤的贤相。咎繇（gāo yáo）：即皋陶（yáo），传说是夏禹的贤臣。调：协调，和谐。以上二句说：商汤、夏禹认真寻求志同道合的人，得到伊尹、皋陶而君臣协调。

[11] 用：因，借助。以上二句意思是：只要衷心爱好优美的品质，那就自然会有理想的结合，又何必借助媒人往来说合？

[12] 说（yuè）：即傅说，相传是殷高宗的贤相。操：拿着。筑：打土墙用的捣土棒。傅岩：地名，在今山西平陆东。

[13] 武丁：殷高宗名。相传武丁梦得贤臣，后来在刑徒中发现傅说与梦中人长得一样，就用他为相。以上二句说：傅说拿着捣土棒在傅岩打墙，武丁毫不犹疑地用他为相。

[14] 吕望：即姜太公，他本姓吕，名尚，曾被称为太公望，所以又叫吕望。鼓：鸣。鼓刀：摆弄屠刀发出响声。传说姜太公曾在殷都当过屠夫，宰牛为生。

[15] 周文：周文王。以上二句说：吕望摆弄过屠刀，遇着周文王就得到举用。

[16] 宁戚：春秋时卫国人，传说他经商于齐，夜间喂牛，望见齐桓公，就敲着牛角唱歌，慨叹怀才不遇。桓公找他谈话后，用他为卿。

[17] 齐桓：齐桓公，春秋前期齐国君，曾称霸于诸侯。该：备。该辅：备位于辅佐大臣之列。

[18] 晏：迟。

[19] 央：尽。

[20] 鹈鴂（tí jué）：鸟名，即子规，杜鹃，鸣于春末夏初，正是落花时节。

[21] 百草：各种花草，比喻人的才能。以上四句意思是：要趁着年岁还不迟，时光还未尽，努力有所作为；不要等到年老力衰，时机已过，如同鹈鴂一叫花草不再芳香那样，便再也来不及了。

何琼佩之偃蹇兮[1]，众薆然而蔽之[2]。惟此党人之不谅兮[3]，恐嫉妒而折之[4]。时缤纷其变易兮，又何可以淹留。[5]兰芷变而不芳兮，荃蕙化而为茅。[6]何昔日之芳草兮，今直为此萧艾也！[7]岂其有他故兮，莫好修之害也。[8]余以兰为可恃兮，羌无实而容长；[9]委厥美以从俗兮，苟得列乎众芳。[10]椒专佞以慢慆兮[11]，樧又欲充夫佩帏[12]。既干进而务入兮[13]，又何芳之能祗[14]？固时俗之流从兮，又孰能无变化？[15]览椒兰其若兹兮，又况揭车与江离？[16]惟兹佩之可贵兮[17]，委厥美而历兹[18]。芳菲菲而难亏兮[19]，芬至今犹未沫[20]。和调度以自娱兮[21]，聊浮游而求女。及余饰之方壮兮，周流观乎上下。[22]

◎ 注释

[1] 琼佩：佩玉，比喻美德。偃蹇：这里是高卓的意思。

[2] 薆（ài）然：被遮暗的样子。以上二句说：我的佩玉是多么高洁，人们却把它遮掩得暗淡无光。

[3] 谅：信实。不谅：不讲信义。

[4] 折：摧残。之：指佩玉。以上二句说：这帮结党营私的人是不讲什么信义的，恐怕会出于嫉妒来摧残它。

[5] 以上二句说：时世纷乱而变化无常，我怎么可以在这里久留。

[6] 以上二句说：兰和芷变得不香了，荃和蕙化成了茅草。比喻一些人的变质。

[7] 萧：指秋天变老的白蒿。以上二句说：怎么从前的香草，现在简直成了萧艾之类的恶草。

[8] 以上二句说：这难道还有别的缘故？都是不爱惜优美品质所造成的祸害啊。

[9] 容：外表。长：这里是美好的意思。以上二句说：我以为兰草总可靠，谁知它外表虽好却并无实际。

[10] 委：弃。苟：苟且。众芳：这里是比喻被世俗所推崇的人。以上二句说：兰草竟抛弃它的美质而追随世俗，只求被人苟且地列为芳草。

[11] 专：专横。佞（nìng）：谄媚。慢、慆（tāo）：都是傲慢的意思。

[12] 椴(shā)：指木本植物食茱萸(zhū yú)所结的子，一名椒榉(dǎng)子。以上二句说：花椒变得专横谄媚又傲慢，榉子又钻进人们佩带的香袋。

[13] 干、务：都是追求的意思。干进、务入：钻营，向上爬。

[14] 祇(zhī)：敬，看重。以上二句说：它们既然一心钻营向上爬，又怎么能看重自己的德行？

[15] 以上二句说：世俗的风气本来就是随波逐流，又有谁能够不起变化？

[16] 若兹：如此。以上二句说：看看椒和兰尚且变得如此，又何况次一等的揭车与江离？

[17] 兹佩：此佩，指作者自己的佩饰。

[18] 委：这里是被人鄙弃的意思。历兹：至此。以上二句说：惟有我的佩饰始终是可贵的，但是它的美质却被人鄙弃直到如今。

[19] 亏：亏损。

[20] 沬(mèi)：通"昧"，暗淡。以上二句意思相似，讲佩饰的浓郁香气不会亏损，没有变淡。用"沬"，是以光线变暗比喻香气变淡。

[21] 和：动词，调节而使之和谐的意思。调(diào)：指佩玉所发的音响。度：指有规律的步伐。二者协调，佩玉的音响就会有节奏。这句说：让我调整玉音和步伐的节奏以自欢娱。

[22] 以上二句说：趁着我的佩饰正在盛美之际，我要周游观访于上下四方。

灵氛既告余以吉占兮，历吉日乎吾将行[1]。折琼枝以为羞兮[2]，精琼靡以为粻[3]。为余驾飞龙兮，杂瑶象以为车[4]。何离心之可同兮，吾将远逝以自疏[5]。

◉ 注释

[1] 历：选。以上二句说：灵氛既已告诉我吉利的卜辞，选个好日子我将要远行。

[2] 羞：肉干，这里指菜肴。

[3] 精：动词，精选。琼靡(mí)：玉屑。粻(zhāng)：粮食。以上二句说：折下玉树的枝叶来做菜肴，精选玉屑作为干粮。

[4] 杂：动词，兼用。瑶：美玉。象：象牙。以上二句说：替我把飞龙驾上套，用美玉和象牙镶成车辆。

[5] 以上二句说：彼此不同心怎么能合到一起，我将远去，主动离开他们。

邅吾道夫昆仑兮[1]，路修远以周流[2]。扬云霓之晻蔼兮[3]，鸣玉鸾之啾啾[4]。朝发轫于天津兮[5]，夕余至乎西极[6]。凤皇翼其承旂兮[7]，高翱翔之翼翼[8]。忽吾行此流沙兮[9]，遵赤水而容与[10]。麾蛟龙使梁津兮[11]，诏西皇使涉予[12]。路修远以多艰兮，腾众车使径待[13]。路不周以左转兮[14]，指西海以为期[15]。

◎ 注释

[1] 邅（zhān）：楚方言，转弯，转道。

[2] 周流：周游。以上二句说：在昆仑山我又转了路，前途遥远继续周游。

[3] 扬：扬起。云霓：云霞，这里是说以云霞为旌旗。晻（yǎn）蔼（ǎi）：因云霞蔽日而光线变暗的样子。

[4] 鸣：发出响声。玉鸾：玉铃，指挂在"飞龙"和"瑶车"上的铃铛。啾啾（jiū）：象声词，指铃声。

[5] 天津：天河，在天的东方箕星和南斗星之间。这句说：早晨从东方的天河发车启程。

[6] 西极：天空的西头。

[7] 翼：翅翼开张的样子。承：接。旂：同"旗"，指云旗，即上文所说的"云霓"。

[8] 翼翼：整齐有节的样子。以上二句说：凤凰展翅连接着云霞，它们高高飞翔很有节奏。

[9] 流沙：神话中的西方沙漠之地，据说那里的沙不停流动。

[10] 赤水：神话中水名。容与：徘徊，缓行。以上二句说：忽然我行经这流沙地方，只得沿着赤水缓缓而行。

[11] 麾（huī）：指挥。梁：桥，这里是动词，等于说架桥。津：渡口。

[12] 诏：令。西皇：指神话中的古帝少皞（hào）氏，是西方之神。涉：渡过。以上二句说：我指挥蛟龙，使它们作为桥梁架在渡口，又命令西方之神引我渡过赤水。

[13] 腾：升起。径：直，直接。待：通"侍"，一本即作"侍"。侍卫的意思。以上二句说：路途遥远又多艰险，腾起众车使它们直接侍卫我所乘的车。

[14] 不周：神话中山名。

[15] 西海：神话中西方的海。期：约定，这里指约定之地，即目的地。以上二句说：路过不周山又向左转，指定西海为最终的目的地。

屯余车其千乘兮[1]，齐玉轪而并驰[2]。驾八龙之蜿蜿兮[3]，载云旗之委蛇[4]。抑志而弭节兮[5]，神高驰之邈邈[6]。奏九歌而舞韶兮[7]，聊假日以媮乐[8]。陟升皇之赫戏兮[9]，忽临睨夫旧乡[10]，仆夫悲余马怀兮[11]，蜷局顾而不行[12]。

◎ 注释

[1] 屯：聚集。乘（shèng）：古代车的量词，四匹马拉一车叫"一乘"。这里"千乘"是说许多辆车。

[2] 轪（dà）：楚方言，车轮。玉轪：玉轮。以上二句说：把我的许多车辆排列起来，对齐了车轮并列前进。

[3] 蜿蜿（wān）：蜿蜒，这里指龙身屈伸前行的样子。

[4] 委蛇（wēi yí）：卷曲而延伸的样子。

[5] 抑志：控制自己的心情，定下心来。

[6] 神：神思，思绪。邈邈（miǎo）：遥远的样子。以上二句说：定下心来，并使车辆停止前进，这时我的思绪飞得很远很远。

[7] 韶（sháo）：即《九韶》，传说是虞舜时的乐舞。

[8] 假：借。日：这里指时光。媮（yú）：通"愉"，与"乐"同义。以上二句说：演奏《九歌》又跳起《韶》舞，且借着这点时光娱乐一下。

[9] 陟（zhì）、升：都是上升的意思。皇：指天。赫戏：光明的样子。

[10] 睨（nì）：旁视。以上二句说：上升到天空，在大放光明的境界中，忽然居高临下瞥见了故乡。

[11] 怀：怀恋。

[12] 蜷（quán）局：拳曲不伸。以上二句说：我的仆从悲伤，马也怀恋，弓起身子顿住马蹄，再三回顾不肯往前。

乱曰[1]：已矣哉[2]！国无人莫我知兮，又何怀乎故都[3]？既莫足与为美政兮[4]，吾将从彭咸之所居。[5]

◎ 注释

[1] 乱：古代乐歌中结尾时的齐奏合唱，也就是"尾声"。楚辞起源于乐歌，所以不少篇有

"乱词";从诗的结构来看,它是全篇的结语。
[2]已矣哉:等于说"罢了"。
[3]故都:等于说"故国"。以上二句说:楚国没有贤人,不能理解我,我又何必怀恋这故国?
[4]美政:屈原理想中的良好政治。
[5]以上二句说:既然和他们不可能实现良好的政治,我将追随彭咸,投水死去。

◎ 评析

从"索藑茅与筳篿"至此是全篇第三大段。作者假设请灵氛占卜、巫咸降神,以求得启示,决定行止。经过思考,作者认为应该听从他们的劝告,去国远游。他在想象中经历了漫长而险阻的道路。当最终目的地已经在望时,他却在光明的太空中看见了自己的故乡,于是再也不忍往前走了。最后以殉国的决心结束全篇。

屈原 九歌（选六）

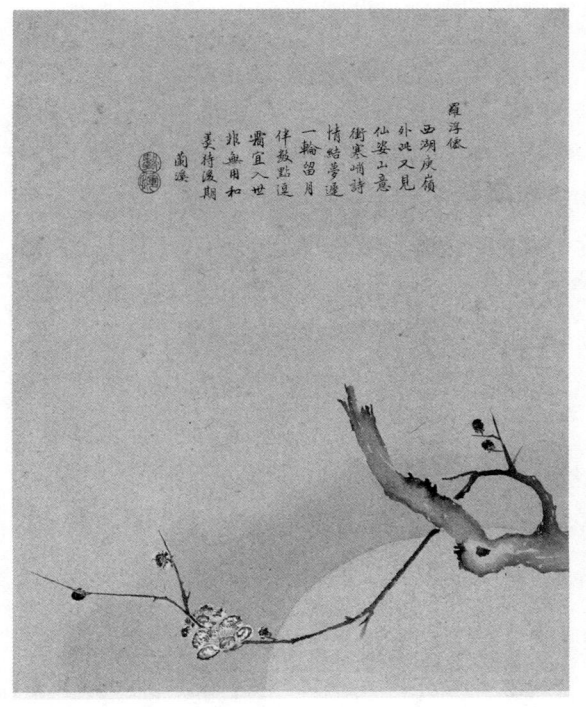

北窗(六)

《九歌》是一组祭祀神鬼用的乐歌。从汉代以来，一般研究者都认为它们原来是民间的创作，后来经过屈原的修改和加工。这种解释虽然主要是出于推测，但可能是接近事实的。因为从思想感情和对神鬼的描写来看，《九歌》仍保留着民间创作质朴自然、清新活泼的特色，但在语言风格上却又和屈原的辞作颇为相似，而且其中有不少词句也见于屈原的其他作品，这是它和屈原有密切关系的明证。但是屈原究竟在什么时候对这组祭歌作了加工，则迄今为止无定说。汉代王逸、宋代朱熹都认为是在屈原遭到放逐以后；近代有的研究者则认为是在他得到楚怀王任用的时期。

《九歌》是乐歌的名称，《离骚》《天问》都曾提到它，据说这种乐歌是夏启王从天帝那里取来的。当然这是神话，但也说明它是一种很古老的乐歌。至于楚人把他们的祭歌称为《九歌》，或许是因为这些祭歌曾配以《九歌》的曲调，并采用了它的载歌载舞的形式。

关于《九歌》的演唱形式，近人作了种种解释，现在能够肯定的只有一点，即巫师在演唱中起着主要的作用。大概参加祭祀的群巫中，有一个大巫或主巫是以神鬼代表的身份出现的，他或她假托神鬼附身，因而就用受祭的神鬼的口气来说话；其余的巫者则配合着起迎神、送神、颂神、娱神的作用。《九歌》各篇，除了一般认为是祭祀结束时所唱的《礼魂》之外，任何一篇都有以神鬼本身的语气写成的歌词，这就是主巫在载歌载舞时所用，直接表现着受祭者的思想感情和动作行为；而在一部分篇章中，也穿插有不是用神鬼本身的语气写成的歌词，那就是群巫在助唱陪舞时所用。

《九歌》原有十一篇，今选注其中六篇，次序仍按今本《楚辞章句》排列。

湘　君

　　湘君、湘夫人是楚人心目中的湘水配偶神。他们的形象既是古代人民在想象中把湘水加以人格化的结果，也同古帝虞舜的神话有密切关系。传说虞舜巡视南方，死在苍梧之野，葬在九嶷山。他的两个妻子娥皇、女英起先没有随行，后来追到洞庭、湘水地区，得悉虞舜已死，便南望痛哭，投水以殉。由于虞舜在楚人中享有很高的威望，他的归宿之地苍梧、九嶷又是湘水的发源地，娥皇、女英的动人传说又恰恰以洞庭、湘水为背景，所以楚人就很自然地把这些神话人物同关于湘水的优美想象结合起来，由此而产生的湘神形象就不仅体现了楚人对湘水的深厚感情，而且体现了他们对楚国历史文化的深厚感情。

　　《湘君》《湘夫人》作为祭歌，并没有把神灵刻画为森严神秘的人类制裁者，更没有表现人们对神的盲目崇拜，而是以深刻的关心和同情来歌唱这一对配偶神的爱情生活。由于虞舜和娥皇、女英的悲剧传说的制约，湘君、湘夫人的关系也被写成彼此热烈相爱而终究无缘会合；全篇沉浸在悲怨缠绵的思绪之中，却曲折地表现了对纯洁爱情的赞颂和对幸福生活的向往，这是健康的民歌所经常表现的主题。《湘君》《湘夫人》虽然经过诗人屈原的润色加工，但这个主题仍然很突出，这正说明屈原对人民群众的美好愿望的理解和尊重。另外，这两篇祭歌把洞庭、湘水地区的自然景物写得非常优美而富有诗意，这有助于抒情主题的表达，也增强了艺术的魅力。《湘君》《湘夫人》中对爱情和自然景物的描写，在中国文学史上曾产生巨大的影响。

君不行兮夷犹[1]，蹇谁留兮中洲[2]？美要眇兮宜修[3]，沛吾乘兮桂舟[4]。令沅湘兮无波[5]，使江水兮安流[6]。望夫君兮未来[7]，吹参差兮谁思[8]？

◎ 注释

[1] 本篇是女巫饰为湘夫人所唱的恋慕湘君之词。君：指湘君。夷犹：犹豫不决。
[2] 蹇（jiǎn）：楚方言，发语词。谁留：为谁而留。洲：水中陆地。中洲：洲上。以上二句说：湘君犹犹豫豫不动身前来，您是为了谁而留在洲上？
[3] 要眇（yāo miǎo）：美好的样子。宜修：修饰得体，恰到好处。
[4] 沛：顺流而下、畅通无阻的样子。桂舟：桂木做的船，含有芳洁的意思。以上二句意思是：我容貌美丽打扮又适宜，乘着桂舟顺流而行去赴湘君的约会。
[5] 沅湘：沅水、湘水，都是今湖南境内流入洞庭湖的大江。
[6] 江：指长江。安流：平稳流动。
[7] 夫（fú）：指示代词，彼。君：指湘君。
[8] 参差（cēn cī）：古乐器名，由长短不齐的竹管编成，类似于笙或排箫。谁思：思念谁。以上二句说：盼望那湘君他却没有来，我吹着参差思念的是谁？

驾飞龙兮北征^[1]，邅吾道兮洞庭^[2]。薜荔柏兮蕙绸^[3]，荪桡兮兰旌^[4]。望涔阳兮极浦^[5]，横大江兮扬灵^[6]。扬灵兮未极^[7]，女婵媛兮为余太息^[8]。横流涕兮潺湲^[9]，隐思君兮陫侧^[10]。

◎ 注释

[1] 飞龙：指龙船，即上面所说的"桂舟"，因做成龙形或由龙驾驶，所以称为"飞龙"。北征：北行。指湘夫人因在约会地点没有等着湘君，所以继续北上，希望能在途中相遇。
[2] 邅（zhān）：楚方言，转弯，转道。这句意思是：湘夫人由湘水北行，一直行到洞庭湖也没有遇上湘君，所以她就在洞庭湖中转道。按湘水由洞庭东南岸入湖，其延长线即洞庭湖最东部的水域。这里联系下文，可知湘夫人入湖以后是转道向西北，横渡洞庭，然后再进入长江。这一切都是想象湘夫人在寻找湘君。
[3] 薜荔（bì lì）：常绿灌木，蔓生，亦名木莲。柏：闻一多先生认为是"帕"字之误，是旗类的总名（见《楚辞校补》）。薜荔帕，是说以薜荔为旗。蕙：香草，和兰草同类，亦名薰草、零陵香、佩兰。绸：闻一多先生说"所以缠旗杆者"。蕙绸：以蕙草来缠旗杆。
[4] 荪（sūn）：香草，即溪荪，俗名石菖蒲。桡（náo）：曲木，指旗杆上的曲柄。荪桡：以荪为曲柄，或曲柄上挂着荪草。兰：香草，即兰草或泽兰。旌（jīng）：这里指旗杆顶上的装饰，即"旄头"。"旄头"最早专指以旄牛尾为装饰，后来泛指其他杆头装饰

物。兰旌：以兰草为旄头。以上二句写龙船上的仪仗盛美芳洁。

[5] 涔（cén）阳：地名，涔阳浦，在今湖南涔水北岸，澧（lǐ）附近，地处洞庭湖西北岸与长江之间。浦：水滨，水滩。极浦：远滩。这句写湘夫人已经由东南到西北横渡了洞庭湖，将经过涔阳浦进入长江。

[6] 横：渡。大江：长江。扬灵：发扬灵光，显神。这句写湘夫人进入长江，在江上发出灵光。

[7] 极：已，终止。

[8] 女：指湘夫人的侍女。婵媛（chán yuán）：楚方言"啴喛"的借字，喘息。余：湘夫人自指。太息：叹息。以上二句意思是：湘夫人远道奔波，一直来到大江之中，而仍然未与湘君相遇，所以连她的侍女也为之叹息。

[9] 潺湲（chán yuán）：水流不断的样子，这里形容流泪不止。

[10] 隐：伤痛。陫（fěi）侧：通"悱恻"，内心悲苦，伤心。以上二句说：涕泪横流再也止不住，痛苦地思念湘君啊多么伤心。

桂櫂兮兰枻[1]，斲冰兮积雪[2]。采薜荔兮水中，搴芙蓉兮木末[3]。心不同兮媒劳，恩不甚兮轻绝[4]。石濑兮浅浅[5]，飞龙兮翩翩[6]。交不忠兮怨长[7]，期不信兮告余以不闲[8]！

◎ 注释

[1] 櫂（zhào）：划船的工具，长桨。桂櫂：以桂木为櫂。枻（yì）：划船的工具，短桨。兰枻：以木兰为枻。

[2] 斲（zhuó）冰：凿开冰层。积雪：指在积雪中凿冰行船。以上二句意思是：用桂木、木兰做的桨，想在冰雪中开路行船，是根本办不到的。比喻会见湘君非常艰难。

[3] 搴（qiān）：楚方言，摘取。芙蓉：荷花的别名。木末：树梢。以上二句意思是：薜荔长在陆地，荷花长在水中，现在却到水中去采薜荔，到树梢上去摘荷花，这是不会有结果的。比喻想会见湘君而白跑一趟。

[4] 甚：很，这里是很深的意思。轻绝：轻易地弃绝。以上二句说：我俩彼此不同心，媒人就劳而无功；因为你恩爱之情并不深，所以轻易地抛开了我。

[5] 濑（lài）：沙石上的急流。浅浅（jiān）：水流得很快的样子。

[6] 飞龙：指湘夫人所乘的龙船。翩翩：轻快的样子。以上二句写夫人驾着龙船轻快地穿过急流，继续寻找湘君。

[7] 交：相交。忠：忠诚。怨长：长久怨恨。
[8] 期：这里是动词，约期相会。以上二句说：相交而不忠诚真叫人怨恨，约了日期不守信用，却对我说没有空闲！这是湘夫人对这次失望的约会所发的怨词。

鼂骋骛兮江皋[1]，夕弭节兮北渚[2]。鸟次兮屋上[3]，水周兮堂下[4]。捐余玦兮江中[5]，遗余佩兮醴浦[6]。采芳洲兮杜若[7]，将以遗兮下女[8]。时不可兮再得[9]，聊逍遥兮容与[10]。

◎ 注释

[1] 鼂（zhāo）：通"朝"，清晨。骋骛（wù）：奔驰。这里仍指行船。皋（gāo）：水泽。王逸注："泽曲曰皋。"
[2] 弭（mǐ）：停止。节：度，指船行的速度。弭节：停船。渚（zhǔ）：水中小洲。北渚：联系《湘夫人》篇，疑指靠近洞庭湖北岸的小洲，是湘夫人归途中的歇息之地。以上二句说：早上我急急驰过江流和曲水，傍晚把船停在洞庭湖中的北渚。
[3] 次：止宿，这里指鸟栖息。
[4] 周：环绕，这里指水绕流。以上二句是写湘夫人在北渚的歇息处的荒凉景色。
[5] 捐：抛弃。玦（jué）：环形而有缺口的佩玉。
[6] 遗：丢下。佩：佩玉。醴（lǐ）：通"澧"，指澧水，是今湖南境内流入洞庭湖的大河。澧浦：澧水之滨。按澧水经澧入湖一段，正在长江与洞庭之间。以上二句写湘夫人因为失望气愤而一再丢弃佩饰。又本篇"捐玦""遗佩"与《湘夫人》篇中的"捐袂""遗褋"紧密相对，游国恩先生认为，湘夫人的"玦佩"是湘君所赠，湘君的"袂褋"是湘夫人所赠，所以当他们发生了误会时，就各自丢弃以前相赠之物。
[7] 芳洲：长着芳草的水中小洲。杜若：香草，亦名山姜。
[8] 遗（wèi）：赠予。下女：指湘君的侍女。以上二句写湘夫人对湘君仍怀有深情，所以采一些芳草，将要去送给湘君的侍女，想通过她传达心意。一说这实际上是要把芳草赠给湘君，只是为了表示尊敬，所以委婉地说送给他的"下女"，这与古代交际辞令中的"执事""左右"一类词语的用法意义相同。
[9] 时：指会面时机、机会。
[10] 聊：姑且。逍遥：悠游自得的样子。容与：徘徊，漫步。以上二句说：会面的机会不能再得，我姑且在芳洲上漫步散心，以排遣愁思。

湘夫人

帝子降兮北渚[1]，目眇眇兮愁予[2]。袅袅兮秋风[3]，洞庭波兮木叶下[4]。登白薠兮骋望[5]，与佳期兮夕张[6]。鸟萃兮苹中[7]，罾何为兮木上[8]？沅有茝兮醴有兰[9]，思公子兮未敢言[10]。荒忽兮远望[11]，观流水兮潺湲[12]。

◉ 注释

[1]本篇是男巫饰为湘君所唱的恋慕湘夫人之词。帝子：指湘夫人，在神话传说中她是古帝唐尧之女，女儿在古代也可称"子"。降：降临。渚（zhǔ）：水中小洲。北渚：联系下文"洞庭"句看，疑指靠近洞庭湖北岸的小洲。按此句与《湘君》篇"夕弭节兮北渚"句密切呼应。

[2]目眇眇（miǎo）兮愁予：洪兴祖说："眇眇，微貌。言神之降，望而不见，使我愁也。"一说"眇眇"是眯着眼远望的样子。以上二句意思是：湘夫人降临北渚，远远望她却望不见，使我发愁。

[3]袅袅（niǎo）：微风吹拂的样子。

[4]洞庭：洞庭湖，在今湖南北部。波：这里作动词，微波泛动。木叶：特指秋天的枯黄树叶。以上二句写湘君所望见的只是洞庭湖的一派萧瑟秋景。

[5]"登"字原无，据洪兴祖《楚辞补注》所引一本及朱熹《楚辞集注》补。白薠（fán）：即薠草，亦称青薠，秋季生长，形状像莎草而较大。登白薠：指站在长着薠草的地方。骋望：放眼远望。

[6]佳：佳人，指湘夫人。一本"佳"下有"人"字。期：这里是动词，约期相会。张：张罗。夕张：意思是为了黄昏时的会面尽力张罗，作好准备。以上二句意思是：湘君放眼远望，盼着湘夫人到来，因为已约定了日期，并为黄昏时会面做了准备。

[7]萃（cuì）：聚集。苹（pín）：一种水草，四片小叶组成一复叶，也叫"四叶菜"或"田字草"。

[8]罾（zēng）：一种用竹竿或木棍做支架的方形渔网。木：树。以上二句说：鸟儿为何聚在水草中，渔网却为何挂在树梢上？这是比喻湘夫人终究没来，种种费心都不过是瞎张罗。

[9]沅：沅水。醴（lǐ）：通"澧"，澧水，都是今湖南境内流入洞庭湖的大河。茝（zhǐ）：同"芷"，香草，即白芷。兰：香草，即兰草或泽兰。"沅芷""澧兰"都是以最好的香草比喻自己所恋慕的人。一说比喻自己爱情的纯洁。

[10]公子：指湘夫人，等于说"公主"。

[11] 荒忽：通"恍惚"，渺茫隐约、不能看清的样子。

[12] 潺湲（chán yuán）：水流不断的样子。

麋何食兮庭中[1]？蛟何为兮水裔[2]？朝驰余马兮江皋[3]，夕济兮西澨[4]。闻佳人兮召予[5]，将腾驾兮偕逝[6]。筑室兮水中，葺之兮荷盖[7]。荪壁兮紫坛[8]，播芳椒兮成堂[9]。桂栋兮兰橑[10]，辛夷楣兮药房[11]。罔薜荔兮为帷[12]，擗蕙櫋兮既张[13]。白玉兮为镇[14]，疏石兰兮为芳[15]。芷葺兮荷屋[16]，缭之兮杜衡[17]。合百草兮实庭[18]，建芳馨兮庑门[19]。九嶷缤兮并迎[20]，灵之来兮如云[21]。

◎ 注释

[1] 麋（mí）：兽名，似鹿而大，也叫驼鹿。庭：庭院，院子。

[2] 蛟：传说中的一种龙，据说常居深渊，能发洪水。水裔（yì）：水边。以上二句意思是：深山中的麋鹿为何跑到人家院子里去寻食？深水中的蛟龙为何搁浅在水边？这是比喻用力不当，必定徒劳无功。按以上二句是这一段的总括，以下就具体追述已经作了哪些徒劳无功的努力。

[3] 皋（gāo）：水泽。一说是水边高地。

[4] 济：渡过。澨（shì）：水边。

[5] 佳人：指湘夫人。

[6] 腾驾：飞快地驾驶。偕逝：同往，指一同去过美好的生活。以上四句意思是：我一清早就骑马驰过江流曲水，傍晚又在西边的水岸摆渡，因为我听说湘夫人正在召唤我，我要和她一道驾车远去，建立美好的生活。以下接着讲对"美好生活"的具体设计。

[7] 葺（qì）：原指用茅草盖房顶，这里泛指盖房顶。以上二句说：我们要在水中建造一所房子，上面用荷叶盖顶。

[8] 荪（sūn）：香草，即溪荪，俗名石菖蒲。荪壁：编荪草为壁。紫：指紫贝，是一种珍美的水产。坛：庭院中的花坛。紫坛：用紫贝装饰花坛。

[9] 播：播散。椒：花椒。这句说：把芳香的花椒散布在堂上。一说指以花椒和泥涂饰堂壁，播散芳香。

[10] 桂栋：用桂木做房梁。兰橑（liáo）：用木兰做橑（chuán）子。橑，屋椽。

[11] 辛夷：木兰一类的花树，又名木笔、迎春。楣（méi）：门框上的横木。辛夷楣：用辛夷木做门楣。药：即白芷。药房：以白芷装饰卧房。

[12] 罔（wǎng）：通"网"，这里作动词，编结。薜荔（bì lì）：常绿灌木，蔓生，亦名木莲。帷（wéi）：帐子的四围。这句说：把薜荔结成帷帐。

[13] 擗（pǐ）：分开。橑（mián）：屋檐板。擗蕙橑：掰开蕙草铺成屋檐板。既张：已经铺好。

[14] 镇：镇席，压住座席的东西。

[15] 疏：这里作动词，分布。石兰：兰草的一种，即山兰。这句说：屋里分布着石兰以取其芬芳之气。

[16] 这句说：再用白芷覆盖在荷叶做的屋顶上。

[17] 缭（liáo）：缠绕。杜衡：香草，叶似葵而有香，亦名杜葵，俗名马蹄香。这句说：房子四周又绕以杜衡。

[18] 合：汇集。百草：各种香草。实：这里作动词，充满。

[19] 馨（xīn）：香，特指散布很远的香气。庑（wǔ）：大屋。一说是厅堂四周的廊屋。庑门：是对整个建筑的概括。以上二句说：汇集百草来布满整个院子，我们建立的这个门庭将要香飘远近。

[20] 九嶷（yí）：即九嶷山，在今湖南宁远东南。这里"九嶷"指九嶷山诸神。按传说古帝虞舜葬在九嶷山，他又就是楚人心目中的湘君，所以这里想象当湘君会同湘夫人一起来到新居时，九嶷山诸神都来奉迎祝贺。缤：纷纷然，这里指神灵众多的样子。

[21] 灵：神，仍指九嶷山诸神。如云：形容神灵众多。以上十六句是湘君追述他怎样向往和湘夫人共同生活，然而因为两人没有会着，所以一切设想都落空了。

捐余袂兮江中[1]，遗余褋兮醴浦[2]。搴汀洲兮杜若[3]，将以遗兮远者[4]。时不可兮骤得[5]，聊逍遥兮容与[6]。

◎ 注释

[1] 捐：抛弃。袂（mèi）：衣袖。

[2] 遗：丢下。褋（dié）：单衣。醴浦：即澧浦，澧水之滨。以上二句写湘君因为失望气愤而一再丢弃湘夫人的赠物（参阅《湘君》篇"捐玦""遗佩"注）。

[3] 搴（qiān）：楚方言，摘取。汀（tīng）洲：水中或水边的平地。杜若：香草，亦名山姜。

[4] 遗（wèi）：赠予。远者：在远处的人，指湘夫人。

[5] 时：指会面的时机、机会。骤：屡次。

[6] 聊：姑且。逍遥：悠游自得的样子。容与：徘徊，漫步。以上二句说：会面的机会不能屡屡得到，我姑且在汀洲上漫步散心，以排遣愁思。

少司命

　　少司命是专管人的子嗣和儿童命运的神。本篇所刻画的少司命神一手抱着幼儿,一手挺着长剑,这是中国古代文学中最光辉的形象之一,其中概括了人民群众极为丰富的斗争经验,也体现了人民群众崇高的美学理想。

　　关于少司命神的性别以及本篇的演唱形式历来有多种解释,这都是由对篇中词句的不同理解而引起的;在缺乏足够旁证材料的情况下,很难肯定哪一种解释绝对正确。我们同意少司命是一位美丽的女神,同时认为和她对唱的都是代表女性的女巫。因为少司命职在掌管子嗣和儿童,所以很自然地要同女性发生亲密的关系。这是人和神的友谊关系,而非人和神的恋爱关系。这一看法以及我们对演唱形式所作的注释都未必准确,仅供读者参考。

秋兰兮麋芜[1],罗生兮堂下[2]。绿叶兮素华[3],芳菲菲兮袭予[4]。夫人自有兮美子[5],荪何以兮愁苦[6]?

◉ 注释

[1] 以下一段是群巫合唱的迎神曲。秋兰:香草,即兰草或泽兰(一类二种),秋末开花时香气更浓,所以也叫"秋兰"。麋(mí)芜:通"蘼芜",香草,即芎藭(xiōng qióng);茎叶细嫩时叫蘼芜,结根长成后叫芎藭。

[2] 罗生:罗列并生。

[3] 华:原作"枝",据王逸注文及洪兴祖《楚辞补注》所引一本改。素花:白花,素净的花。

[4] 菲菲:香气很盛的样子。袭:侵,这里指侵入人的嗅觉。予:我,群巫自指。

[5] 夫(fú):发语词。人:人们。美子:美好的子女。

[6] 荪(sūn):香草,即溪荪,俗名石菖蒲。这里借指少司命神。以上二句说:人们已各自有了美好的子女,少司命您何必还要操心发愁呢?这是请求少司命安心前来接受祭祀。

秋兰兮青青[1]，绿叶兮紫茎。满堂兮美人[2]，忽独与余兮目成[3]。入不言兮出不辞，乘回风兮载云旗[4]。悲莫悲兮生别离，乐莫乐兮新相知。[5]

◎ 注释

[1] 以下一段是饰为少司命神的主巫的独唱。青青：是"菁菁（jīng）"的假借字，茂盛的样子。

[2] 美人：指群巫。

[3] 忽：很快的样子。余：我，少司命自指。目成：通过眉目传情来结成友谊。以上二句说：满堂的美人，很快都向我一个人眉目传情。

[4] 回风：旋风。云旗：以云为旗。以上二句意思是：我来时没有说话，去时也没有告辞，乘着旋风、插载着云旗，很快就走了。

[5] 以上二句说：悲伤莫过于生生地别离，欢乐莫过于新近结交了知心的人。这是少司命对这次降临人间的总结，其中有乐也有悲。

荷衣兮蕙带[1]，倏而来兮忽而逝[2]。夕宿兮帝郊[3]，君谁须兮云之际[4]？

◎ 注释

[1] 以下一段是群巫合唱的问词。荷衣：以荷叶为衣。蕙带：以蕙草为衣带。

[2] 倏（shū）、忽：都是忽然的意思。这句说少司命忽然而来，忽然而去，与上"入不言"等句相应。

[3] 帝：指天帝。帝郊：天国的郊野。

[4] 君：指少司命。须：等待。以上二句说：少司命晚上歇息于天国的郊野，您在云端里等待谁呢？

与女游兮九河，冲风至兮水扬波。[1] 与女沐兮咸池[2]，晞女发兮阳之阿[3]。望美人兮未来[4]，临风怳兮浩歌[5]。

◎ 注释

[1] 以上二句王逸《楚辞章句》无注；洪兴祖《楚辞补注》说"古本无此二句"，并认为是《河伯》篇（《九歌》中的一篇）的词句窜入本篇。应删。
[2] 以下一段是饰为少司命的主巫所独唱的答词。女：通"汝"，这里应释为"你们"，指群巫。沐：洗头发。咸池：神话中的天池。
[3] 晞（xī）：晾干。阿（ē）：弯曲之处。这里指山湾。阳之阿：向阳的山湾。一说"阳之阿"即"曲阿"，是神话中地名，见《淮南子》，太阳早晨经过这地方。以上二句是少司命对群巫问词的回答，意思是：我等待的就是你们，明天一早要和你们一起在咸池里洗头，并让你们在向阳的山湾上晾干头发。
[4] 美人：指群巫，即上文所说的"满堂美人"，都是少司命新交的朋友。
[5] 怳：恍惚，心神不定的样子。浩歌：大声歌唱。以上二句紧接上文，意思是：然而你们终究没有来，我心神不定，当风高歌，解解愁闷。

孔盖兮翠旍[1]，登九天兮抚彗星[2]。竦长剑兮拥幼艾[3]，荪独宜兮为民正[4]。

◎ 注释

[1] 以下一段是群巫合唱颂神曲，结束祭祀仪式。孔：指孔雀。孔盖：用孔雀毛做的车盖。翠：指翡翠鸟。旍（jīng）：同"旌"，这里指旗杆顶上的装饰。翠旍：以翡翠鸟的羽毛为旗饰。
[2] 九天：古代传说天有九重，这里指天空高处。抚：持。彗（huì）星：星名，俗称扫帚星。古代传说天上有扫帚星，是用来扫除污秽的。这里是说少司命拿着"扫帚"，准备为人类扫除邪恶与灾祸。一说"抚"是降服的意思，"彗星"指为害于人类的灾星。
[3] 竦（sǒng）：肃立，这里是笔直地拿着的意思，等于说"挺着"。拥：抱。一说是护卫的意思。幼艾：指儿童。
[4] 荪：指少司命。宜：适合。正：这里是裁判者的意思，等于说"主宰"。以上二句说：那一手挺着长剑、一手抱着幼儿的少司命，只有她适合于为人们做主。

东 君

本篇是祭祀东君——太阳神的乐歌。"万物生长靠太阳",劳动人民自古以来就热情礼赞给人间送来光明和温暖的太阳;经过诗人屈原的加工,民间的赞歌更成为瑰丽的诗章。诗中的太阳神形象是太阳本身的拟人化表现,他象征着光明,也象征着胜利。民间的歌者和诗人屈原对他们所观察到的自然现象进行了宏伟的想象和巧妙的构思,来突出太阳神昼夜奔驰,为人间除害造福的特征。在这样的刻画和讴歌中,深刻地寄托了作者们对光明的憧憬和战胜邪恶的坚强信心。诗中的祭祀场面也写得繁华热烈,有声有色,为这首颂歌增添了绚烂的色彩。

暾将出兮东方[1],照吾槛兮扶桑[2]。抚余马兮安驱[3],夜皎皎兮既明[4]。驾龙辀兮乘雷[5],载云旗兮委蛇[6]。长太息兮将上[7],心低徊兮顾怀[8]。羌声色兮娱人[9],观者憺兮忘归[10]。

◎ 注释

[1] 以下一段是饰为太阳神的主巫的独唱。暾(tūn):初升的太阳。

[2] 吾:太阳神自称。槛(jiàn):栏杆。扶桑:神话中长在东方日出处的大树,在这里被诗人想象为太阳神所居宫殿的栏杆。

[3] 抚:轻拍。安驱:安稳地驱驰。

[4] 皎皎(jiǎo):同"皎皎",明亮的样子。以上二句意思是:太阳缓缓升起,夜色已退去,露出明亮的曙光。

[5] 辀(zhōu):车辕,这里指车。龙辀:龙形的车。雷:比喻龙车滚滚前进所发的巨响。

[6] 云旗:天空的云霞,被想象为龙车上插载的旗。委蛇(wēi yí):卷曲而延伸的样子。

[7] 太息:叹息。

[8] 低徊:流连,依依不舍的样子。徊,同"徊"。顾怀:回顾怀恋,舍不得离开。以上二句意思是:太阳神从东方出发,似因眷恋故居而行进迟缓。这是对太阳冉冉上升的拟

人化描写。
[9] 羌（qiāng）：楚方言，发语词。声色：指祭神的场面载歌载舞，色彩缤纷。娱人：使人欢乐。
[10] 憺（dàn）：安定，安乐。以上二句是太阳神对正在举行的祭祀场面表示满意，并借看热闹的人乐而忘归，暗喻他自己也不再眷恋故居了。

缅瑟兮交鼓^[1]，箫钟兮瑶簴^[2]，鸣篪兮吹竽^[3]，思灵保兮贤姱^[4]。翾飞兮翠曾^[5]，展诗兮会舞^[6]，应律兮合节^[7]，灵之来兮蔽日^[8]。

◎ 注释

[1] 以下一段是群巫的合唱。缅（gēng）：紧，指乐器的弦绷得紧。瑟（sè）：古拨弦乐器，有二十五弦。交鼓：相对着擂鼓。
[2] 箫："撬（xiāo）"的假借字，敲击。锺：通"钟"。瑶："摇"的假借字。簴（jù）：悬挂钟磬的木架。这句意思是：用力敲钟，使悬钟的木架都为之摇动。
[3] 鸣：吹响。篪（chí）：通"篪（chí）"，古代管乐器，像笛，有八孔。竽（yú）：古代簧管乐器，像笙，有三十六簧。
[4] 灵保：巫者，这里指作为太阳神的主巫。姱（kuā）：美好。这句是群巫对主巫的赞美。
[5] 翾（xuān）：轻飞的样子。翠：指羽毛美丽的翡翠鸟。曾："翻"（zēng）的假借字，展翅的意思。
[6] 展诗：放声歌唱。会舞：合舞。以上二句意思是：衣饰华丽的群巫像翠鸟展翅翻飞，齐声歌唱，翩翩起舞。
[7] 应律：应合乐曲的旋律。合节：合着乐曲的节拍。
[8] 灵：神，这里指太阳神和他的随从。蔽日：把阳光都遮住了，形容神数众多。

青云衣兮白霓裳^[1]，举长矢兮射天狼^[2]。操余弧兮反沦降^[3]，援北斗兮酌桂浆^[4]。撰余辔兮高驼翔^[5]，杳冥冥兮以东行^[6]。

◉ 注释

[1] 以下一段又是饰为太阳神的主巫的独唱。青云衣：以青云为上衣。白霓裳：以白虹为下装。霓，副虹。

[2] 矢：箭。天狼：星名，古人认为它是专造灾祸的恶星。这句是想象太阳神射落天狼星，为人类除害。

[3] 操：拿着。弧（hú）：木弓。这和上一句的"矢"在一起，是把天上的弧矢星想象为太阳神所用的弓箭。弧矢一名天弓，由九颗星组成弓箭形。这句说：拿着我的弓回身向西方降落。

[4] 援：拿起。北斗：星名，由七颗星组成古代舀酒用的酒斗形状。桂浆：桂花酒。这句想象太阳神为了庆祝胜利，拿起北斗星痛饮桂花酒。

[5] 撰（zhuàn）：持，拿。辔（pèi）：马缰绳。驼：通"驰"。翔：飞翔。

[6] 杳（yǎo）冥冥：深沉而昏暗的样子，形容夜空。以上二句说：我握住马缰驰骋飞翔，在暗沉沉的夜空中向东方驰去。古人认为太阳是绕大地运行的，所以这里想象太阳西降之后，在大地背面向东运行。

山 鬼

《山鬼》是对山神的祭歌。它的祭祀对象,很可能类似于《湘君》《湘夫人》等篇,是某一座山的某个具体神灵,但因材料不足,难以确考。郭沫若先生认为篇中"采三秀兮于山间"一句的"于山"就是"巫山"(见《屈原赋今译》),则本篇应是巫山神女的祭歌,这个说法可以参考。

本篇通过山鬼的自述,刻画了一个善良美丽的女性形象,她渴望得到真诚的爱情,也十分恳挚地把自己的全部感情献给所爱的人。这是从一个侧面反映了劳动人民正确的生活态度和美好的生活理想。篇中写情的语言率真本色而深沉缠绵;写景状物的笔墨又绘声绘色,清新幽艳。两者结合而成和谐完整的抒情形象,在使抽象的感情感性化方面,有着很高的成就。

若有人兮山之阿[1],被薜荔兮带女罗[2]。既含睇兮又宜笑[3],子慕予兮善窈窕[4]。乘赤豹兮从文狸[5],辛夷车兮结桂旗[6]。被石兰兮带杜衡[7],折芳馨兮遗所思[8]。余处幽篁兮终不见天[9],路险难兮独后来[10]。

◎ 注释

[1] 本篇全部是饰为山鬼的女巫的独唱词。人:山鬼自指。阿(ē):弯曲之处。山之阿:山湾。

[2] 薜荔(bì lì):常绿灌木,蔓生,亦名木莲。被:同"披"。女罗:同"女萝",即松萝,是一种地衣类植物,常由树梢悬垂。以上二句说:好像有个人在那山湾里,身上披着薜荔衫,又用女萝做衣带。

[3] 睇(dì):斜视,流盼。含睇:含情流盼。宜笑:口齿美好,笑起来好看。

[4] 子:对说话对象的美称,这里是山鬼称其恋人。慕:爱慕。予:我,山鬼自指。窈窕

（yǎo tiǎo）：娇美的样子。善窈窕：善于作娇美的姿态。一说"善"指好的品性。以上四句是山鬼自述其打扮和情态。

[5] 乘：驾。乘赤豹：让赤色的豹驾车。从：随从，这里是使动用法。文：花纹。狸：野猫。从文狸：让一群花皮野猫当随从。

[6] 辛夷：木兰一类的花树，又名木笔、迎春。辛夷车：辛夷木做的车。桂旗：桂花枝做的旗。

[7] 石兰：兰草的一种，即山兰。杜衡：香草，叶似葵而有香，亦名杜葵，俗名马蹄香。

[8] 折：采。馨（xīn）：香。芳馨：指香花香草，即上石兰、杜衡等。遗（wèi）：赠予。所思：指恋人。以上四句是山鬼自述她驾着赤豹拉的香车，由一群美丽的野猫伴随着，去赴恋人的约会；她还采了许多花草带在身上，准备赠给她的恋人。

[9] 幽：深暗的样子。篁（huáng）：竹林。

[10] 后来：迟到，来晚了。以上二句说：我住在深暗的竹林里总也见不到天光，又因为路途艰险，所以来晚了。这是山鬼因没有会见恋人，心里就以为是迟到了的缘故。

表独立兮山之上[1]，云容容兮而在下[2]。杳冥冥兮羌昼晦[3]，东风飘兮神灵雨[4]。留灵修兮憺忘归[5]，岁既晏兮孰华予[6]？采三秀兮于山间[7]，石磊磊兮葛蔓蔓[8]。怨公子兮怅忘归[9]，君思我兮不得闲[10]。

◎ 注释

[1] 表：突出的样子。

[2] 容容：飞动的样子。

[3] 杳（yǎo）冥冥：深沉而阴暗的样子。羌（qiāng）：楚方言，发语词。昼晦（huì）：白天也昏暗不明。

[4] 飘：风刮得很大的意思。神灵：指雨神。雨：这里是动词，降雨。以上四句写山鬼仍兀立在山顶上，不管风吹雨打，盼她所思念的人到来。

[5] 灵修：指恋人。留灵修：意思是为了让恋人可能留下来。憺（dàn）：安心地，安于。

[6] 晏（yàn）：迟，晚，指年岁大了。华：同"花"，这里是使动用法。华予，使我重新开花，意思是使我变得年轻。以上二句意思是：我为了能让恋人留下而安心等候他到来，忘记了归去；我年岁大了不再为人所爱，谁能使我再变得年轻啊！这说明山鬼终究没有等到她所思念的人。

[7]三秀：指灵芝草。"秀"开花。灵芝一年开花三次，所以称之为"三秀"。
[8]磊磊（lěi）：乱石堆积的样子。葛：植物名，藤本蔓生，茎中纤维可织成葛布。蔓蔓：蔓延的样子。以上二句写山鬼在众石乱藤中寻采灵芝，仍想赠给她的恋人。
[9]公子：指恋人。怅：惆怅。
[10]君：指恋人。以上二句意思是：山鬼因怨恨恋人不来，心里惆怅不想归家，但仍猜想对方在思念着自己，只是因为不得空闲，所以来不了。这是体贴恋人而为之解脱的话。

山中人兮芳杜若[1]，饮石泉兮荫松柏[2]。君思我兮然疑作[3]。雷填填兮雨冥冥[4]，猿啾啾兮又夜鸣[5]。风飒飒兮木萧萧[6]，思公子兮徒离忧[7]。

◎ 注释

[1]山中人：山鬼自指。杜若：香草，亦名山姜。
[2]荫：动词，遮蔽。荫松柏：以松柏为遮蔽，指居住之处。以上二句说：我这山中人像杜若那样芳洁，喝的是石中流出的清泉水，居住在松柏的树荫下。
[3]然：诚然，真是这样。疑：与"然"相对，怀疑。作：产生。这句意思是：您在思念我，我一会儿觉得真是这样，一会儿又觉得很可疑，两种念头在心里交替产生。
[4]填填：指雷声，如同说"隆隆"。冥冥：昏暗的样子。
[5]啾啾（jiū）：这里指猿的叫声。又：一本作"狖（yòu）"，黑色长尾猿。
[6]飒飒（sà）：指风声。萧萧：指风吹树木的声音。
[7]徒：徒然，白白地。离：通"罹（lí）"，遭受。这句说：思念恋人不过是白受烦恼。

国 殇

本篇是为国捐躯的英雄的祭歌。所谓"国殇（shāng）",就是指死于国事的人。至于具体的祭祀对象,一般都认为是"战士",从实际内容来看,所祭的应是一位主将。但本篇以主将为中心而写了整个战场的情况,因此也就包含了对广大战士的歌颂。全诗采用直赋其事的手法,对古战场的激战场面写得非常具体生动。战斗虽然残酷激烈,而且所写的是牺牲惨重的失败一方,但诗中并没有散布对战争的恐惧和感伤,而是使读者深受卫国保家、不怕牺牲的英雄气概的感染。全诗句式整齐精练,风格庄严刚健,在短小的篇幅中,表现了丰富充实的思想内容。

操吴戈兮被犀甲[1],车错毂兮短兵接[2]。旌蔽日兮敌若云[3],矢交坠兮士争先[4]。凌余阵兮躐余行[5],左骖殪兮右刃伤[6]。霾两轮兮絷四马[7],援玉枹兮击鸣鼓[8]。天时坠兮威灵怒[9],严杀尽兮弃原野[10]。

◎ 注释

[1] 本篇全部是饰为受祭大将的主巫的独唱。操：拿着。戈：古代所用的长兵器,顶端是青铜制的横刃,作战时可击可勾。吴戈：吴地所制的戈,据说质量最好。被：同"披"。犀（xī）甲：犀牛皮制的铠甲,指名贵的甲。

[2] 错：交错。毂（gǔ）：车轮中心安插车轴的部分,相当于现在的轴承。古代车轴穿过两轮的车毂而在两端都露出轴头,所以当双方战车十分靠近时,会发生轮毂交错的现象。短兵：短兵器,指刀剑之类。接：交。因双方战车紧靠在一起,所以改用短兵器交战,这说明战斗十分激烈。

[3] 旌（jīng）：这里指用羽毛装饰杆头的旗。蔽日、若云：都是形容数量之多。

[4] 矢：箭。交坠：双方对射,流矢交相坠落。士：战士。

[5] 凌：侵犯。阵：作战时布成的阵势。躐（liè）：践踏。行（háng）：行列。

[6] 骖（cān）：边马。古代战车的辕木只有一根，两边各驾两匹马，靠拢车辕的中间两匹马叫"服"，两旁的两匹马叫"骖"。左骖：左旁的边马。殪（yì）：死。右刃伤：右旁的边马为兵器所伤。一说"刃"是"仞"（古服字）的误字，这里指右边的"服马"受了伤。

[7] 霾（mái）：通"埋"，这里指两轮陷入泥中。萦（zhí）：绊住，捆住。萦四马：指驾车的马全被弄乱了的缰绳和套索捆住，不能行动。

[8] 援：拿着。枹（fú）：鼓槌。玉枹：是对鼓槌的美称。一说是用玉装饰的鼓槌。鸣鼓：声音响亮的鼓。在古代车战中，击鼓指挥的是主将，由此可以看出本篇的祭祀对象的身份。以上三句是主将自述其本身所在的战车的情况，说明他到了最危急的时候仍坚守岗位，指挥战斗。

[9] 坠：坠落。天时坠：意思是天时对我军不利。灵：指阵亡者的魂灵。这句意思是：由于天时不利我军才遭到失败，但阵亡将士的威武灵魂仍然愤怒不屈。一说"坠"通"怼（duì）"，恨的意思。"天时怼兮威灵怒"是说"天在这个时候都要恨，威灵也要发怒，形容战争的激烈"。

[10] 严杀尽：意思是这场战争严酷地杀死了全部战士。一说"严"应解释为"悲壮地"。弃原野：指战士的尸体弃在原野上。

出不入兮往不反[1]，平原忽兮路超远[2]。带长剑兮挟秦弓[3]，首身离兮心不惩[4]。诚既勇兮又以武[5]，终刚强兮不可凌[6]。身既死兮神以灵[7]，魂魄毅兮为鬼雄[8]！

◎ 注释

[1] 反：同"返"。

[2] 忽：渺茫的样子，形容平原辽阔。超：与"远"同义。以上二句意思是：英雄一去不复返，原野茫茫路遥远。

[3] 挟（xié）：夹在胳膊下。秦弓：秦地制造的弓，指好弓。

[4] 惩：戒惧。这句意思是：虽然掉了脑袋也不因此就怕了。

[5] 诚：诚然，确实。勇：指勇敢的精神。武：指武力高强。

[6] 终：始终。以上二句说：我们这些人确实是既勇敢又高强，始终是刚强而不可侵犯的。

[7] 神：指英雄死后成神。以：而。灵：灵验，灵异，旧时称鬼神能对现实有"感受"和"反应"的叫"灵"。一说"神以灵"意指"精神不死"。

[8] 魂魄毅：原作"子魂魄"。

屈原

天问

本篇是屈原所作。关于它的写作背景，据汉代王逸的《楚辞章句》说，屈原在流放中看到楚国先王之庙和公卿祠堂的壁画上，画着天地山川、神灵圣贤和种种怪物奇事，于是他一边提出疑问，一边就写在壁上。这个说法大概是出于推测。但从本篇所表现的思想情绪来看，说它是屈原被放逐后所作，是比较可信的。

王逸认为，"天问"就是"问天"的意思，只因"天尊不可问，故曰天问"。我们从本篇的内容看，《天问》的"天"字有广阔的含义，包括自然界，也包括社会历史，大致相当于我们现在所说的"客观世界"。郭沫若同志在《屈原赋今译》中说，本篇"是屈原把自己对于自然和历史的批判，采取问难的方式提出"。因此所谓"天问"，如果用今天的话来说，大概也就是"关于客观世界的问难"的意思。

《天问》全篇提出了一百七十多个问题，涉及天地的形成和结构，有关自然和社会的许多神话传说，还有一部分历史事实。作者通过提问表现了一种强烈的愿望，即按照事物的本来面貌去求得对自然界和社会历史的真实了解；为此他敢于对奴隶社会中形成的哲学、政治、伦理、道德等各种传统观念提出深刻的怀疑以至尖锐的批判，特别是对"天命论"的怀疑和批判。这种富有战斗性的朴素唯物主义倾向，是同他在政治上的革新主张和斗争行动有着密切联系的。

《天问》在艺术上具有鲜明的特色。全文"参差历落，圆转活脱"，以宏伟奔放的气势表现了深沉的思考和活跃的想象。它的语言风格比屈原的其他诗作更多地吸取了先秦散文的特点，但仍保持着诗歌语言的特殊结构和节奏，用韵也相当整齐严格。

本篇所包含的大量神话传说和一部分历史事实，对于认识和考证上古社会的历史和文化，是很有价值的资料。

曰：遂古之初，谁传道之[1]？上下未形，何由考之[2]？冥昭瞢暗，谁能极之[3]？冯翼惟象，何以识之[4]？明明暗暗，惟时何为[5]？阴阳三合，何本何化[6]？

◉ 注释

[1]"遂"：通"邃"（suì），远。以上二句说：远古开端时的情况，谁把它传说下来？

[2]上：指天。下：指地。形：动词，形成。以上二句说：天地还没有形成，用什么办法来考察它？

[3]冥（míng）：昏暗，指夜。昭：明，指昼。瞢（méng）：模糊。极：尽，这里是看透的意思。以上二句说：宇宙间昼夜不分，一片混沌暗昧，谁能把它看透？

[4]冯：通"凭"，满。冯翼，满满的样子。古人认为宇宙中最初只有一种"元气"，后来才形成各种物体。这里"冯翼"就是形容元气充塞宇宙。惟：是，为。象：现象，景象。以上二句说：元气充塞乃是整个宇宙的景象，这如何加以认识？

[5]惟：发语词。时：通"是"，这，这样。何为：为何。以上二句说：宇宙中或明或暗，没有一定，为什么会这样？

[6]阴阳：本义是向日而明者为阳，背日而暗者为阴。在古代哲学中，"阴阳"被用来代表正反两个对立面，它们的消长促成事物的变化发展。三合：指阴、阳和天（大自然）的统一。本：本原。化：化生，派生。以上二句意思是：阴阳和大自然三者结合在一起，究竟是先有阴阳的变化然后才有大自然呢，还是先有大自然而后才有阴阳的变化？

圜则九重，孰营度之[1]？惟兹何功，孰初作之[2]？斡维焉系？天极焉加[3]？八柱何当？东南何亏[4]？九天之际，安放安属[5]？隅隈多有，谁知其数[6]？

◉ 注释

[1]圜：同"圆"，指天。九重：九层。营：筹谋。度：规划。以上二句说：天有九层，是谁把它筹划成这样？

[2]兹：此。功：工程。何功，什么样的工程，意思是这工程实在太大。以上二句说：这是一项什么样的工程啊，由谁开始来做它？

[3]斡（guǎn）：古代镶在车毂孔内的管状铁片，以接受车轴。维：制约。斡维，指轴承一类的东西，它承受而又制约着轴的旋转。焉：哪里。系：联结。天极：天的顶端，相

当于轴头。加：安放。以上二句意思是：天空不停旋转，控制这种旋转的"轴承"联结在哪里？天空顶上这个"轴头"又往哪里安插？

[4] 八柱：古代传说地面上下有八根通天彻地的大柱，既是支撑天空的"天柱"，也是支撑地面的"地维"。亏：缺陷。古人认为地面是不平的，东南方有缺陷，地面低。以上二句意思是：支撑天空和地面的八根大柱，其所在之处相当于地上的什么地方？地面既有八根大柱的支撑，为什么偏偏东南方塌了一大片？

[5] 际：间。安：怎样。放：放置。属（zhǔ）：连接。以上二句是问：九层天空之间的关系，它们是怎样放置在一起，又怎样彼此连接？

[6] 隅（yú）：角落。隈（wēi）：弯曲之处。以上二句说：地上有许多角落和弯曲之处，谁知道它们的数目？（按："斡维"以下八句，前四句是二句说天，二句说地；后四句也是二句说天，二句说地。）

天何所沓[1]？十二焉分[2]？日月安属？列星安陈？[3] 出自汤谷，次于蒙汜[4]；自明及晦，所行几里[5]？夜光何德，死则又育[6]？厥利维何，而顾菟在腹[7]？

◎ 注释

[1] 沓（tà）：复合。古代有的人认为天像一口大锅合在地上。这句意思是：天空的边沿是在哪里和地面接合的？

[2] 十二：古代天文学中以"十二"纪数的有岁星纪年、太岁纪年、斗柄建月、十二辰会、十二分野等。此处"十二"所指不详。王逸认为指十二辰，即日月在黄道上的十二个会合点。焉分：怎样划分。

[3] 以上二句说：太阳、月亮怎样附着于天空，众星又怎样陈列？

[4] 汤（yáng）谷：即旸谷，神话中地名，据说太阳由此升起。次：止息。蒙汜（sì）：神话中地名，据说太阳入此止息。以上二句说：太阳早上从汤谷升起，晚上止息于蒙汜。

[5] 晦（huì）：暗，指夜晚。以上二句说：从天亮到天黑，太阳行走了多少里？

[6] 夜光：指月亮。德：德性。则：即。育：生。古人认为月亮能自为生死，以此来解释它的圆缺循环。以上二句说：月亮具有什么德性，为什么逐渐死去随即又逐渐复生？

[7] 厥（jué）：其，它的。利：好处。顾：照顾，引申为畜养的意思。菟：同"兔"，古代传说月中有兔。以上二句意思是：月亮贪图什么好处，而把兔子养在腹中？

女歧无合，夫焉取九子[1]？伯强何处？惠气安在[2]？何

057

阖而晦？何开而明[3]？角宿未旦，曜灵安藏[4]？

◎ 注释

[1] 女歧：神话中的神女，一说即见于西汉宫中壁画的"九子母"。合：婚配。以上二句说：女歧没有结婚，怎么会取得九个儿子？

[2] 伯强：指暴逆的阴气。处：在。惠气：指和顺的阳气。上文女歧未婚而生九子，古人认为这是阴阳二气自然交合的结果，所以这二句接着问阴气和阳气究竟在哪里。

[3] 阖（hé）：关闭。以上二句说：天上什么东西关上了就是黑夜？什么东西打开了就是白天？

[4] 角宿（xiù）：角星，共有两颗，是苍龙星座的首星。古人认为苍龙是东方的星座，这里"角宿"即指东方。旦：明，指天亮。曜（yào）灵：指太阳。以上二句说：东方未明之时，太阳藏在哪里？

不任汩鸿，师何以尚之[1]？佥曰何忧，何不课而行之[2]？鸱龟曳衔，鲧何听焉[3]？顺欲成功，帝何刑焉[4]？永遏在羽山，夫何三年不施[5]？伯禹腹鲧，夫何以变化[6]？纂就前绪，遂成考功[7]。何续初继业，而厥谋不同[8]？洪泉极深，何以填之？[9]地方九则，何以坟之[10]？应龙何画，河海何历？[11]鲧何所营，禹何所成？[12]康回冯怒，地何故以东南倾[13]？

◎ 注释

[1] 不任：不能胜任。汩（gǔ）：治理。鸿：通"洪"，洪水。师：众人。尚：上，推举上去。之：指鲧（gǔn），神话中人物，是夏禹的父亲。以上二句说：鲧不能胜任治理洪水这件大事，众人为什么推举他？

[2] 佥（qiān）：全，都。课：试。行：进行。之：指治水。相传唐尧时洪水滔天，诸侯推举鲧去治水，尧不同意，诸侯建议让他去试试，治不成再罢免他。尧于是用鲧治水。以上二句说：众人都对尧说何必担忧，为什么不让他去试着进行治水之事？

[3] 鸱（chī）龟：神话中的龟。《山海经》中《南山经》和《中山经》载有鸟头鳖尾、能够发声如鸱（猫头鹰一类的鸟）的"旋龟"，或即此类。曳（yè）：拖拉。衔：衔接。按

"鸱龟曳衔"事不见于其他古书，根据一些间接材料的推测，大概鲧在治水时，有一群"鸱龟"接连不断地呼叫拖尾而过，在地上留下痕迹，鲧即依此筑堤防水。听：通"圣"。以上二句为倒文，意思是：鲧有何圣德，能让鸱龟之类来帮他治水？（用姜亮夫先生说。）

[4]以上二句说：鲧也想顺应众人的愿望把水治好，帝尧为什么加刑于他？

[5]永：长久。遏（è）：止，拘禁。羽山：神话中地名，传说在东边海滨。尧根据舜的建议，将鲧放逐于此。三年：等于说多年，"三"是虚数。施：舍，放过。以上二句说：鲧被长期拘禁在羽山，为什么过了多年仍不放过他？

[6]伯禹：大禹，即夏禹。腹：原作"愎（bì）"，据洪兴祖《楚辞补注》所引一本及朱熹《楚辞集注》改。神话中说禹是鲧死后从鲧的腹中出来的。以上二句意思是：禹从鲧的腹中变出来，何以会有这样的变化？

[7]纂（zuǎn）：继续。就：从事，担任。绪：事业。遂：终于。考：对亡父的尊称。以上二句意思是：禹继续从事鲧的事业，终于得到了成功。

[8]以上二句说：为什么禹继承他父亲的初志与事业，而其方法却不一样？

[9]以上二句说：洪水的泉源极深，禹何以能把它填塞？

[10]方：比。九则：传说禹治水后将全国土地分为九等，按不同的标准征收贡赋。则，标准。九则，等于说九等。坟（fén）：土有膏肥叫"坟"，这里用作动词，指区别土质肥沃的程度。以上二句说：禹将土地比为九等，是怎样加以区别的？

[11]以上二句原作"河海应龙，何尽何历？"据洪兴祖《楚辞补注》所引一本及朱熹《楚辞集注》改。应龙：神话中有翅翼的龙。画：划。传说应龙帮助禹治水，以尾划地，禹就依此挖通江河，导水入海。历：经，这里是流过的意思。以上二句说：应龙怎样帮着划地？江河又怎样流过这些地方？

[12]以上二句意思是：整个治水工程，哪些是鲧所经营？哪些是禹所完成？旧说把治水之功全归于禹，所以作者在这里总括以上所说的治水全过程，对旧说提出质问。

[13]康回：据说是神话人物共工的名字。共工与颛顼（zhuān xū）争为帝，一怒而头撞不周山，折断天柱和地维，因此东南地区塌下一片。冯：通"凭"，满，盛。倾：塌下。

九州安错？川谷何洿[1]？东流不溢，孰知其故？[2]东西南北，其修孰多[3]？南北顺椭，其衍几何[4]？

◎ 注释

[1]九州：传说禹治平洪水后把天下分为九州。错：通"措"，设置。川：河流。谷：山间水道。洿（wū）：挖掘。以上二句说：九州是怎样设置的？河流水道是怎样挖成的？

[2] 以上二句说：水总向东流而并不满溢，谁知道它的缘故？
[3] 修：长。以上二句说：地的东西距离和南北距离，哪个长度更大？
[4] 楕（tuǒ）：狭长。古人认为四海之内的陆地，东西较长，南北较短。衍：余。以上二句意思是：顺着南北方向看，地形扁狭，那么东西距离究竟比南北距离长多少？

昆仑县圃，其尻安在[1]？增城九重，其高几里[2]？四方之门，其谁从焉[3]？西北辟启，何气通焉[4]？

◎ 注释

[1] 昆仑：这里指神话中的昆仑山，据说是一座上通于天的仙山。县圃：即悬圃，神话中地名，在昆仑山的中层。尻：同"居"。以上二句说：昆仑山上的县圃，它的地址究竟在哪里？
[2] 增城：即层城，神话中地名，在昆仑山的最高处。九重（chóng）：九层。以上二句说：昆仑山上的九层增城，它的高度有多少里？
[3] 四方之门：传说昆仑山四面八方都有门，各种风由此出入，以调节寒暑。从：由，出入。以上二句说：昆仑山四方的门，什么东西在那里出出进进？
[4] 辟、启：都是开的意思。气：指风。据说昆仑山西北方的门收纳不周山吹出的寒风。以上二句说：打开昆仑山西北方的门，是什么风在那里流通？

日安不到？烛龙何照[1]？羲和之未扬，若华何光[2]？何所冬暖？何所夏寒？[3]焉有石林？何兽能言？[4]焉有虬龙，负熊以游[5]？雄虺九首，倏忽焉在[6]？何所不死？长人何守[7]？靡萍九衢，枲华安居[8]？一蛇吞象，厥大何如？[9]

◎ 注释

[1] 烛龙：神话中人面蛇身之神，居西北方，在那里它睁眼就是白昼，闭眼就是黑夜。以上二句说：太阳哪有照不到的地方？那么烛龙所照的又是什么地方？
[2] 羲（xī）和：神话中为太阳神驾车的人，这里指太阳。扬：升起。若华：若木之花。若木是神话中长在西方日落处的大树，据说太阳在若木之下，若木的花就发出光芒。以上二句说：太阳没有升起来时，若木之花为何能发光？

[3] 以上二句说：什么地方冬天温暖？什么地方夏天寒冷？

[4] 以上二句说：哪里有石头的树林？什么野兽能够说话？

[5] 虬（qiú）龙：神话中的一种龙。负：背，驮着。以上二句说：哪里有虬龙，驮着熊出游？

[6] 雄虺（huī）：大毒蛇。倏（shū）忽：极快的样子。这里作动词，极快地往来。以上二句说：大毒蛇有九个头，在哪里窜来窜去？

[7] 守：持。何守，掌握了什么方法。以上二句是指一事，意思是：传说中的不死之国在什么地方？那里的巨人掌握了什么方法竟能够这样？

[8] 靡（mí）：分散。萍：浮萍。衢（qú）：本义是四通八达的路，这里指分枝。九衢，意思是分枝很多。枲（xǐ）：麻。以上二句说：那分出许多分枝的浮萍，还有那枲麻之花，都长在什么地方？按这里所说的"萍"和"枲"当是神话传说中的奇异植物。

[9] 以上二句说：传说一条大蛇能把象吞下，那么它该有多大？

黑水玄趾，三危安在[1]？延年不死，寿何所止？[2]鲮鱼何所？鬿堆焉处[3]？羿焉彃日？乌焉解羽[4]？

◎ 注释

[1] 黑水：神话中水名。玄趾（zhǐ）：神话中地名，据说在黑水之北，那里的人手脚被黑水所染，所以称为"玄趾"。玄，黑；趾，脚，这里指手脚。三危：神话中山名，据说在黑水之南。又神话中说，黑水之藻、三危之露，吃了可以长生不死，所以接着又问下面二句。

[2] 以上二句意思是：玄趾、三危的人长寿不死，他们究竟活到什么时候为止？

[3] 鲮（líng）鱼：神话中生在海里的人面鱼身的怪鱼，它们一出现，就要起风涛。鬿（qí）堆：即《山海经》所说的鬿雀（"堆"是"雀"的借字），是神话中一种吃人的大鸟。以上二句说：鲮鱼生长在哪里？鬿堆又待在什么地方？

[4] 羿（yì）：神话传说中叫"羿"的人不止一个，他们都善于射箭。这里的羿，是神话中的英雄人物，据说唐尧时十个太阳并出，草木焦枯，尧命羿射落了其中九个。彃（bì）：射。乌：指神话中所说太阳里边的"三足乌"。解羽：翅羽散落。以上二句说：羿怎样射太阳？太阳中的乌鸦怎样翅羽散落？

◎ 评析

从开头至此是全篇的前半部分，主要是对各种自然现象和神话传说中有关自然界的各种奇事怪物提出疑问。

禹之力献功，降省下土四方[1]；焉得彼涂山女，而通之于台桑[2]？闵妃匹合，厥身是继[3]；胡维嗜不同味，而快朝饱[4]？

◎ 注释

[1] 禹：夏禹。力：精力。献：投。功：指治水工程。降：下来。省（xǐng）：察看。

[2] 涂山：古国名，据说在今安徽怀远的淮水东岸。一说在今浙江绍兴西北。神话中说夏禹娶涂山氏之女为妻。通：通婚。台桑：不详。旧说是地名。一说指桑间野地。以上四句意思是：禹的全部精力都投入了治水工程，他下来察看天下四方；为何一得到那个涂山女子，便和她结合于台桑？

[3] 闵（mǐn）：怜惜，引申为喜爱的意思。妃：配偶，对象。匹合：婚配。继：嗣续，继承。

[4] 胡：为什么。维：语助词。嗜（shì）：爱好。快：快意，满足。朝（zhāo）饱：一朝饱食，比喻一时的欢乐。以上四句意思是：禹喜爱他的对象而同她结合，这是为了使自身后继有人；但为什么禹的爱好与别人不同，仅仅满足于一时的欢乐？按传说禹为了治水，结婚四天就离开了家，历来注家大都据此解释"嗜不同味"和"朝饱"等句，虽然大致可通，但不一定切合诗意。郭沫若先生认为禹和涂山氏女是野合成婚，所以他对"通之于台桑"的解释是"在台桑和她通淫"；对"而快朝饱"的解释是"只图一时的安逸"。这个说法可能更符合古代神话的原貌，可以参考。

启代益作后，卒然离孽[1]，何启惟忧，而能拘是达[2]？皆归射鞠，而无害厥躬[3]？何后益作革，而禹播降[4]？启棘宾商，九辩九歌[5]。何勤子屠母，而死分竟地？[6]

◎ 注释

[1] 启：夏启，传说中夏禹之子。益：传说是夏禹之臣，禹曾选定他继承帝位。后：君主。卒（cù）然：忽然。"卒"通"猝"。离：通"罹"，遭到。孽（niè）：灾祸。根据多种古书的记载，禹曾传位于益，启谋夺帝位，被益拘禁，后来逃脱，杀益得位。以上二句说：启想取代益而做君主，忽然遭到灾祸。

[2] 惟：是"罹"的借字，遭到。拘：拘禁。达：通，这里是解脱的意思。以上二句说：为什么启遭到忧患，而又能把拘禁解脱？

[3] 归：还，这里是交给的意思。射：射器，指弓箭。鞠（jú）：疑是"箙（fú）"的误字，

用竹木或兽皮等做的盛箭器。射籙，泛指武器。躬：本身。厥躬，指启。以上二句意思是：在启和益作战时，益的部下都向启交出武器，而对启无所伤害。

[4] 作：通"祚（zuò）"，国祚，国运，指统治权。革：变更，革除。播：通"蕃"。降：通"隆"。播降，繁盛昌隆。以上二句意思是：同是由禅让而得帝位，为什么益被革除，禹却繁昌？

[5] 棘：急。宾：古代礼制之一，指诸侯朝见天子。这里是动词，朝见。商：应是"帝"或"天"，因篆文形近而误。指上帝。九辩、九歌：乐曲名，古代神话说这是夏启从上帝那里取得的。以上二句说：夏启急忙忙去朝见上帝，结果取来了《九辩》《九歌》两种乐曲。

[6] 以上二句转而追问启的出生经过。古代神话说，禹治洪水，在凿通镮（huán）辕山时，告诉他妻子涂山氏听见鼓声就给送饭。禹变熊挖山，凿飞的石块误中鼓上，涂山氏闻声去送饭，看到禹的变形，又怕又羞连忙逃走。禹追赶到嵩高山下，涂山氏化为石头，禹大叫还我儿子，于是石头裂开向北的一面，生下了启。勤子，指涂山氏殷勤地保全了儿子。屠母，指涂山氏为此而杀身。死，通"尸"。死分竟地，是说涂山氏尸骨分裂，尽弃于地。

帝降夷羿，革孽夏民[1]。胡射夫河伯，而妻彼雒嫔[2]？
冯珧利决，封豨是射[3]；何献蒸肉之膏，而后帝不若[4]？
浞娶纯狐，眩妻爰谋[5]；何羿之射革，而交吞揆之[6]？

◎ 注释

[1] 帝：指上帝。降：派下。羿（yì）：指传说中夏代有穷国的君主。有穷国属东夷族，所以称为"夷羿"。革：改变。孽：祸害。传说羿曾起兵推翻夏启之子太康的统治。以上二句说：上帝派下夷羿，改变夏王朝的统治，为害于夏朝的百姓。

[2] 河伯：黄河之神。神话中说河伯化为白龙，游于水旁，被羿射瞎左眼。妻：动词，娶妻。雒：同"洛"，指洛水。嫔（pín）：对妇女的美称。洛嫔，指洛水女神。以上二句说：羿为什么要射河伯，又娶那洛水女神为妻？

[3] 冯：通"凭"，满，指把弓拉满。珧（yáo）：蚌壳，古代以此装饰弓的两头，这里即指弓。利：用，这里的意思是麻利地运用。决：即"扳指"，是用玉石骨角等物做成的指圈，套在右手大指上，拉弓时起护指作用。封：大。豨（xī）：野猪。以上二句意思是：羿沉湎于打猎，老是把弓拉得满满的，麻利地运用着他的扳指，专射那些大野兽。

[4] 蒸肉：祭祀用的肉。蒸，通"烝"，冬祭。膏：肥肉。后帝：指上帝。若：顺。以上二句说：为什么羿所献的祭肉那么肥厚，上帝还是不顺心？

[5] 浞（zhuó）：人名，即寒浞，传说他是羿的相，谋杀羿而为君。纯狐：纯狐氏女。参

《离骚》中有关羿、浞的事,可知这里所说的纯狐当是羿的妻,寒浞与她合谋杀羿,并娶她为妻。眩(xuàn):惑乱。妻:指羿妻。爰:于是。以上二句说:浞想娶纯狐氏,羿的那个专门惑乱人的老婆于是就出谋划策。

[6] 射革:指羿多力善射,能射穿皮革制的衣甲。交:合起来。吞:吞灭。揆(kuí):估量,引申为算计的意思。以上二句意思是:羿的力量可以射穿皮革,为什么人们竟敢把他当作可以吞灭的对象来算计他?按传说羿死后被家人烹食,所以这里说"交吞",是有双关意义的。

阻穷西征,岩何越焉[1]?化为黄熊,巫何活焉[2]?咸播秬黍,莆藋是营[3]。何由并投,而鲧疾修盈[4]?

◎ 注释

[1] 阻:艰险。穷:无路可走。征:行。岩:高峻的山崖。

[2] 黄熊:古代神话说鲧死后变为黄熊,进入羽山的深渊。巫(wū):古代祭祀中以舞降神的人,其中一些人还被说成具有种种法力。关于神巫救活鲧的传说不见于其他古书,但从本篇以上四句可知,古代神话有一种说法:鲧变为黄熊以后曾向西方行进,到昆仑山、灵山等据说是神巫众多的地方求救。以上四句意思是:鲧被放逐在东方海滨的羽山,他向西行进的道路艰险不通,是怎样越过那些高山峻岭的?他已经变成了黄熊,西方山上的神巫又如何把他救活?

[3] 咸:全,都。秬(jù)黍:黑黍,黑小米。莆:通"蒲",一种水草,嫩时可食。藋:通"萑(huán)",芦类食物,嫩时即芦笋,可食。营:谋,这里是寻求的意思。以上二句意思是:鲧曾教受灾的人民都种黑黍,又教他们在水草中寻出嫩蒲和芦笋,拿来救饥。一说"莆藋是营"是清除水草的意思,也可以参考。

[4] 并:一起。投:抛弃,指放逐。相传鲧和其他三个"恶人"一起被唐尧放逐于四方荒远之地。疾:罪过。修:长久。盈:满,多。以上二句意思是:鲧和其他几个人一起被放逐,为什么独有他受的罪那么长久又那么多?

白蜺婴茀,胡为此堂[1]?安得夫良药,不能固臧?[2]天式从横,阳离爰死[3];大鸟何鸣,夫焉丧厥体?[4]

◎ 注释

[1] 蜺(ní):同"霓",副虹。婴:缠绕。茀(fú):通"霈",云气。堂:指崔文子的厅

堂。古代神话说崔文子跟王子乔学仙，王子乔化为云气缭绕的白虹，给崔文子送仙药；崔感到惊怪，用戈击虹，仙药落地；再低头一看，地上是王子乔的尸体。崔将尸体放在室中，盖上破筐。尸体很快变成大鸟，鸣叫起来。崔开筐视之，大鸟飞去。以上二句说：云气缭绕的白虹，到崔文子堂上来干什么？

[2] 以上二句说：王子乔从哪里得来仙药，却又不能牢固地保藏？臧，通"藏"。

[3] 天式：天的法则。从：通"纵"。纵横，指阴阳二气的运动、消长。阳：阳气。古人认为人具备阴阳二气才能生存。爰：于是。以上二句意思是：天的法则是阴阳二气不断运动消长，只要阳气消失，于是人就死亡。

[4] 以上二句意思是：王子乔死了怎么变成大鸟，还能鸣叫？他是怎样丧失了本来的躯体？

蓱号起雨，何以兴之[1]？撰体协胁，鹿何膺之[2]？鳌戴山抃，何以安之[3]？释舟陵行，何以迁之[4]？

◎ 注释

[1] 蓱号（píng háo）：神话中的雨师，一名蓱翳（yì），又叫号蓱。兴：发动。以上二句说：蓱号把雨兴起，他是怎么发动的？

[2] 撰（zhuàn）：具。撰体，具于体，体上具有。协：合。胁：从腋下到肋骨尽处的部分。协胁，意思是长着两个上身。膺（yīng）：承受。以上二句意思是：神鹿的躯体上具有两个上身，它从哪里承受了这样奇特的体格？按古代神话中的风伯（名叫飞廉）据说是鹿身鸟头的怪物，这里所说的鹿可能即指风伯，因上文说到雨师，所以连类而及。

[3] 鳌（áo）：传说中海里的大鳌。戴山：神话中说渤海之东的大洋里有五座神山浮动在水上，上帝怕它们流于西极，所以命十五巨鳌分作三班用头顶山，使之稳定。抃（biàn）：本义是拍手，这里指巨鳌四足游动。以上二句说：巨鳌头顶着山而四足游动，怎么能使神山稳定？

[4] 释：放弃，这里是不用的意思。陵：大土山。陵行，在陆地行走。迁：搬走。神话中说龙伯国巨人没走几步就来到五座神山那里，一次就钓走了六只巨鳌，背回国中。以上二句意思是：龙伯国巨人不用船而在陆地行走，他怎么能到大洋中把六鳌钓走呢？

惟浇在户，何求于嫂[1]？何少康逐犬，而颠陨厥首[2]？女歧缝裳，而馆同爰止[3]。何颠易厥首，而亲以逢殆[4]？

◎ 注释

[1] 浇：通"奡（ào）"，人名，寒浞之子，曾杀死夏相（太康之侄，仲康之子），后来又被夏相之子少康所杀。户：门。嫂：浇的嫂子，据说是一个寡妇。以上二句说：浇到他嫂子门上去，对她有什么要求？

[2] 少康：传说中夏代的中兴之主，夏相之子。逐犬：驱使猎狗，指打猎。颠陨（yǔn）：坠落，这里指砍掉。下文"颠"同义。厥首：指浇的脑袋。以上二句说：为什么少康出去打猎，却能砍掉浇的脑袋？

[3] 女歧：浇嫂之名。馆：屋舍。馆同，即"同馆"。止：息。以上二句说：女歧给浇缝衣裳，他俩在同屋歇息。

[4] 易：换，这里指砍错了。厥首：指女歧的脑袋。亲：亲身，指浇。殆（dài）：危险。古代传说少康派汝艾暗察浇的行动。浇与女歧私通，汝艾派人夜里去杀浇，却错砍了女歧的头。但后来在少康出猎时，汝艾还是杀了浇。以上二句意思是：为什么砍错脑袋以后，浇仍不警惕，而最终亲身遭殃？

汤谋易旅，何以厚之[1]？覆舟斟寻，何道取之[2]？桀伐蒙山，何所得焉[3]？妺嬉何肆，汤何殛焉[4]？

◎ 注释

[1] 汤：应作"康"，指少康。（"汤"古字作"唐"，与"康"形近而误。）谋：策划。易：治。旅：众，指少康的部下。厚：壮大。以上二句说：少康想办法整顿他的部下，他是怎样使之壮大的？

[2] 覆舟：翻船。斟（zhēn）寻：夏的同姓诸侯国。道：方法。取：收取，收集。传说夏相失国后，投靠斟灌、斟寻两国，浇起兵攻灭二斟，夏相也被杀。夏相的妻子逃归娘家有仍国，生下少康。少康长大后，由于浇的追逼，又逃往有虞国。后来在有虞的帮助下重新收集斟灌、斟寻两国之众，灭了浇，恢复了夏朝。以上二句意思是：斟寻早已像大水中翻掉的船一样灭亡了，少康用什么办法重新收集它的余众？

[3] 桀（jié）：夏朝末主，传说中的暴君。蒙山：传说中的古国名。何所得焉：得到了什么？《竹书纪年》载，桀伐岷山（即蒙山），得其二女，名叫琬、琰，于是将皇后妺嬉（mò xǐ）弃置于洛；妺嬉因而与商汤的主要谋臣伊尹勾结，终于灭夏。以上二句说：夏桀攻伐蒙山，究竟得到了什么？

[4] 妺嬉：夏桀的元妃（皇后），有施氏女，起先得到夏桀的宠爱，后来被抛弃。肆（sì）：放纵，这里指过分的行为。汤：商汤，传说中的商朝开国之君。殛（jí）：惩罚。商汤灭夏以后，把桀和妺嬉一起放逐到南巢。以上二句说：妺嬉有什么过分的行为，商汤为什么要惩罚她？

舜闵在家，父何以鳏[1]？尧不姚告，二女何亲[2]？

◎ 注释

[1] 舜：虞舜，传说中的古帝，继唐尧为君。闵（mǐn）：忧。家：成家，指娶妻生子。父：指舜父瞽（gǔ）叟。鳏（guān）：男子年长而无妻。传说舜三十岁尚未娶妻。以上二句说：舜在成家问题上很感忧愁，他的父亲为什么老让他独身？

[2] 尧：唐尧，传说中的古帝。他在晚年把两个女儿嫁给虞舜，后来又让他摄政。姚：虞舜的姓。这里指舜的家长，即瞽叟。传说尧把二女嫁给舜而没有通过舜的家长。二女：指尧的两个女儿，名叫娥皇、女英。亲：亲近。以上二句说：唐尧不告诉姚氏家长，怎么他两个女儿就和舜亲近？

厥萌在初，何所亿焉[1]？璜台十成，谁所极焉[2]？

◎ 注释

[1] 厥（jué）：其，这里泛指事物。萌：萌芽。亿：通"臆"，猜度，预料。传说商纣（zhòu）使用象牙筷，箕子就预料有了象牙筷必然要用玉杯，有了玉杯必然要吃熊掌、豹胎，这样下去必然还要大造宫室，后来商纣果然建造十层的玉台。以上二句说：事物的萌芽在最初出现时，谁能预料它会怎样？

[2] 璜（huáng）：玉。成：层。极：尽，这里是看透的意思。以上二句说：玉台十层的建造，谁早已看透了？

登立为帝，孰道尚之[1]？女娲有体，孰制匠之[2]？

◎ 注释

[1] 登：上，升。立：通"位"。道：道理，原则。尚：上，这里是推举的意思。以上二句说：上古人登位做帝王，是根据什么原则来推举的？

[2] 女娲（wā）：神话中的上古女帝。体：形体。神话中说女娲是人面蛇身。匠：动词，造。制匠：制造，这里是产生的意思。以上二句说：女娲有那种形体，是谁把它产生出来的？

舜服厥弟，终然为害[1]；何肆犬体，而厥身不危败[2]？

◎ 注释

[1] 服：顺从。弟：指舜弟象。传说舜母早死，其父瞽叟娶后妻，生子象，这三个人一再谋害舜，然而舜对他们却始终和顺。以上二句说：舜处处顺从他弟弟，可是象最终还是要害舜。

[2] 犬体：指舜弟象，比喻他行为像恶狗。厥身：指象本身。以上二句说：为什么那狗东西如此放肆，他本身却没有完蛋？

吴获迄古，南岳是止[1]；孰期去斯，得两男子[2]？

◎ 注释

[1] 吴：古代诸侯国名，春秋时期据有今江苏及浙江的一部分。获：得。迄古：终古，长久。南岳：泛指南方山水。止：处，这里是立国的意思。

[2] 期：预想。去：洪兴祖《楚辞补注》和朱熹《楚辞集注》都引一本作"夫"，按应作"夫"。夫斯，复合指示代词，这个，这种情况。两男子：指太伯、仲雍。他们都是古公亶（dǎn）父（周文王的祖父）的儿子，因为看出古公亶父想让第三个儿子季历继承君位，所以主动逃避到江南，自号"勾吴"，由于得到当地人的拥护，就在那里创建了吴国。以上四句意思是：吴国得以长久存在，立国于江南地区，谁能预想出现这种情况？主要是因为得到了太伯，仲雍两个男子汉的缘故。

缘鹄饰玉，后帝是飨[1]。何承谋夏桀，终以灭丧[2]？帝乃降观，下逢伊挚[3]。何条放致罚，而黎服大说[4]？

◎ 注释

[1] 缘：饰，装饰。鹄（hú）：水鸟，俗称天鹅。缘鹄饰玉，指装饰着天鹅花纹并附有玉饰的鼎（古代烹煮用的器物）。后帝：指商汤。飨（xiǎng）：请人享用。传说伊尹借助烹调说动商汤，得到重用，成为助夏灭夏的谋主。以上二句意思是：伊尹用刻着天鹅花纹并带有玉饰的鼎，做出美味请商汤享用。

[2] 承：接受。谋：图谋，算计。传说伊尹曾受商汤之命打入夏王朝当内奸，对商汤灭夏起了很大作用。以上二句说：伊尹是如何接受了算计夏桀的任务，终于使夏朝灭亡的？

[3] 帝：指商汤。降观：出巡，下察民情。伊挚（zhì）：即伊尹。挚，是伊尹的名。传说伊尹本来是个奴隶。以上二句说：商汤出来察访民情，在下面碰到了伊尹。

[4] 条：鸣条，地名，传说商汤在这里大败夏桀。放：放逐。致：给。黎：黎民，民众。

服：九服，指各方诸侯。说：通"悦"。以上二句说：商汤在鸣鸟条放逐夏桀，给他以惩罚，为什么民众和诸侯都大为喜悦？

简狄在台，喾何宜[1]？玄鸟致贻，女何喜[2]？

◎ 注释

[1] 简狄（dí）：古代神话中有娀（sōng）国的美女，后来成为帝喾（kù）的次妃，生子契，是商朝的始祖。台：神话中说有娀氏建造一个高台，让简狄和她妹妹住在上面。喾：帝喾，神话中的古帝。宜：合适，这里是动词，意思是帝喾认为简狄合适。以上二句说：简狄住在高台上，帝喾为什么认为同她成家很合适？

[2] 玄鸟：即凤凰。贻（yí）：这里是名词，指礼物，聘礼。古代神话的一种说法是：简狄在高台上，帝喾派凤凰去当媒介，后来简狄就嫁给了帝喾。女：指简狄。以上二句说：凤凰给简狄送聘礼，简狄为什么感到高兴？

该秉季德，厥父是臧[1]；胡终弊于有扈，牧夫牛羊[2]？干协时舞，何以怀之？[3] 平胁曼肤，何以肥之？[4] 有扈牧竖，云何而逢？[5] 击床先出，其命何从？[6] 恒秉季德，焉得夫朴牛[7]？何往营班禄，不但还来？[8] 昏微遵迹，有狄不宁[9]。何繁鸟萃棘，负子肆情？[10] 眩弟并淫，危害厥兄。何变化以作诈，后嗣而逢长？[11]

◎ 注释

[1] 该：通"亥"，即王亥，传说是殷人远祖，夏朝诸侯。据说他始作"服牛"，即使牛驾车。秉（bǐng）：通"禀"，承受。季：即冥，王亥的父亲，传说他做过夏朝的司空（管整治水土），勤于官事，死水中。臧（zāng）：善，这里是动词，以某某为善的意思。以上二句说：王亥承受了季的德性，他父亲认为他很好。

[2] 胡：疑问词，为什么。弊（bì）：通"毙"，死。有扈（hù）：近人王国维认为应作"有易"，传说中的古国名。传说王亥带着牛羊游牧于有易，并寄居在那里，后因淫乱，为有易之君绵臣所杀。以上二句为倒文，意思是：亥放牧牛羊，为什么最终死在有易地方？

[3] 以上二句不详。一说，干：盾牌；协：和谐；时：是；怀：恋。二句意思是：亥拿着

盾牌和谐起舞，为什么有人恋着他？

[4] 以上二句不详。一说，平胁：肋骨不显，指长得丰满；曼肤：肌肤润泽；肥：通"妃"，配，合。二句意思是：有易氏女长得健壮漂亮，亥是怎样搭上她的？

[5] 以上二句不详。一说，有扈：应作有易；牧竖：牧奴，指有易族的牧人。二句意思是：亥正干着淫乱的勾当，有易族的牧人是如何碰上的？

[6] 以上二句不详。一说，击床：指有易牧人砍床杀死亥。先出：先动了手。命：命令。二句意思是：有易牧人砍床杀亥先已动手，他是从谁那里接受了杀人的命令？

[7] 恒：王恒，王亥之弟。朴：通"仆"，仆牛，即服牛。以上二句说：王恒也承受了他父亲季的德性，他怎样得到他哥哥王亥丢失的那些服牛？

[8] 以上二句不详。姜亮夫先生认为，这可能指王恒假借到有易去颁赐爵禄，从而要求归还王亥的服牛，但仍不得而还。

[9] 昏微：指王亥之子上甲微。传说他继任殷侯以后，即借助河伯国的部队攻灭有易，杀其君绵臣。遵迹：遵循先人往迹。有狄：即有易。狄，通"易"。不宁：不得安宁。以上二句意思是：上甲微决心沿着他父亲、叔父走过的道路，要向有易报仇，使有易不得安宁。

[10] 以上二句不详。王国维说"当亦记上甲事"；姜亮夫认为可能指上甲微晚年淫乱。下列注释供参考：繁鸟：众多的鸟。萃（cuì）：集聚。棘（jí）：酸枣树。茎上多刺的酸枣树不是雀鸟停留的地方，所以"繁鸟萃棘"是说雀鸟来到了它们不该来的地方，比喻上甲微干了不该干的事。负子：有负子，对不起儿子。肆情：放纵情欲。

[11] 以上四句不详。旧说指为舜和象的事，不可信。王国维说由"该秉季德"至此十二韵二十四句，是"述王亥、王恒、上甲微三世之事"。总的看比较正确。姜亮夫对这四句的含义有一种推测，说上甲微晚年淫乱，可能他的弟弟也有淫嫂杀兄等事；夺位之后，又让自己的儿子嗣续正统，而不传其兄上甲微之子。这一推测可供参考。眩（xuàn）弟：惑乱人的弟弟。作诈：实行欺诈。后嗣（sì）：后代，指上甲微弟弟的后代。逢：通"丰"。逢长，兴盛而长久。

成汤东巡，有莘爰极[1]；何乞彼小臣，而吉妃是得[2]？
水滨之木，得彼小子[3]；夫何恶之，媵有莘之妇[4]？汤
出重泉，夫何罪尤[5]？不胜心伐帝，夫谁使挑之[6]？

◎ 注释

[1] 成汤：商汤。有莘（shēn）：传说中古国名。极：至。以上二句说：商汤巡行东部，于是来到了有莘。

[2] 乞：讨。小臣：奴隶，指伊尹。传说商汤了解伊尹的才能，三次派人往聘，可是有莘之君却不给。于是汤请求娶有莘之君的女儿为妻，有莘之君很高兴，把伊尹作为陪嫁的奴隶送给了汤。吉：吉利。吉妃，带来幸运的配偶。以上二句说：为什么商汤想讨到那个"奴隶"，而结果还得着一个带来幸运的配偶？

[3] 水滨之木：指空心桑树。传说伊尹之母住在伊水边上，怀孕时梦见神告诉她，石臼中如果出水便往东快跑，不要回顾。第二天看见石臼里果然出水，便急往东跑，跑了十里回头一看，发现整个地方已成一片大水，她自己也变为一棵空心桑树。有莘国有个女子采桑，在空心桑树中得到一个婴儿，便叫他伊尹，献于国君，国君命厨师加以抚养。小子：小孩，指伊尹。以上二句说：在水边的空桑中，有莘女子得到了那个小孩。

[4] 恶：这里是"美恶"之"恶"，作动词用。恶之，认为他低劣，看不起他。媵（yìng）：陪嫁的奴婢。这里是动词，意思是作为奴隶陪嫁。有莘之妇：指有莘国君的女儿。以上二句意思是：有莘国君为什么看不起伊尹，让他作为奴隶去当女儿的陪嫁？

[5] 汤出重泉：传说夏桀曾把商汤囚禁于夏台监狱，汤行了贿，才被释放。"重泉"疑是夏台监狱中的水牢之类。（旧说重泉是地名，但作为地名的重泉是在陕西，而夏台则在河南，二者不是一地。）罪尤：罪过。以上二句意思是：汤从重泉释放出来，他被关进监狱，究竟有什么难过？

[6] 不胜心：情不自禁，无法克制。帝：指夏桀。挑：挑动。以上二句是对所谓伊尹挑动商汤的传说提出疑问，意思是：汤无法克制仇恨的心情，所以讨伐夏桀，哪里要什么人来挑动他？

会朝争盟，何践吾期[1]？苍鸟群飞，孰使萃之[2]？到击纣躬，叔旦不嘉[3]；何亲揆发，足周之命以咨嗟[4]？授殷天下，其位安施[5]？反成乃亡，其罪伊何[6]？争遣伐器，何以行之[7]？并驱击翼，何以将之[8]？

◎ 注释

[1] 会：会合。传说周武王起兵讨伐商纣（zhòu），八百诸侯都来会师。朝：日，指甲子日，周武王就在这一天与各路诸侯会师于殷都附近的牧野，并就在当天攻下了殷都。盟（míng）：发誓。古代作战前主将要在阵地上举行誓师仪式，这里是指各路诸侯争着起誓。践：履行。吾：指周，以周的口气说话。期：约定的日期。以上二句意思是：八百诸侯在甲子日会合，争相誓师，他们是怎样履行了周武王的期约而及时到的？

[2] 苍鸟：指鹰，比喻周方将士勇猛如鹰。萃（cuì）：集聚。以上二句说：勇猛的将士如群鹰飞翔搏击，是谁使他们聚到了一起？

[3] 到击纣躬：据《史记·周本纪》说，周武王攻破殷都后，跑到纣王自焚的所在，亲自射了三箭，又用轻剑击刺纣的尸体，再用大斧砍下他的头，挂在大白旗上。躬：身体。叔旦：姬旦，即周公，他是武王的弟弟，所以称为叔旦。嘉：赞许。以上二句说：武王直接去击斩纣王的遗体，周公旦是不赞成的。

[4] 亲：亲自。揆（kuí）：度，引申为谋划的意思。发：姬发，即周武王。足：完成。命：天命。咨嗟（zī jiē）：叹息。以上二句意思是：为什么周公亲自帮武王出谋划策，等到完成了周人所受的天命却又叹息呢？

[5] 位：王位。施：给予。以上二句意思是：上帝把天下授给了殷王朝，那王位究竟是根据什么原则给人的？

[6] 反：朱熹《楚辞集注》引一本作"及"；按应作"及"，等到。伊何：是什么。以上二句说：等到殷王朝建成了，上帝又使它灭亡，殷王朝的罪过究竟是什么？以上六句是对殷周两朝所宣扬的"天命论"提出疑问。

[7] 争遣：争着派遣。伐器：攻战之器，指武装力量。行：行事。

[8] 并驱：并驾齐驱。击翼："并驱"的宾语，指周军的两翼。因周军发动两翼进行夹击，所以称为"击翼"。将（jiàng）：动词，统率，督率。以上四句说：各路诸侯争着派遣武装力量，他们为什么要这样行事？周军并驾齐驱，两翼夹击，又怎么样部署统率？按周王朝统治者大力宣扬灭纣是出于"天命"，是"以仁伐不仁"，所以殷军不战而溃。以上四句是对此表示怀疑，指出既然如此，何必要做这么大的军事努力？

昭后成游，南土爰底[1]；厥利惟何，逢彼白雉[2]？穆王巧梅，夫何为周流[3]？环理天下，夫何索求[4]？妖夫曳衒，何号于市[5]？周幽谁诛，焉得夫褒姒[6]？

◎ 注释

[1] 昭后：周昭王，西周第四代君主。成：与"成行"之"成"同，实现。成游，实现此一游。南土：南方，指楚国。底：至。传说周昭王南巡楚地，淹死在汉水中。以上二句说：昭王实现了他的巡游，于是来到南方楚国。

[2] 逢：迎，迎取。白雉（zhì）：白色的野鸡，古人认为这是难得的珍禽。清人毛奇龄《天问补注》引《竹书纪年》说：昭王末年，楚人欺骗他说愿献白雉，昭王信之而南巡，结果被害。按现在可以考见的《竹书纪年》遗文中不见此项记载，毛奇龄说只能供参考。以上二句说：究竟有什么利益，而要去迎取那种白野鸡？

[3] 穆王：周穆王，西周第五代君主。巧：动词，巧于，精于，指在某种事情上专门讲究。梅：通"枚"，马鞭。这里指鞭策之术。传说周穆王有八骏马，由造父给他驾驶，周游天下。周流：周游。以上二句意思是：周穆王专门讲究鞭策之术驾车行驶，他为什么

要周游天下?

[4]环:周游。理:通"履",可解释为"行"。索:追寻。以上二句说:周穆王周行天下,追求的是什么?

[5]妖夫:妖人。曳(yè):牵引,这里是携带的意思。衒(xuàn):炫耀,这里是夸耀某种东西而想把它卖出去的意思。号(háo):呼喊,指叫卖。

[6]周幽:周幽王,西周末主。诛:讨伐。褒姒(bāo sì):周幽王的王后。传说夏王朝衰落时,有两条神龙出现于宫廷,自称为褒国的二君。夏王设祭祷告,两龙离去,留下一摊唾沫,人们把它收藏在木盒里。夏亡,木盒传于殷,殷亡又传于周,一直没人敢打开它。周厉王(幽王祖父)末年打开木盒,龙沫流出,变为大鳖,碰着一个未成年的小宫女。这宫女到周宣王(幽王之父)时成年,没有婚配而生了一个女孩,因为害怕就把她抛弃了。当时有童谣说:"桑木的弓,箕木的箭袋,这些东西要亡掉周国。"那时恰好有夫妇二人在市上叫卖桑木弓和箕木箭袋,宣王派人去抓他们,他们便逃往褒国;在路上因为听到那个被抛弃的女孩在啼哭,便收养了她,长成后就叫褒姒。后来周幽王起兵伐褒,褒人便把褒姒献给他。又据说褒姒对西周灭亡起了很大作用。以上四句意思是:妖人携带东西在叫卖,他们叫卖的是什么?周幽王起兵讨伐谁?他怎样得到了褒姒?

天命反侧,何罚何佑[1]?齐桓九会,卒然身杀[2]。

◉ 注释

[1]反侧:反复无常。佑:通"祐",保佑,指神的帮助。以上二句说:天命反复无常,它究竟惩罚什么,保佑什么?

[2]齐桓:齐桓公,春秋前期齐国国君,曾称霸于诸侯。九会:九次召集诸侯会盟。卒然:最终。身杀:《管子·小称篇》说,齐桓管仲死后,齐桓公任用堂巫、易牙、竖刁、开方四个恶人,造成内乱;桓公病中被围于一室,饥不得食,渴不得饮,死了很久,尸体还不被收殓(liàn)。以上二句说:齐桓公曾九次召集诸侯会盟,然而最后却被人害死。

彼王纣之躬,孰使乱惑?[1]何恶辅弼,谗谄是服[2]?比干何逆,而抑沈之[3]?雷开阿顺,而赐封之[4]?何圣人之一德,卒其异方[5]?梅伯受醢,箕子详狂[6]?

◉ 注释

[1] 以上二句说：商纣王这个人，是谁使他昏乱迷惑？
[2] 恶（wù）：厌恶。辅弼（bì）：辅佐，这里是名词，指辅佐之臣。服：用。以上二句说：商纣王为什么厌恶辅佐他的贤臣，而专门任用那些说坏话害人和善于谄媚的坏人？
[3] 比干：纣王的叔父，传说他因谏劝纣王而被挖心。逆：抵触。抑沈：压制埋没。沈：同"沉"。
[4] 雷开：纣王的恶臣。阿（ē）：迎合。顺：顺从。赐封：赏给财富，封为诸侯。之：指雷开。
[5] 圣人：指纣王的贤臣，即下文梅伯、箕子等。一德：一致的美德。异方：不同的表现方式。以上二句说：为什么圣人们具有本质上一致的美德，而最终却有不同的表现方式？
[6] 梅伯：纣王时的诸侯。醢（hǎi）：这里指古代的一种酷刑，把人剁碎做成肉酱。箕（jī）子：纣王的叔父。传说他进谏不听，便披发装疯，做成奴隶的样子。详：通"佯（yáng）"，假装。狂：疯狂。

稷维元子，帝何竺之[1]？投之于冰上，鸟何燠之[2]？何冯弓挟矢，殊能将之[3]？既惊帝切激，何逢长之[4]？

◉ 注释

[1] 稷（jì）：后稷，一名弃。古代神话中说，帝喾（kù）的元妃姜嫄（yuán）因踩着巨人的脚印而心动，怀孕生稷，以为不祥，一再抛弃他都没抛成，最后把他弃在冰上，又有大鸟用翅膀来覆盖他，终于不死。据说他是周人的始祖。元子：长子。帝：指帝喾。竺（zhú）：通"毒"，憎恶。以上二句意思是：后稷是帝喾的长子，帝喾为什么那样憎恶他，一再把他抛弃？
[2] 燠（yù）：暖，这里是动词。以上二句说：把后稷扔在冰上，鸟为什么来温暖他？
[3] 冯：通"凭"，恃，仗着。挟（xié）：夹持。殊能：特殊才能。将（jiàng）：动词，充当将帅的意思。传说稷在尧时曾任司马，执掌军权。以上二句说：为什么后稷还能仗弓持箭，以特殊的才能充当将帅。
[4] 帝：指帝喾。（在神话中，帝喾一类古帝都被视为天神）切激：深切激烈。逢：通"丰"。逢长，兴盛而长久，这里作动词用。以上二句意思是：后稷的出生既然叫帝喾受惊如此之深，为什么帝喾还使后稷兴盛久长？

伯昌号衰，秉鞭作牧[1]；何令彻彼岐社，命有殷国[2]？

迁藏就岐，何能依[3]？殷有惑妇，何所讥[4]？受赐兹醢，西伯上告[5]；何亲就上帝罚，殷之命以不救？[6]师望在肆，昌何识[7]？鼓刀扬声，后何喜[8]？武发杀殷，何所悒[9]？载尸集战，何所急[10]？

◎ 注释

[1] 伯昌：姬昌，即周文王，曾被殷王朝封为雍州伯，亦称西伯。号：动词，发号施令。衰：指殷王朝衰败之世。秉：执掌。鞭：比喻权柄。牧：古时治民之官，这里指诸侯之长。殷代末年，周日益强盛，有不少诸侯背叛纣王，归附西伯。以上二句说：西伯姬昌在殷王朝衰败之世发号施令，执掌威权，成了诸侯的领袖。

[2] 彻：毁。岐（qí）：古地名，在今陕西岐山东北，周人曾在此建国。社：古代祭祀上神之所，立于国都，是政权的象征。周逐步强大以后，迁都于丰（今陕西长安西北），所以毁弃原来的"岐社"，而立社于丰。命：指天命。以上二句意思是：为什么天命让周毁了"岐社"建"丰社"，势力范围越来越大，终于要占有殷国？

[3] 藏：指财产。就：到。传说因西伯姬昌有德，许多人都主动投周。以上二句说：人们搬了财产到岐都，他们为什么能来依附于周？

[4] 惑妇：惑乱人的女人。传说殷纣王有宠妃妲（dá）己，受她迷惑。讥：谏，劝诫。以上二句说：殷纣王有专门惑乱人的女人在身边，还有什么可谏劝的？

[5] 受：纣王的名字。兹：此。醢：指梅伯的肉酱，传说纣王把它分赐诸侯。上告：向上天控告。以上二句说：纣王赐下这种肉酱，西伯便向上天控告。

[6] 以上二句说：为什么纣王本身受到上帝的惩罚，殷王朝的命运因而不可挽救？

[7] 师望：即姜太公，他入周后被称为太公望，又被文王、武王立为"师"（官名），所以这里称"师望"。肆：店铺。传说姜太公入周以前曾在殷都设店宰牛。昌：姬昌，即周文王。识：知，了解。以上二句说：姜太公在肉铺里宰牛，周文王何以了解他的才能。

[8] 鼓：鸣。鼓刀，使刀发出响声。扬：张扬。后：君，指周文王。以上二句说：姜太公摆弄屠刀故意发出响声，周文王听到了为什么高兴？

[9] 武发：周武王，名姬发。悒（yì）：忧，这里是恨的意思。以上二句说：周武王动手砍下殷纣王的脑袋，他究竟怀有什么恨？

[10] 尸：木主，灵牌。据说周文王死后不久，武王就起兵伐纣，还将文王的灵牌载在兵车上。集战：会战。以上二句说：周武王载着他父亲的灵牌去会战，他为什么要这样急？

伯林雉经，维其何故？何感天抑地，夫谁畏惧？[1]

◎ 注释

[1] 以上四句不详。旧说，伯：长；林：君。伯林，指晋献公的太子申生。雉经：缢死。晋献公宠妃骊姬想立自己生的儿子奚齐为太子，陷害申生，申生被迫自缢。四句意思是：申生上吊自杀，是什么原因？为什么他的死能感动天地？而又有谁对此感到畏惧？又，郭沫若先生认为这四句仍指纣王言，纣王死于鹿台不是自焚，而是自缢；鹿台所在必为林园，园中多松柏，"伯林"应是"柏林"。他对这四句的翻译是："纣王和他的妃嫔为何要吊死？以衣蒙面，怕见天地？"二说均录以备考。

皇天集命，惟何戒之[1]？受礼天下，又使至代之[2]。

◎ 注释

[1] 集：成，完成，实现。戒：告诫。之：指受命为君的人。以上二句说：上天在实现其天命时，是怎样告诫那些受命为君的人的？

[2] 礼：通"理"。以上二句说：上天既然让某个君王接受天命治理天下，为什么又派别人来取代他？

初汤臣挚，后兹承辅[1]；何卒官汤，尊食宗绪[2]？

◎ 注释

[1] 汤：商汤。臣：动词，以某人为臣下。挚（zhì）：伊尹。兹：此，指伊尹。承：承当，担任。辅：辅佐之臣。承辅，这里是指商汤让伊尹到夏桀那里去当官。传说伊尹曾五次在汤手下，又五次在桀手下。以上二句说：起初商汤以伊尹为臣，后来又让他去担任夏桀的辅臣。

[2] 官汤：官于汤，在商汤处做官。食：指享受祭祀。宗绪：宗族，这里指祖宗。甲骨卜辞中说伊尹从享成汤，指伊尹死后，他的牌位也进入商朝的宗庙，陪从商汤享受祭祀。以上二句意思是：为什么伊尹终于还是在商汤手下当官，商王朝尊敬地让他和商族祖先在一起享受祭祀？

勋阖梦生，少离散亡[1]；何壮武厉，能流厥严[2]？

◎ 注释

[1]勋：功业，这里是形容词。阖（hé）：阖庐，春秋后期吴国国君，在位时吴国较强盛，曾与楚作战，一度攻破郢（yǐng）都。梦：寿梦，吴国国君，阖庐的祖父。生：通"姓"，孙子。离：通"罹"，遭。散亡：这里是指被排挤在朝廷之外。吴王寿梦死后，长子诸樊即位，后来诸樊传弟余祭，余祭传弟余昧，余昧却传位于其子王僚。阖庐是诸樊的长子，认为按次序应由他即位，所以后来派勇士专诸刺杀王僚，当上了吴王。这里的"散亡"，当指阖庐在余昧和王僚时期受到排挤的情况。以上二句意思是：功业显赫的阖庐是寿梦的孙子，他年轻时遭到排挤，远离吴国朝堂。

[2]武厉：雄武猛厉。流：流传。严：应作"庄"，汉代避明帝讳改；"庄"与上"亡"押韵。"庄"在这里是威武的意思，指阖庐有威名。以上二句说：为什么阖庐壮年以后雄武猛厉，能够传下他的威名？

彭铿斟雉，帝何飨[1]；受寿永多，夫何久长[2]？

◎ 注释

[1]彭铿（kēng）：即彭祖，是古代传说中的长寿人，活到八百岁。彭祖本名篯（jiān）铿，据说他受封于彭城，所以这里称之为"彭铿"。斟（zhēn）：用勺舀取，这里是说盛在食器中献上。雉（zhì）：野鸡。传说彭祖善于烹调，曾向唐尧进献"雉羹"（野鸡做的汤），唐尧吃了觉得很好。帝：指唐尧。飨（xiǎng）：享用。以上二句意思是：彭祖献上野鸡汤，唐尧为什么乐于享用？

[2]永：长。以上二句说：彭祖获得很长的寿命，他何以能活得那么长久？

中央共牧，后何怒？[1]蜂蛾微命，力何固？[2]

◎ 注释

[1]以上二句不详。近人马其昶认为是指西周厉王、宣王之间的"共和"执政。关于"共和"有两种说法，一种说周厉王暴虐，国人起来反抗，厉王逃往彘（zhì）地，周公、召公二相执政，号曰"共和"。另一种说厉王逃彘以后，共（gōng）伯和摄政。厉王死在彘地后，周王朝因长期大旱，进行占卜，说是厉王作祟，于是周公、召公立厉王的太子为宣王，共伯和回共国。马氏认为以上两种说法"其为诸侯共治则一"。"中央共牧"，就是一些诸侯共同治理周王朝。后：指周厉王。怒：指厉王死后作祟。马氏之说可供参考。

[2]以上二句所指不详。郭沫若先生的译文是："蜜蜂和蚂蚁尽管微渺，而力量何以又那么顽强？"蛾：通"蚁"。

惊女采薇，鹿何祐[1]？北至回水，萃何喜[2]？

◎ 注释

[1] 惊女采薇（wēi）：应读为"采薇惊女"。薇是一种野菜，即巢菜，又叫野豌豆。相传伯夷、叔齐兄弟二人因为不赞成周武王灭殷，守义不吃周朝的粮食，隐避在首阳山，采薇为食。后来有一个女子对他们说薇菜也是周朝的草木，他们就弃而不食。采薇惊女，意思是采薇为食而受惊于女子之言。鹿：神鹿。传说上天曾派白鹿来给伯夷、叔齐喝奶，他们后来还是饿死了。祐：同"佑"，保佑，指"神力"的帮助。鹿何祐，神鹿为什么要帮助伯夷、叔齐。

[2] 回水：清人丁晏说，首阳山在河东蒲坂，华山之北，河曲之中，回水指河曲之水。萃（cuì）：止。以上二句说：伯夷、叔齐向北来到河曲之中的首阳山，他们为什么乐于留在山里？

兄有噬犬，弟何欲？易之以百两，卒无禄。[1]

◎ 注释

[1] 以上四句不详。旧说：兄，指秦景公，春秋中期秦国国君。噬（shì）犬，咬人的狗，猛犬；弟，指秦景公之弟鍼（qián），后来逃亡到晋国；易，换，两，通"辆"；无禄，失去禄位。四句的意思是：秦景公有猛犬，他弟弟鍼为什么想要？用一百辆车去换也没换到，最终还丢了爵禄逃亡在外。按秦景公之弟鍼逃亡晋国事见《左传》昭公元年。换犬事仅见于汉人王逸的《楚辞章句》，不知他有什么根据。以上旧说仅供参考。

薄暮雷电，归何忧[1]？厥严不奉，帝何求[2]？伏匿穴处，爰何云[3]？荆勋作师，夫何长[4]？悟过改更，我又何言[5]？

◎ 注释

[1] 薄暮：傍晚。以上二句说：傍晚时雷声隆隆，电光闪闪，不如归去，何必在这里发愁？（按从这二句以下至篇末，不少注家认为原文有错乱，因无法确切考订，只能仍保持原样。所有注释，仅供参考。）

[2] 厥严：指楚国的威严。奉：持，保持。帝：指上帝，上天。帝何求，是倒文以押韵，等于说"何求于帝"。以上二句意思是：楚国的威严已无法保持，我对老天爷还有什么可要求的？

[3] 匿（nì）：隐藏。穴处：住在山洞里。爰：于是，对此。云：说。以上二句意思是：遭到放逐而隐伏在山洞里的人，对此（指国事）还有什么可说的？

[4] 荆：指楚国。勋：功业。作：振作，振兴。师：军队，武力。长（zhǎng）：意思是为各国诸侯之长。楚怀王前期有志图强，曾为六国"纵约长"（抗秦同盟国的首领）。以上二句意思是：功业显赫的楚国曾经振兴武力，请看它当初怎样成为各国之长。

[5] 以上二句意思是：现在的国君如能觉悟所犯的过错，下决心改变做法，我又何必再多说呢？

吴光争国，久余是胜[1]。何环穿自闾社丘陵，爰出子文？[2]吾告堵敖以不长[3]，何试上自予，忠名弥彰[4]？

◎ 注释

[1] 吴光：吴公子姬光，即阖庐。争国：指阖庐谋杀王僚，争夺君位。久：长期。余：我们，指楚国。阖庐曾几次战胜楚国。以上二句说：杀君篡位的阖庐，却能在较长时期中战胜楚国。

[2] 以上二句，洪兴祖《楚辞补注》、朱熹《楚辞集注》均引一本作"何环闾穿社，以及丘陵，是淫是荡，爰出子文"，疑近是。环：绕圈。穿：穿过。闾（lú）、社：都指村子。环穿自闾社丘陵，指男女幽会的经过和地点。出：生出。子文：春秋前期楚国贤相，辅佐楚成王。据说子文是郧（yún）国之女和楚宗室斗伯比的私生子。以上二句意思是：为什么淫乱私通，却能生出贤相子文？

[3] 堵敖：名熊囏（jiān），春秋前期楚国国君（楚人称死后不加谥号的国君为"敖"），为其弟楚成王熊恽（yùn）所杀。

[4] 试：通"弑"。上：指堵敖熊囏。自予：指楚成王熊恽杀死堵敖，把王位给了自己。弥（mí）：更加。彰（zhāng）：显著。楚成王即位后对人施加恩惠，又向周王朝进贡，表示敬意，以博取好名声。以上三句意思是：我说一说堵敖统治不长久这件事，为什么楚成王杀了君上自即王位，而忠名却很显著？

◎ 评析

从"禹之力献功"至此是全篇的后半部分，主要是对有关社会历史的神话、传说和史事提出疑问。

屈原 九章(选五)

《九章》包括屈原所写的九篇作品,它们之所以被编在一起。大约和古代文书用绢帛或竹简书写有关。像《离骚》《天问》《招魂》等篇,篇幅很长,本身都可以成卷成册。《九歌》各篇虽都不长,但它是一组祭歌,当然也会编在一起。除此之外,尚有九篇较短的作品,本身都不便成为卷册,因此被编集者放到一起,而姑且名之为《九章》。正如宋人朱熹所说:"后人辑之,得其九章,合为一卷,非必出于一时之言也。"(《楚辞集注》)至于这九篇作品从什么时候编在一起,则现在不能确考。汉代司马迁在《史记·屈原列传》中曾提到《哀郢》《怀沙》,这两篇现在都属于《九章》,而司马迁给以单提,似乎他那时还未有《九章》这个总称;而西汉末年刘向却在其《九叹》中说,"叹《离骚》以扬意兮,犹未殚(dān)于《九章》",可见至晚到刘向时,《九章》已经编在一起,并已有了专名。

　　按王逸《楚辞章句》,《九章》的次序是:《惜诵》《涉江》《哀郢》《抽思》《怀沙》《思美人》《惜往日》《橘颂》《悲回风》。从各篇内容看,这显然不是按写作时间先后排列的。现在我们选注其中五篇,次序则按多数研究者所考定的写作时间重新加以排列,以便于读者了解屈原的经历和思想的变化。

橘 颂

本篇从内容上看,当是屈原早年所作。篇名《橘颂》,意思是对橘树的赞颂。全诗通过对橘树形象的生动刻画,反映了作者从来就重视志趣的高尚和性格的坚强;橘树的"受命不迁",也正是作者热爱楚国的深刻写照。因此,本篇有助于我们了解作者的思想成长过程;诗中所热情赞扬的正面形象的种种素质,在当时的历史条件下,的确具有积极的社会意义;在今天,也还能给人以美的感受。屈原的诗多用比兴,是他艺术表现上的一个重要特点;《橘颂》更通篇用比兴手法写成,它不仅是屈原作品中很有特色的一篇,也是后世托物咏志的辞赋诗词的一个范例。

后皇嘉树,橘徕服兮[1]。受命不迁,生南国兮[2]。深固难徙,更壹志兮[3]。绿叶素荣,纷其可喜兮[4]。曾枝剡棘,圆果抟兮[5]。青黄杂糅,文章烂兮[6]。精色内白,类可任兮[7]。纷缊宜修,姱而不丑兮[8]。

◎ 注释

[1] 后:后土,对地的尊称。皇:皇天,对天的尊称。嘉:美,善。徕:同"来"。服:习,适应。以上二句意思是:橘树是天地所生的好树,它一来到南方就适应当地的水土。

[2] 受命:受天地之命。不迁:不能移植。传说橘树只长在南方,一过淮河就变为枳(zhǐ,俗名"臭橘")。南国:指中国南方。以上二句说:橘树天生地不可移植,它只长在南方。

[3] 深固:根深蒂固。难徙(xǐ):难以迁移。壹志:专一的意志。以上二句意思是:橘树难以移植因为它根深蒂固,更因为它自有专一的意志。这是通过想象给以拟人化的描写。

[4] 素荣:白花。荣,本指草类开的花,这里泛指花。纷:茂盛的样子。

[5] 曾枝:枝条累累。曾,通"增",重叠。剡(yǎn):尖利。棘:刺。"剡棘",指橘枝上

的尖刺。圆果：指橘子。抟（tuán）：圆圆的。

[6] 青黄杂糅（róu）：橘子将熟时的皮色。文章：纹理色彩，指橘子的皮色。烂：很有光彩的样子。

[7] 精色内白：指橘子的内瓤色泽精洁。类：似。可任：可负重任。以上四句意思是：橘子的外表色彩鲜艳，内质精良洁白，真像一个可负重任的人物。

[8] 纷缊（yūn）：香气浓郁。缊，通"氲"，即氤氲（yīn yūn），指香气。宜修：修饰得体，恰到好处。姱（kuā）：美好。丑：类，比。"不丑"，意思是出类拔萃，无比。

嗟尔幼志，有以异兮[1]。独立不迁，岂不可喜兮。深固难徙，廓其无求兮[2]。苏世独立，横而不流兮[3]。闭心自慎，终不失过兮[4]。秉德无私，参天地兮[5]。愿岁并谢，与长友兮[6]。淑离不淫，梗其有理兮[7]。年岁虽少，可师长兮[8]。行比伯夷，置以为像兮[9]。

◎ 注释

[1] 嗟（jiē）：赞叹词。尔：你，指橘。以上二句说：赞叹你幼时的志趣，就有与众不同之处。

[2] 廓（kuò）：空阔广大，这里指心胸宽广。无求：没有庸俗的追求。

[3] 苏：醒。苏世独立：清醒地独立于世。横：横渡。流：顺流而下。横而不流：是以行船比喻人性格坚定，敢于冲风横渡，不肯随波逐流。

[4] 闭心：把事情藏在心中，不乱讲。自慎：自知谨慎。终不：原作"不终"，据洪兴祖《楚辞补注》所引一本及朱熹《楚辞集注》改。失过：有过失，犯错误。

[5] 秉（bǐng）：执持。秉德：坚持好的品德。参：合。参天地：精神上与天地相合（古人认为天地是无私的）。

[6] 岁：年岁。谢：去，过去。并谢：意思是自己的年岁和橘树的年岁一起在往前过，等于说共同成长。长友：长期做朋友。以上二句意思是：在咱们俩共同成长的过程中，我愿和你长期做朋友。

[7] 淑：善，指品质。离：通"丽"，美丽，指外貌。梗：梗直，强硬。理：橘树的纹理，比喻道理之理。以上二句意思是：橘树美而不淫，强硬而有理。

[8] 年岁虽少：橘树是常绿灌木或小乔木，生长的时间不如松柏等乔木长，所以说它年少。师、长（zhǎng）：这里都作动词，意思是可以为师，可以为长。

[9]行：品行。伯夷：古人心目中的义士。他和弟弟叔齐反对周武王灭殷，后来因耻食周朝的粮食，饿死在首阳山。作者认为橘树有"不迁""难徙"等特点，可与伯夷的行为相比。置：设，立。像：榜样。以上二句说：橘树的品行比得上义士伯夷，要立它作为榜样。

抽　思

本篇是屈原在楚怀王中期或后期初次脱离楚国的政治中心郢都，迁在汉北时所作。篇名《抽思》取自篇中"少歌"的"与美人抽思（一作'抽怨'）"一句，关于它的解释，可参看第四段第二个注。

屈原这次迁于汉北，有的研究者说是被放逐，有的则认为仅仅是被楚王疏远或贬职。这个问题现在无法作出人人同意的结论。但是，不论怎么说，屈原总是因为被迫不得已而离开郢都，因此他在篇中对郢都表现了强烈的思念。这种思念的实际含义，是迫切要求回到政治斗争的第一线上去，以实现他改革楚国政治的进步理想。这就是《抽思》的深刻的政治意义。

本篇在抒情上所达到的深度也很值得注意。特别在"倡"辞中，诗人准确地描述了在睡梦中他的"灵魂"忘掉现实的艰难处境，一个劲儿在星月微光的照引下向着郢都飞逝，情景非常动人；可是等到睡醒过来，诗人就慨叹他的"灵魂"未免心眼太直，看不到别人决不会让他返回的冷酷现实。这种描写已经是把抒情的笔触深入到潜意识的活动，大大加深了对现实矛盾和诗人的政治热情的表达。另外，"乱"辞中所抒述的关于行止进退的矛盾心情，也刻画得很深入具体，而且与前文紧密呼应，使全篇文义贯通，脉络分明，达到了艺术上的高度完整。

心郁郁之忧思兮[1]，独永叹乎增伤[2]。思蹇产之不释兮[3]，曼遭夜之方长[4]。悲秋风之动容兮[5]，何回极之浮浮[6]？数惟荪之多怒兮[7]，伤余心之懮懮[8]。愿摇起而横奔兮[9]，览民尤以自镇[10]。结微情以陈词兮[11]，矫以遗夫美人[12]。

087

◎ 注释

[1] 郁郁：忧思郁结的样子。

[2] 永叹：长叹。增伤：愈来愈伤感。

[3] 蹇（jiǎn）产：曲折，不顺畅。释：解开。

[4] 曼：长。以上二句意思是：愁思曲折纠缠无法解开，又碰上漫漫长夜简直过不完。

[5] 容：指大自然的面貌。动容：意思是秋风吹得草木凋枯，大自然面貌为之一变。一说"容"通"搈"，也是动的意思。

[6] 回极：不详。一说是"四极"之误，指四方的极边。一说指天极回旋的枢轴。一说指秋风猛烈旋卷。浮浮：动荡的样子。按以上"秋风"二句对以下所写的楚王"多怒"有比喻作用。

[7] 数（shuò）：屡屡，多次。惟：思。荪（sūn）：香草，即溪荪，俗名石菖蒲，比喻楚王。

[8] 慢慢（yōu）：愁苦的样子。以上二句意思是：常常想起楚王那么容易发怒，使我伤心愁苦。

[9] 摇起：突然而起。摇，快速的意思。横奔：不看清道路就乱跑。摇起横奔：比喻自暴自弃，不顾一切地乱来。

[10] 尤：罪，苦难。镇：镇定。以上二句意思是：我本想自暴自弃，但是看到楚国人的苦难，就强自镇定下来。以下二句就是写镇定下来以后，想继续向楚王进言。

[11] 结：聚。微情：微末的心意，是谦辞。陈词：陈述言辞。

[12] 矫：举。遗（wèi）：赠予。美人：比喻楚王。以上二句意思是：把我微末的心意结成言辞，拿来献给楚王。

昔君与我诚言兮[1]，曰黄昏以为期[2]。羌中道而回畔兮[3]，反既有此他志[4]。憍吾以其美好兮[5]，览余以其修姱[6]。与余言而不信兮，盖为余而造怒？[7] 愿承闲而自察兮[8]，心震悼而不敢[9]。悲夷犹而冀进兮[10]，心怛伤之憺憺[11]。兹历情以陈辞兮[12]，荪详聋而不闻[13]。固切人之不媚兮[14]，众果以我为患[15]。

◎ 注释

[1] 诚言：诚恳地说。一本作"成言"，是因涉《离骚》"初既与余成言兮，后悔遁而有他"

句而误,此处上下文语义连接与《离骚》有别。
[2] 黄昏:古代举行婚礼在黄昏时候。期:婚期,结婚的时光。以上二句以男女曾有婚约比喻君臣结合,意思是:过去你曾诚恳地告诉我,说以某一天的黄昏为我俩的婚期。
[3] 羌(qiāng):楚方言,发语词。中道:半路上。回:返回。畔:通"叛",背离。回畔:等于说"翻悔"。
[4] 他志:别的主意。既:已。以上二句说:谁知你半路上翻悔,反而又有了别的打算。以上四句比喻楚王当初信任屈原,同他说定要在楚国实行改革,后来却背弃前言。
[5] 憍:同"骄"。
[6] 览:显示。修姱(kuā):美好。以上二句互文见义,意思是:你对我总是那么骄傲,总向我显示你多么美好。
[7] 盍(hé):通"盇",疑问副词,何以,为什么。造怒:故意找错,发泄怒火。以上二句说:你跟我说话不算话,为什么还故意找岔子发火?
[8] 闲:通"间",间隙,机会。承间:凑一个适当的机会。自察:自己表白。
[9] 震:惊。震悼:又害怕又悲痛。
[10] 夷犹:犹豫。冀(jì):希望。冀进:希望进用。
[11] 怛(dá):悲伤。憺憺(dàn):通"惔惔(tán)",火烧的样子,这里指忧心如焚。以上二句说:悲叹自己犹豫徘徊还在盼着进用,心里伤痛犹如火焚。
[12] 兹:此,这里。历情:历述下情。
[13] 详:通"佯(yáng)",假装。以上二句说:我这里历述全部想法来陈诉,君王却假装耳聋不愿听。
[14] 切人:切直的人,老实人。
[15] 众:指与屈原对立的反动贵族。以上二句说:老实人本来就不肯讨好别人,他们那些人果然把我当成了祸患。

初吾所陈之耿著兮[1],岂至今其庸亡[2]?何独乐斯之謇謇兮[3]?愿荪美之可光[4]。望三五以为像兮[5],指彭咸以为仪[6]。夫何极而不至兮[7]?故远闻而难亏[8]。善不由外来兮[9],名不可以虚作[10];孰无施而有报兮[11],孰不实而有获[12]?

◎ 注释

[1] 耿著：明白显著。

[2] 庸：乃，就。亡：通"忘"，忘记。以上二句说：当初我所陈述的道理都明白显著，难道到现在就会忘记？

[3] 独乐斯：原作"毒药"，据洪兴祖《楚辞补注》所引一本及朱熹《楚辞集注》改。乐（yào）：乐于，喜欢。斯：此，这。謇謇（jiǎn）：正直敢言的样子。

[4] 光：发扬光大。原作"完"，据洪兴祖《楚辞补注》所引一本改，"光"与上文"亡"押韵。以上二句说：为什么唯独我喜欢这样多嘴多舌，实话实说？我是希望君王的美德能够发扬光大。

[5] 三五：指三王（夏禹、商汤、周文王）五霸（春秋时的齐桓公、晋文公、秦穆公、宋襄公、楚庄王）。像：榜样。

[6] 彭咸：传说是殷代的贤臣。仪：模范。以上二句意思是：当国君的要看着三王五霸作为榜样，当臣下的要看着彭咸作为模范。

[7] 极：终极，目的地。至：达到。

[8] 闻：名声。远闻：名声流传久远。以上二句意思是：一个人只要坚持努力，什么样的目的不能够达到？这样，他的名声就可以久远流传而不会亏损。

[9] 善：指好的品德。

[10] 虚作：凭空产生。以上二句意思是：好的品德不是外来的，要靠自己培养；好的名声也不可能凭空产生，总是实至名归。

[11] 孰：谁。施：给予。无施：不给人做好事。

[12] 实：果实，这里作动词，结出果实。以上二句意思是：谁能够不做好事就得到好的报答，谁能够不等到结出果实就会有收获？

少歌曰[1]：与美人抽思兮[2]，并日夜而无正[3]。骄吾以其美好兮，敖朕辞而不听[4]。

◎ 注释

[1] 少歌：古代乐歌的表现形式之一。其在音乐上的表现，疑是乐歌中间穿插的小合唱；从诗的结构来看，它是前半篇的小结。

[2] 美人：比喻楚王。抽思：原作"抽怨"，据朱熹《楚辞集注》改。抽，通"紬（chōu）"，本义是理出丝缕的头绪，引申为寻究事理，编成条理。抽思：就是在复杂的思想感情中找出头绪，加以缕述。

[3] 无正：得不到正确的评断，辨不清是非。以上二句意思是：我向楚王缕述我的思想感情，白天讲到黑夜也得不到正确的评断。

[4] 敖：通"傲"。朕（zhèn）：我。在秦始皇以前，一般人都可以用"朕"来自称。以上二句意思是：楚王总是以他的美好向我要骄傲，他傲慢地对待我的言辞，根本不听。

倡曰[1]：有鸟自南兮[2]，来集汉北[3]。好姱佳丽兮，牉独处此异域[4]。既惸独而不群兮[5]，又无良媒在其侧[6]。道卓远而日忘兮[7]，愿自申而不得[8]。望北山而流涕兮[9]，临流水而太息[10]。望孟夏之短夜兮[11]，何晦明之若岁[12]？惟郢路之辽远兮[13]，魂一夕而九逝[14]。曾不知路之曲直兮[15]，南指月与列星。[16]愿径逝而未得兮[17]，魂识路之营营[18]。何灵魂之信直兮[19]，人之心不与吾心同![20]理弱而媒不通兮[21]，尚不知余之从容[22]！

◎ 注释

[1] 倡：同"唱"，古代乐歌的表现形式之一，大致相当于今天的领唱。从诗的结构来看，这里另起一层意思，所以用"倡"辞来重新发端。

[2] 鸟：屈原自比。南：指郢（yǐng）都（今湖北江陵西北）。屈原此时迁在汉北，郢都在其南。

[3] 集：鸟栖于树。汉北：汉水北边，即今湖北襄阳附近的地区。以上二句说：有一只鸟从南方飞来，栖止在汉水北边。

[4] 牉（pàn）：本指一物中分为二，这里是分离的意思。以上二句说：这只鸟非常美丽，现在离群独处在这异乡。

[5] 惸（qióng）：孤单。不群：失群。

[6] 媒：媒介，比喻能向楚王说情的人。侧：指鸟的身边。一说指楚王身边。以上二句意思是：这只鸟孤单失群，身边又没有好的媒介，可以为它去说合。

[7] 卓：通"逴（chuò）"，与"远"同义。日忘：一天天被人忘却。

[8] 自申：自己去申诉。以上二句意思是：这鸟在遥远的地方一天天被人遗忘，想自己去申诉又不能够。

[9] 北山：疑指郢都附近的山。一说即郢都北十里的纪山。

[10] 临：面对着。太息：叹息。

[11] 孟夏：初夏，指今农历四月。按本篇第一段讲到"秋风"，是追叙刚到汉北的情况。这里"孟夏"则指次年写作本篇的时候。

[12] 晦（huì）：暗，指夜。以上二句说：望着初夏时节短短的黑夜，从夜晚到天亮怎么竟像一年那么长？这是描写愁急失眠的情状。

[13] 惟：发语词。郢路：去郢都的路。

[14] 九：形容其多，是虚数。逝：往，去。以上二句说：去郢都的路是多么遥远啊，在睡梦中我的灵魂却一夜之间多次返回去。以下四句即写"九逝"的情况。

[15] 曾不知：不曾知。

[16] 以上二句意思是：我那灵魂根本不认识去郢都的路是曲是直，只能向南指着月亮和星星来识别返郢的方向。

[17] 径逝：直接返回。

[18] 识路：认路。营营：忙忙碌碌、往来寻求的样子。以上二句意思是：由于道路曲折，想要直接奔回去却不可能，我那灵魂只能在昏黑的原野上忙忙碌碌地寻找归郢的路径。

[19] 信：诚。信直：直心眼。

[20] 以上二句意思是：在睡梦中，我那灵魂的心眼是多么直啊，它竟然忘了别人的心是不与咱们的心相同的，他们是不会让咱们回郢都的。

[21] 理：媒人。媒：这里作动词，做媒，说合。媒不通：没路子去说合。

[22] 从（cōng）容：舒缓的样子，这里是自求宽心的意思。以上二句意思是：我那灵魂竟然忘了我现在没有能干的媒人，找不到路子去向楚王说合；它不了解我只能在这汉北地方自求宽心！以上四句深刻地刻画了睡梦中渴望返郢的心情和醒来时的严酷处境。

乱曰[1]：长濑湍流[2]，泝江潭兮[3]。狂顾南行[4]，聊以娱心兮[5]。轸石崴嵬[6]，蹇吾愿兮[7]。超回志度[8]，行隐进兮[9]。低佪夷犹[10]，宿北姑兮[11]。烦冤瞀容[12]，实沛徂兮[13]。愁叹苦神[14]，灵遥思兮[15]。路远处幽[16]，又无行媒兮[17]。道思作颂[18]，聊以自救兮[19]。忧心不遂[20]，斯言谁告兮[21]！

◎ 注释

[1] 乱：古代乐歌中的"尾声"，从诗的结构来看，它是全篇的结语。

[2] 濑(lài)：从沙石上流过的急水。湍(tuān)：水流很急的样子。

[3] 泝：同"溯(sù)"，逆流而上。江：指汉水，是今湖北境内由西北向东南流入长江的大河。潭：楚方言，深水。以上二句意思是：岸边的浅水急急流过沙滩，我正在汉江的深水中逆流北上。这二句是写作者由汉北继续向北行，更加远离郢都。

[4] 狂顾：急切地回顾。南行：向南行进。此连以上三句是说，一方面不得不继续溯汉水北上，另一方面在北上的路中又时时回顾，并且回过头去向南走一段。但向南走一段并不是真能返回郢都，只不过是聊以自慰。这都是描写心情的矛盾和返郢的渴望。

[5] 聊：且。娱心：自慰的意思。以上二句意思是：我溯流北上，却一再急切地回顾并回头向南走一段，聊以自慰。

[6] 轸(zhěn)石：怪石。轸，通"紾"，扭曲，这里是形容石头奇形怪状。崴嵬(wēi wéi)：突兀不平的样子。

[7] 蹇(jiǎn)：阻难。以上二句紧接"狂顾南行"而言，意思是：向南的道路上到处是突兀险怪的大石头，使我返回郢都的愿望受到阻碍，不能实现。

[8] 此句不详。一说，超：超越。回：回头。志度：思想意图。全句写思想很矛盾，想急进又想后退，反复不定。

[9] 行：行进，指继续溯汉水北上。隐：据，止而不进。进：与上文"愿"不押韵，郭沫若先生认为是"难"字之误，疑近是。全句写行动上进退两难。按以上二句与上文既溯江北上，又"狂顾南行"等描述是紧密呼应的，也与下文密切联系。

[10] 低佪：流连难舍的样子。

[11] 北姑：地名，不详所在。由文义推测，当在今湖北襄阳西北的汉水沿岸。以上二句意思是：我流连徘徊不能去，就止宿在北姑地方，没有继续北上。

[12] 烦冤：烦闷抑郁。瞀(mào)：昏乱。容：通"㦒(yǒng)"，不安。

[13] 沛：水流很急的样子，这里是形容行路的急速。徂(cú)：往，指远行。

[14] 苦神：神思苦劳。

[15] 灵：心灵。遥思：指思念郢都。以上四句意思是：我的心情抑闷昏乱，实在想快快地远行；然而我愁叹劳神，心里又在远远地思念郢都。按从"乱曰"至此，始终是写行与止，进与退的矛盾。

[16] 幽：指僻远的地方。

[17] 行媒：媒介，比喻可向楚王说情的人。

[18] 道思：一路上寻思。作颂：作歌，指写作本篇。

[19] 救：解。自救：自己解脱痛苦的心情。

[20] 遂：顺，这里是顺畅的意思。

[21] 斯言：这些话，即指本篇所述之言。以上二句意思是：我那忧急的心最终不能顺畅，我的这些话向谁去诉说？

093

哀　郢

　　清人王夫之在《楚辞通释》中指出《哀郢(yǐng)》的写作背景，是楚顷襄王二十一年（前278）秦将白起攻破楚国郢都（在今湖北江陵西北），楚王朝迁于陈城（今河南淮阳）；所谓"哀郢"就是屈原为故都和人民哀伤的意思。现在从全篇文义来看，说本篇的写作同白起破郢有关是比较可信的；但篇中所写的主要不是楚王朝迁陈，而是屈原由于郢都失陷所以追想自己当年离郢和向东流放的情形，突出地抒发了对故都的思念之情，从而表现了诗人对楚国和楚国人民的深厚感情，同时也对楚国的腐朽统治集团作了尖锐的揭露。通过对郢都的思念，作者把个人在流放中的痛苦心情和对楚国命运的关怀紧紧结合在一起，在深沉的抒情意境中包含了丰富的政治含义。在艺术上，作者极为准确地刻画了离开郢都愈来愈远而对它的思念愈来愈深的情景，使"哀郢"的抒情主题得到层层深入的表现，成为千古逐客思乡的绝唱。

　　按王逸《楚辞章句》的次序，《涉江》在前，《哀郢》在后。但从二篇所记的流放路线来看，《哀郢》是写屈原从郢都出发，向东直至陵阳（今安徽青阳以南的陵阳）；《涉江》所记则可推断为屈原由陵阳西还至今武汉地区以后，再向西南迁至湖南西部。所以实际的写作时间应是《哀郢》在前，《涉江》在后。

皇天之不纯命兮[1]，何百姓之震愆[2]。民离散而相失兮，方仲春而东迁[3]。

◉ 注释

[1] 皇：大。纯：专一不杂。命：天命。
[2] 震：震动。愆（qiān）：罪过。以上二句意思是：老天爷的命令变化无常，为什么要让

老百姓这样震动受罪。

［3］方：当，正当。仲春：夏历二月。东迁：向东逃迁。以上四句是屈原在流放中听说郢都被秦国攻破，想象或在途中遇见百姓向东逃难的情况。

去故乡而就远兮[1]，遵江夏以流亡[2]。出国门而轸怀兮[3]，甲之鼂吾以行[4]。发郢都而去闾兮[5]，荒忽其焉极[6]。楫齐扬以容与兮[7]，哀见君而不再得[8]。望长楸而太息兮[9]，涕淫淫其若霰[10]。过夏首而西浮兮[11]，顾龙门而不见[12]。心婵媛而伤怀兮[13]，眇不知其所蹠[14]。顺风波以从流兮[15]，焉洋洋而为客[16]。凌阳侯之氾滥兮[17]，忽翱翔之焉薄[18]。心絓结而不解兮[19]，思蹇产而不释[20]。

◎ 注释

［1］去：离开。故乡：指郢都。就远：到远方去。此句以下是屈原回忆自己的流放过程。

［2］遵：循，沿着。江：长江。夏：夏水，古河名，在今湖北境内，出于长江，由今江陵附近向东南流至监利，再向东北流至沔阳而入汉水，今已改道。夏水由江陵至监利一段与长江很靠近，所以这里同时讲沿着长江、夏水流亡。

［3］国门：都门。轸（zhěn）怀：悲痛地怀念。轸，通"紾"，指心头扭绞，悲痛。

［4］甲：甲日，古代以十干（甲乙丙丁等）、十二支（子丑寅卯等）相配纪日，"甲"是十干之一。鼂：同"朝（zhāo）"，早晨。以上二句说：走出郢都城门是多么悲痛地怀念，就在甲日的早上我开始远行。

［5］发：出发。闾（lú）：里门，指家乡。

［6］荒忽：通"恍惚"，心情迷茫的样子。一本"荒忽"前有"怊（chāo）"字，悲伤的意思。焉：何，哪里。极：尽头。以上二句说：从郢都出发离开家乡，心情迷茫，哪里是旅程的尽头？

［7］楫（jí）：划船的桨。扬：举。齐扬：并举。容与：缓慢行进。

［8］君：指楚王。以上二句意思是：划动双桨却希望船儿慢行，因为这一次离去就再也见不到楚王了。

［9］楸（qiū）：树名，落叶乔木。长楸：指郢都城内外高大的楸树。太息：叹息。

［10］涕：泪。淫淫：泪多的样子。霰（xiàn）：雪珠，是水蒸气在高空遇冷而凝成的小冰

095

粒。这里用来形容泪珠纷落。

[11] 夏首：夏水的起点，即长江流入夏水之处，在郢都附近。西浮：乘船向西漂浮。按夏水起源于长江而流经郢都东南，屈原出郢都后，先由夏水西行入江，然后才顺江东下。所以这里说"西浮"。

[12] 顾：回头看。龙门：郢都的东门。以上二句说：过了夏首再向西浮行，回头远望已看不见郢都的东门。

[13] 婵媛（chán yuán）：情思缠绵的样子。

[14] 眇：通"渺"，辽远的样子。蹠（zhí）：同"跖"，践，落脚。所蹠：所到之处。以上二句说：心里是缠绵难解的悲伤，前途辽远也不知落脚到何方。

[15] 从流：顺流而行。

[16] 焉：于是。洋洋：漂泊无依的样子。客：这里是流浪者的意思。

[17] 凌：登，乘。阳侯：传说中的波神，这里指波浪。氾：同"泛"。氾滥：大水涨溢。

[18] 忽：飘忽的样子。翱（áo）翔：鸟回旋飞翔。焉：何，哪里。薄：到，止。以上二句说：航船在汹涌泛滥的波涛上颠簸，就像鸟儿飘忽飞翔，却不知飞到哪里去。

[19] 絓（guà）结：心有牵挂而忧思郁结。

[20] 蹇（jiǎn）产：曲折，不顺畅。释：解开。以上二句说：心里有牵挂无法摆脱，愁思曲折纠缠不能解开。

将运舟而下浮兮[1]，上洞庭而下江[2]。去终古之所居兮[3]，今逍遥而来东[4]。羌灵魂之欲归兮[5]，何须臾而忘反[6]。背夏浦而西思兮[7]，哀故都之日远[8]。登大坟以远望兮[9]，聊以舒吾忧心[10]。哀州土之平乐兮[11]，悲江介之遗风[12]。

◎ 注释

[1] 运：运行。运舟：行船。下浮：顺流东下。

[2] 洞庭：湖名，在今湖南北部。"上洞庭而下江"，是说屈原乘舟东下，过了洞庭湖与长江的汇合之处（在今湖南岳阳附近），这时上游在身后，是广阔的洞庭；下游在前方，是不尽的长江。

[3] 终古：长久。

[4] 逍遥：这里指漂泊不定的样子。以上二句说：离开了世世代代居住的地方，漂泊不定地来到东方。

[5] 羌（qiāng）：楚方言，发语词。
[6] 须臾（yú）：片刻。反：同"返"。以上二句说：梦魂中也想着归去，何曾有一时一刻忘记返回故乡。
[7] 背：背离。夏浦：夏水之滨，指夏口。夏水在沔阳注入汉水，又东流至汉口（今属湖北武汉）汇入长江。夏口即汉口。西思：西向而思。这句所写的情况是屈原已过了夏口，而更向东行。
[8] 故都：指郢都。以上二句说：背着夏口继续东行，心里思念西边的故乡，郢都一天比一天离得远，真叫人悲伤。
[9] 坟：水边高地。
[10] 聊：暂且。舒：舒展。
[11] 州土：乡邑。平：指土地平宽。乐：指人民安居乐业。
[12] 江介：长江两岸。遗风：古代楚国遗留下来的淳朴风俗。以上二句意思是：屈原在离开郢都很远的东方，看到那里土地平宽，人民生活仍旧安定，长江两岸还保留着楚国固有的风俗，因而想起整个楚国危机日深，许多地区正被敌人蹂躏，所以很有感触，非常伤心。

当陵阳之焉至兮[1]，淼南渡之焉如[2]。曾不知夏之为丘兮[3]，孰两东门之可芜[4]。心不怡之长久兮[5]，忧与愁其相接。惟郢路之辽远兮[6]，江与夏之不可涉[7]。忽若不信兮[8]，至今九年而不复[9]。惨郁郁而不通兮[10]，蹇侘傺而含慼[11]。

◎ 注释

[1] 当：面对着。陵阳：地名，即今安徽南部青阳以南的陵阳镇，是屈原向东流放的终点。也有人说屈原流放不可能远至该地，认为"陵阳"即"陵阳侯"，指波涛，也可以参考。
[2] 淼（miǎo）：此字原无，据朱熹《楚辞集注》补，大水茫茫的样子。如：往。以上二句意思是：已经到了陵阳这么远的地方，还要被送到哪里去？在茫茫大水中渡江南来，究竟要往何方？
[3] 曾不知：不曾料想。夏：通"厦"，指楚国宫室。丘：这里指废墟。这句写秦军入郢所造成的破坏。
[4] 孰：这里是疑问副词，何，为何。两东门：郢都东关的两座城门。芜：长满乱草。这句写楚王迁陈后郢都荒废。以上二句说：想不到郢都的宫室竟成废墟，为什么东关城头会长满乱草。

[5] 怡：愉快。
[6] 惟：发语词。郢路：返回郢都的道路。
[7] 江：长江。夏：夏水。涉：徒步渡水。
[8] 忽：这里是形容时光过得快。若：似乎。
[9] 复：返回。以上二句说：时光快得似乎叫人不能相信，流放至今已经九年仍没有返回郢都。
[10] 惨郁郁：愁思郁积的样子。不通：心情不能通畅。
[11] 蹇侘傺（chà chì）：困顿失意的样子。慼：同"戚"，忧伤。

外承欢之汋约兮[1]，谌荏弱而难持[2]。忠湛湛而愿进兮[3]，妒被离而鄣之[4]。尧舜之抗行兮[5]，瞭杳杳而薄天[6]。众谗人之嫉妒兮，被以不慈之伪名[7]。憎愠怆之修美兮[8]，好夫人之忼慨[9]。众踥蹀而日进兮[10]，美超远而逾迈[11]。

◎ 注释

[1] 外：外貌。承欢：揣摩心意，凑趣奉承。汋约：同"绰约"，姿态柔美的样子。
[2] 谌（chén）：诚然，实在。荏（rěn）弱：软弱。难持：靠不住，"持"通"恃"。以上二句意思是：有的人善于揣摩奉承，外表看来很美好，实际上是软骨头，根本靠不住。
[3] 湛湛（zhàn）：深厚的样子。愿进：愿意进用，为君国效力。
[4] 被离：通"披离"，纷乱的样子。鄣：同"障"，阻塞。以上二句意思是：怀着深厚的忠心愿为君国效力，却被形形色色的嫉妒手段阻塞。
[5] 尧舜：唐尧、虞舜，传说中的上古圣君。抗行：高尚的行为。
[6] 瞭杳杳（yǎo）：高远的样子。薄：迫近。以上二句意思是：唐尧、虞舜的高尚行为，远远超出世俗，似乎高入云天。
[7] 被：加在身上。不慈：对子女不慈爱。伪名：捏造的恶名。以上二句意思是：唐尧、虞舜都不把君位传给儿子而传给了贤人，谗人们出于嫉妒，竟把"不慈"的恶名加在他们身上。按楚怀王被囚于秦，其子顷襄王继位，是很昏庸的国君；另一个儿子子兰当初曾力劝怀王入秦，严重有罪，却当上了令尹（楚相）。屈原在这里提出尧舜的"抗行"，以及被诬为"不慈"等等，都含有深意，表现了对楚王朝任人唯亲的不满。
[8] 愠怆（wěn lǔn）：心地实诚而不善于言辞的样子。修：与"美"同义，指美德。
[9] 好（hào）：喜爱。夫（fú）：指示代词，彼。忼慨：同"慷慨"，指善于发表激昂动听

的言辞。以上二句意思是：楚王憎厌忠诚老实这种真正的美德，却喜爱那些人假装出来的激昂慷慨。

[10] 众：指谗人。蹀躞（qiè dié）：小步行走的样子。

[11] 美：指贤人。超：与"远"同义。逾迈：远行。以上二句说：谗人们扭扭捏捏地一天天往朝廷里挤，贤人们只能远远地走开。

乱曰[1]：曼余目以流观兮[2]，冀一反之何时[3]？鸟飞反故乡兮，狐死必首丘[4]。信非吾罪而弃逐兮[5]，何日夜而忘之[6]！

◎ 注释

[1] 乱：古代乐歌中的"尾声"；从诗的结构来看，它是全篇的结语。

[2] 曼：引，伸展。流观：四下观望。

[3] 冀（jì）：希望。以上二句说：我放眼四望，想回一趟郢都，何时能够如愿？按这二句清楚说明，屈原流放期间是不能返回郢都的。清人王夫之认为秦兵破郢时，屈原曾反对顷襄王迁都；近人注本有的认为郢都被围时，屈原恰巧回到郢都，后来才和难民一同逃出。这些都是不可能的。屈原流放江南以后，始终没有回过郢都。

[4] 丘：土山。首丘，传说狐狸死时总要把头向着它所生长的土山。以上二句用禽兽不忘生长之地比喻人对故乡的恋念。

[5] 信：确实。

[6] 之：指郢都。以上二句说：我确实无罪而遭到放逐，日日夜夜怎能忘记故都！

涉 江

本篇是屈原晚年在楚国江南地区流放时所作,"涉江"就是渡江而南的意思。篇中所记的行程,与《哀郢》所记大致衔接。楚国江南地区(今湖南北部、湖北南部一带)开发较晚,僻远荒凉,所以诗人在流放中经历了艰苦的旅程,特别在进入湘西地区以后,更是独处深山,与世隔绝。但在这样严酷的处境中,他仍然保持着坚强的斗争性格。诗中反复表达不与楚国反动统治集团妥协的决心,并通过优美的想象,说明自己坚持进步理想,可以"与天地同寿""与日月同光"。其中描写山水景物,虽似荒无人烟,却幽深清峻,并无感伤的阴影,这就很好地衬托了诗人倔强而孤独的形象。由于本篇及《哀郢》都比较清晰地记叙了屈原流放的行程,所以它们也是研究屈原晚年经历的重要史料。

余幼好此奇服兮[1],年既老而不衰[2]。带长铗之陆离兮[3],冠切云之崔嵬[4]。被明月兮珮宝璐[5]。世溷浊而莫余知兮[6],吾方高驰而不顾[7]。驾青虬兮骖白螭[8],吾与重华游兮瑶之圃[9]。登昆仑兮食玉英[10],与天地兮同寿[11],与日月兮同光[12]。哀南夷之莫吾知兮[13],旦余济乎江湘[14]。

◎ 注释

[1] 幼:指年轻时。好(hào):爱好。奇服:奇异美丽的服饰,比喻突出的德和才。
[2] 衰:减弱。以上二句说:我从小爱好奇丽的服饰,年纪已经老了这种爱好仍然不减。
[3] 带:佩带。长铗(jiá):指长剑。"铗"的本义是剑柄。陆离:曼长的样子。
[4] 冠:帽,这里用作动词,等于说"戴"。切云:高冠的名称。"切"是接触的意思,冠名"切云",是形容这种冠很高。崔嵬(wéi):高耸的样子。
[5] 被:同"披"。明月:夜光珠的别名。珮:同"佩",佩带。璐(lu):美玉。这句说:披着光亮的珠串,还佩带珍贵的玉饰。又,据《楚辞》文例,此句之前疑缺一句。

[6] 溷（hùn）浊：混乱污浊。

[7] 方：正在。高驰：高高飞驰，比喻坚持进步理想，昂首向前。以上二句说：世上混乱污浊，没人了解我，我却正在高高飞驰，根本不管世人的看法。

[8] 虬（qiú）：传说中的一种龙。骖（cān）：古代驾在车前两侧的马。这里是动词，意思是将拉车的动物驾在车前两旁。螭（chī）：传说中一种龙类的动物。

[9] 重华：传说中的古帝虞舜之名。瑶：美玉。圃（pǔ）：园地。古代神话中说昆仑山上有瑶圃，是天国中盛产美玉的花园。以上二句说：让青色的虬龙驾辕，白色的螭龙拉偏套，追随着古帝虞舜，一道游于昆仑山上的瑶圃。

[10] 昆仑：指神话中所说的一座上通于天的仙山，为天帝和神人所居。这里"昆仑"与"瑶圃"为互文，实指同一个地方。玉英：玉的花朵，即"瑶圃"所产。服食玉英比喻坚持理想，进修才德。又据文例，此句之上疑缺一句。

[11] 同寿：寿命一样长。

[12] 同光：一本作"齐光"。一样有光辉。以上二句是作者用服食"玉英"之后可以得到长生，来比喻他的理想和才德将会不朽。

[13] 南夷：相当于说"南蛮"。楚国境内长江以南开发较晚，特别是湖南西部地区，更为楚人与异族共居之地，作者涉江渡湘，所要去的正是这个地方。

[14] 旦：清早。济：渡过。乎：于。江：长江。湘：湘水，是今湖南境内流入洞庭湖的大江。以上二句说：悲叹南部蛮荒地区没有人会了解我，而我却在清早渡了长江湘水向那里流放。

乘鄂渚而反顾兮[1]，欸秋冬之绪风[2]。步余马兮山皋[3]，邸余车兮方林[4]。乘舲船余上沅兮[5]，齐吴榜以击汰[6]。船容与而不进兮[7]，淹回水而疑滞[8]。朝发枉渚兮[9]，夕宿辰阳[10]。苟余心其端直兮[11]，虽僻远之何伤[12]！

◎ 注释

[1] 乘：登上。鄂渚（è zhǔ）：洲名，在今湖北武汉地区江中。反顾：回顾。这句说：渡江时登上鄂渚，回顾了过去流放所经的途程。按本篇作于屈原到达湖南西部之后，所以诗中所写的流放途程都是回想。这句是回想在陵阳西返，重新经过今武汉地区而登上鄂渚的情况，句中所说的"反顾"，就是回顾从陵阳到鄂渚这一段途程。

[2] 欸（āi）：叹息。绪风：余风。这一句结合下文"霰雪无垠"等句，说明本篇是作于冬末春初，所以作者叹息他仍感受到秋冬西北风的余寒。

[3] 步：慢行。山皋（gāo）：山湾。这句意思是：山湾中不能驾车，将马散开慢慢走。
[4] 邸（dǐ）：通"抵"，停止。方林：旧说是地名，不详所指。按"方"的一种解释是"大"，"方林"疑是大树林，长林。这句意思是：进入江南水乡，要停车不用，改乘舟船。以上四句是讲渡江南下的情况，以下再写渡湘以后西行的情况。
[5] 舲（líng）船：有篷窗的小船。沅：沅水，是今湖南境内流入洞庭湖的又一条大江，在湘水之西。上沅：溯沅水而上。按沅水东入洞庭湖，屈原西行，是溯流而上。
[6] 齐：指行船时双桨并举。吴榜："榜"是划船的桨，因仿吴地所用的桨，所以称之为"吴榜"。汰（tài）：水波。以上二句意思是：乘着小船溯沅水而上，划动双桨击水向前。
[7] 容与：行进迟缓的样子。
[8] 淹：停留。回水：回旋的水流。疑滞（zhì）：通"凝滞"，停滞不前。这句说：小船停顿在回旋的水流中难以前进。以上二句借逆水行舟的迟缓，暗示作者当时心情的犹疑忧伤。
[9] 发：出发。枉渚：地名，在今湖南常德附近，沅水北岸。
[10] 宿：停居过夜。辰阳：地名，故城在今湖南辰溪西，沅水北岸。
[11] 苟：假如，只要。端直：正直。
[12] 僻：荒僻。以上二句说：只要我的心是正直的，虽然把我放逐到荒僻遥远的地方，对我又能有什么伤害！

入溆浦余儃佪兮[1]，迷不知吾所如[2]。深林杳以冥冥兮[3]，猿狖之所居[4]。山峻高以蔽日兮[5]，下幽晦以多雨[6]。霰雪纷其无垠兮[7]，云霏霏而承宇[8]。哀吾生之无乐兮，幽独处乎山中[9]。吾不能变心而从俗兮[10]，固将愁苦而终穷[11]！

◎ 注释

[1] 溆（xù）浦：今湖南有溆水，起于今溆浦东南顿家山，西北流入沅水。这里所说的溆浦，当是溆水沿岸的一个地方。儃佪（chán huí）：徘徊不前。
[2] 如：往。以上二句说：进入溆浦后我徘徊不前，心里迷茫不知自己该往哪里去。
[3] 杳（yǎo）：幽深的样子。冥冥（míng）：昏暗的样子。
[4] 狖（yòu）：黑色长尾猿。猿狖：泛指猿猴。

[5]峻（jùn）：山高而陡。蔽：遮蔽，挡住。

[6]幽晦（huì）：阴暗。

[7]霰（xiàn）：雪珠，是水蒸气在高空遇冷而凝成的小冰粒，往往在下雪以前降落，所以这里"霰雪"连称。垠（yín）：边。

[8]霏霏（fēi）：纷纷，这里形容云气很多。承：接。宇：天宇，天空。以上二句说：雪珠雪花纷纷飘落，一望无边；云气弥漫，上接天空。

[9]幽：深隐的样子。独处：独居。

[10]从俗：随从世俗。

[11]固：本来。终穷：穷困到底。以上二句说：我不能改变思想意志在黑暗的世道中随波逐流，这本来就会愁苦而穷困到底。

接舆髡首兮[1]，桑扈臝行[2]。忠不必用兮，贤不必以[3]。伍子逢殃兮[4]，比干菹醢[5]。与前世而皆然兮，吾又何怨乎今之人？[6]余将董道而不豫兮，固将重昏而终身！[7]

◎ 注释

[1]接舆：春秋时楚国的隐士。髡（kūn）：古代的一种刑罚，即剃掉头发，以示贬辱。接舆假装疯癫，逃避现实，曾自动将头发剃去。

[2]桑扈（hù）：古代隐士，即《庄子》中提到的子桑户。臝：同"裸"。臝行：裸体而行，也是一种故意违抗世俗的表现。按这句的韵脚"行"不与下文相押，据文例，这一段开头疑缺二句，其第二句的韵脚当与"行"相押成韵。

[3]以：用。以上二句意思是：忠臣和贤士都不一定被任用。

[4]伍子：即春秋时吴国大臣伍员（yún），字子胥，他忠于吴国，直言敢谏，而终被吴王夫差逼死。逢殃：遭遇祸殃。

[5]比干：商末纣（zhòu）王时的同姓大臣，为纣王所迫，剖腹挖心而死。菹醢（jū hǎi）：古代酷刑，把人剁碎做成肉酱。这里是泛说比干死得惨。

[6]以上二句说：现在与前世情况都一样，我又何必怨恨现在的人呢？一说，与，通"举"。举前世：整个前代。

[7]董：正，这里是动词，守正不邪的意思。豫（yù）：犹疑。重：严重。昏：糊涂，不聪明，这是反话。以上二句意思是：我坚守正道而毫不犹疑，肯定一辈子也成不了那种见风使舵的"聪明人"。

乱曰[1]：鸾鸟凤皇[2]，日以远兮。[3]燕雀乌鹊[4]，巢堂坛兮[5]。露申辛夷[6]，死林薄兮[7]。腥臊并御[8]，芳不得薄兮[9]。阴阳易位[10]，时不当兮[11]。怀信侘傺[12]，忽乎吾将行兮[13]。

◎ 注释

[1] 乱：古代乐歌中的"尾声"；从诗的结构来看，它是全篇的结语。

[2] 鸾（luán）：传说中凤凰一类的神鸟。凤皇：通"凤凰"，传说中的神鸟，雄的叫凤，雌的叫凰。"鸾鸟凤皇"都比喻忠臣贤士。

[3] 以上二句意思是：忠臣贤士一天比一天远离朝廷。

[4] 燕雀乌鹊：都是普通小鸟，比喻邪佞无能的人。

[5] 巢（cháo）：鸟窝，这里是动词，筑窝。堂：殿堂。坛（tán）：古代举行祭祀或其他重大典礼的台。以上二句意思是：邪佞无能的人窃据了朝廷的高位。

[6] 露申：不详。以下注释供参考：露，显露。申，通"伸"，枝叶伸展，生长良好。一说，露申为"露甲"之误，即瑞香，是开香花的小灌木。辛夷：木兰一类的花树，又名木笔、迎春。

[7] 薄：草木丛生的地方。以上二句说：生长良好而又显眼的辛夷树，却枯死在乱树丛中。比喻忠贤之士不得任用。

[8] 腥臊：指有臭味的东西，比喻奸邪的人。御：进用。

[9] 芳：指芳洁之物，比喻忠直的人。薄：靠近。不得薄：不能靠近食用者，即不被食用。

[10] 阴阳易位：昼夜错乱，明暗失调。比喻是非颠倒，黑白不分。易，更换。

[11] 当：值，遇上。时不当：没遇上时候。以上二句是慨叹楚国政治混乱，自己生不逢时。

[12] 信：忠实之心。侘傺（chà chì）：怅然而立，失意的样子。

[13] 忽：飘忽，没有着落的样子。以上二句说：怀着对楚王朝的一片忠心而始终失意，我飘飘忽忽，还是再往远处走吧。

惜往日

本篇从内容上看,大概是屈原的绝命之辞,创作时间离开他自沉汨罗不会很久。篇名《惜往日》取自篇中首句。

在屈原的诗作中,本篇最为明确地表现了作者的进步法治思想,他追求"国富强而法立",反对"背法度而心治",这清楚地说明了屈原当时想要实行的政治变革的性质。本篇的语言特别质直,作者自称为"贞臣",而直斥顷襄王为"壅君",倾向性非常鲜明,这对于了解作者思想感情的变化也是有意义的。

有的研究者认为本篇不是屈原所作,他们所作的论证也可供读者参考,但总的来看理由还不够充分。所以我们现在仍根据汉代王逸的《楚辞章句》,并参考多数研究者的看法,把本篇定为屈原所作。

惜往日之曾信兮[1],受命诏以昭时[2]。奉先功以照下兮[3],明法度之嫌疑[4]。国富强而法立兮,属贞臣而日娭[5]。秘密事之载心兮[6],虽过失犹弗治[7]。心纯庞而不泄兮[8],遭谗人而嫉之。[9]君含怒而待臣兮[10],不清澈其然否[11]。蔽晦君之聪明兮[12],虚惑误又以欺[13]。弗参验以考实兮[14],远迁臣而弗思[15]。信谗谀之溷浊兮[16],盛气志而过之[17]。

◎ 注释

[1] 曾信:曾被信任。
[2] 诏:令,指君主颁发的命令。"命诏",君主所下的诏令。昭时:原作"昭诗",据洪兴祖《楚辞补注》所引一本及朱熹《楚辞集注》改。"昭时",使时世变得清明的意思。以上二句意思是:痛惜我从前曾被楚怀王信任,接受他的命令来改革政治,使时世变得清明。

[3] 奉：遵奉。先功：楚国先王的功业。照：照耀。下：对"先功"而言，指后世。这句意思是：遵奉楚国先王的丰功伟绩，要使它在后世发扬光大。

[4] 明：明确。嫌疑：这里指法律中含糊不清的成分。这句意思是：要使楚国法律中含糊不清的成分完全明确起来。

[5] 属（zhǔ）：托付。贞：忠贞。贞臣：屈原自指。娱：同"嬉"，玩乐。以上二句说：国家富强，法度修明，君王把国事托付给了忠贞之臣，自己天天都可以玩乐。

[6] 载心：放在心里。

[7] 治：追究。以上二句意思是：我把国家机密放在心里，办事虽有一些过错，君王也并不追究。

[8] 纯：纯正。庞（páng）：厚实。

[9] 以上二句说：我的心纯正厚实，从不泄露机密，却遭到谗人的嫉妒。按《史记·屈原列传》说，楚怀王让屈原制订宪令，还没有定稿，上官大夫就想夺过来看，屈原不给。上官大夫就向怀王进谗，说屈原代怀王拟定各种命令，总要自夸，说除了自己没有人会干。怀王因此发怒而疏远屈原。以上二句当即与此有关。

[10] 含：原作"舍"，因字形相近而误，据朱熹《楚辞集注》改。

[11] 清澈（chè）：水澄清的样子，这里作动词，弄清楚。澈，一本作"徵"，义同。然否：是否，是不是。以上二句意思是：君王带着怒火对待我，也不弄清楚情况究竟是不是像谗人说的那样。

[12] 蔽晦（huì）：蒙蔽而使之昏暗。聪：听觉灵。明：眼睛亮。

[13] 虚：指无中生有。惑：指以假乱真。误：误人，坑人。欺：欺骗。以上二句意思是：谗人蒙蔽君主，使他耳不灵，眼不亮；他们专会无中生有，以假乱真，来坑人骗人。

[14] 参验：比较各种情况来作检验。考实：查究真相，核实。

[15] 迁：放逐。臣：屈原自指。以上二句说：君王对谗人的话不加检验核实，就把我远远地放逐，再也不放在心上。

[16] 谀（yú）：奉承，谄媚。溷（hùn）浊：这里指"谗谀"的污浊丑恶。

[17] 盛气志：盛气凌人，大发脾气。过：罪过，这里作动词，加罪。以上二句说：君王听信了污浊丑恶的谗言和奉承，就盛气凌人地加罪于我。

何贞臣之无罪兮，被离谤而见尤[1]。惭光景之诚信兮[2]，身幽隐而备之[3]。临沅湘之玄渊兮[4]，遂自忍而沈流[5]。卒没身而绝名兮[6]，惜壅君之不昭[7]。君无度而弗察兮[8]，使芳草为薮幽[9]。焉舒情而抽信兮[10]？恬死亡而不聊[11]！

独郢壅而蔽隐兮[12],使贞臣为无由[13]。

◎ 注释

[1] 被离:遭受。谤:诽谤。见尤:被责罚。尤,罪过,这里是动词。
[2] 光景:指天日之光。诚信:真诚守信。
[3] 身幽隐:埋没而不能出头的意思。备:全,指天日之光普照世人,自己也不例外。以上二句意思是:真是惭愧啊,那天日之光是多么真诚守信,连我这不能在世上出头的人,也毫不例外地天天受到它的照耀!这是极其伤惨的言辞。
[4] 临:面对。沅湘:沅水、湘水,都是今湖南境内流入洞庭湖的大江。玄渊:深渊。
[5] 遂:就。自忍:忍心。沈:同"沉"。沉流:投水而死。
[6] 卒:终究。
[7] 壅(yōng)君:受蒙蔽的君主,指楚顷襄王。昭:明白。以上二句说:我终究要淹没我的身躯,断绝我的声名,可惜受蒙蔽的君王始终不会明白过来。
[8] 度:尺度,这里指衡量是非善恶的标准。
[9] 薮(sǒu):草泽,长着很多草的沼泽。薮幽:草泽深处。以上二句意思是:君王心里没个标准,不能明察是非善恶,竟使芳草埋没在草泽的深处。
[10] 焉:哪里。舒情:抒发感情。抽:抽绎,有条理地述说。信:真,指真实心意。
[11] 恬(tián):安于。聊:且。不聊:指不苟且求生。以上二句意思是:我上哪里去抒发自己的感情,说说自己的心里话?我将安于死亡而不苟且求生!
[12] 独:只是,只不过。郢:同"障"。郢壅、蔽隐:都指楚王受谗人蒙蔽。
[13] 使:任用。无由:无从,不可能。以上二句紧接上文,意思是:我死并不要紧,只是楚王还受着谗人的蒙蔽,他想任用忠臣是根本不可能的。

闻百里之为虏兮[1],伊尹烹于庖厨[2]。吕望屠于朝歌兮[3],宁戚歌而饭牛[4]。不逢汤武与桓缪兮[5],世孰云而知之[6]?吴信谗而弗味兮[7],子胥死而后忧[8]。介子忠而立枯兮[9],文君寤而追求[10];封介山而为之禁兮[11],报大德之优游[12];思久故之亲身兮[13],因缟素而哭之[14]。或忠信而死节兮,或訑谩而不疑[15]。弗省察而按实兮[16],听谗人之虚辞[17]。芳与泽其杂糅兮[18],孰申旦而别之[19]?何芳草之早殀兮[20],

107

微霜降而下戒[21]。谅聪不明而蔽壅兮[22],使谗谀而日得[23]!

◎ 注释

[1] 百里:人名,即百里奚。虏:俘虏,奴隶。百里奚是春秋前期虞国大夫,晋国灭虞,百里奚被俘。晋献公把他作为女儿的陪嫁奴隶送往秦国。百里奚逃走,被楚国的守边人捉住。秦穆公听说百里奚贤能,用五张羊皮把他赎回,并加重用。

[2] 伊尹:商汤的贤相。传说他本来是个奴隶,后来借助烹调说动商汤,成为辅汤灭夏的谋主。庖(páo)厨:厨房。

[3] 吕望:即姜太公。传说他曾在殷都朝歌(故城在今河南淇北)屠牛为生,后来遇上周文王,才被重用。

[4] 宁戚:春秋前期卫国人,传说他经商于齐,夜间喂牛,望见齐桓公,就敲着牛角唱歌,慨叹怀才不遇。桓公找他谈话后,用他为卿。饭:这里作动词,喂。

[5] 汤:商汤。武:周武王。按吕望是周文王提拔起来的,但他后来是辅助周武王灭商的谋主,所以这里提出周武王。桓:齐桓公,春秋前期齐国国君,"春秋五霸"之一。缪(mù):通"穆",秦穆公,春秋前期秦国国君,"春秋五霸"之一。

[6] 孰:谁。云:语助词。以上二句意思是:百里奚等人要是不遇上商汤、周武、齐桓、秦穆,世上有谁了解他们?

[7] 吴:指吴王夫差,春秋后期吴国国君。信谗:指吴王夫差听信太宰伯嚭(pǐ)的谗言,逼死伍子胥。味:玩味。弗味:不加辨别的意思。

[8] 子胥:伍子胥,吴国忠臣,因直言敢谏,反对吴越媾(gòu)和,被吴王夫差逼死。死而后忧:伍子胥死后不久,吴国为越国所灭,"忧"即指亡国之忧。

[9] 介子:即介之推,春秋前期晋国人,曾追随晋公子重耳在外流亡十九年。后来重耳成为晋君(即晋文公),随从流亡的人都争功求赏,介之推耻于这样做,逃隐于绵山(在今山西介休东南)。晋文公想起他的功劳,派人去找找不到,便放火烧山想逼他出来,结果介之推抱树被焚,至死没有出山。立枯:即指抱着树木被烧焦。

[10] 文君:晋文公,春秋前期晋国国君,"春秋五霸"之一。寤(wù):通"悟",觉悟。追求:指追寻介之推。

[11] 封:赐给土地。介之推死后,晋文公把绵山下的一些田封为介之推的祭田。介山:即绵山,因介之推而号为"介山"。禁:禁止人们上山采樵。

[12] 报:报答。大德:传说晋公子重耳出奔齐楚时,路上乏食,介之推曾割自己的股肉给重耳吃。这对重耳来说,是重大的恩德。优游:宽大的样子。

[13] 久故:故旧,相交已久的人。亲身:和自己亲近。

[14] 缟(gǎo)素:白色的衣服,丧服。以上二句意思是:晋文公想念老部下介之推过去是那样和自己亲近,因而穿着丧服去哭祭他。

108

[15]讪谩（dàn mán）：欺诈。以上二句说：有的人忠诚却守节而死，有的人欺诈却被信任不疑。

[16]省（xǐng）：与"察"同义。按实：审查实际情况。

[17]虚辞：假话。

[18]芳：指香洁的东西。泽：通"襗（zè）"，汗衣，引申为污垢的意思。杂糅（róu）：混杂在一起。

[19]申旦：很明白的样子。以上二句意思是：好人和坏人混杂在一起，谁来明明白白地加以区别？

[20]殀：同"夭"，早死。

[21]戒：警告。以上二句说：为什么香草总是过早凋零？微霜下降就是对它的警告。这是比喻贤人很容易受到摧残。

[22]谅：实在。聪不明：即"不聪明"，一本即作"不聪明"。

[23]日得：一天比一天得志。以上二句意思是：君王实在耳目不明，受蒙蔽很深，以至那些专搞诬陷、谄媚的人能够一天比一天得志称心。

自前世之嫉贤兮，谓蕙若其不可佩[1]。妒佳冶之芬芳兮[2]，嫫母姣而自好[3]。虽有西施之美容兮[4]，谗妒入以自代[5]。愿陈情以白行兮[6]，得罪过之不意[7]。情冤见之日明兮[8]，如列宿之错置[9]。乘骐骥而驰骋兮[10]，无辔衔而自载[11]；乘氾泭以下流兮[12]，无舟楫而自备[13]。背法度而心治兮[14]，辟与此其无异[15]。宁溘死而流亡兮[16]，恐祸殃之有再[17]。不毕辞而赴渊兮[18]，惜壅君之不识！[19]

◎ 注释

[1]蕙：香草，和兰草同类，亦名薰草、零陵香。若：杜若，香草，亦名山姜。佩：佩带。

[2]佳冶：美丽，这里指美人。

[3]嫫（mó）母：传说中的古代丑妇。姣（jiāo）：美好，这里是卖弄风姿的意思。以上二句说：嫉妒美人的芬芳，丑妇嫫母却装模作样自以为美好。

[4]西施：春秋时越国的美女，后来献给吴王夫差。

[5]自代：指谗妒的人自己来取代美人。以上二句说：虽然有西施那样的美貌，谗妒的人

也会挤进来取而代之。

[6] 白行：表白自己的行为。

[7] 不意：想不到，出乎意料。以上二句说：我想要陈诉自己的心意，表白自己的行为，但这样做也出乎意料地得到罪过。

[8] 情：实情。见（xiàn）：通"现"，显露。日明：一天比一天明显。

[9] 列宿（xiù）：众星。错：通"措"。错置：安放，罗列。以上二句意思是：实情和冤枉已显露得一天比一天分明，就像众星罗列在天上，人们都看得清楚。

[10] 骐骥（qí jì）：骏马。

[11] 辔（pèi）：缰绳。衔：马口所衔的青铜或铁，用以勒马。载：设置，具备。

[12] 氾：同"泛"，漂浮。泭（fú）：木筏。

[13] 楫（jí）：划船用的桨。舟楫：等于说"船上用的桨"，"舟"是定语。

[14] 心治：随心所欲地治理。

[15] 辟：通"譬"。以上六句意思是：想乘着骏马驰骋，自己却不置备缰绳马勒；想乘着木筏航行，自己却不置备划桨。背弃了法度而随心所欲地治理国家，就好比以上这种情况，没有什么区别。

[16] 宁：宁可。溘（kè）：忽然。这句意思是：宁可忽然死去而魂离魄散。（关于"流亡"的解释，请参看《离骚》"宁溘死以流亡"句注。）

[17] 这句说：唯恐再一次遭到祸殃。朱熹《楚辞集注》认为，这是屈原恐怕楚国灭亡，自己会被俘为奴，可以参考。

[18] 毕：完。赴渊：指投水而死。

[19] 以上二句说：不把话说完我就投水而死，可惜糊涂的君王最终也不会懂得这些道理。

屈原

招魂

本篇据司马迁说是屈原所作，而王逸则认为这是宋玉因"怜哀屈原忠而斥弃"，怕他魂魄散落，"故作《招魂》。现在多数研究者采用前一种说法，并认为篇中所招的是楚怀王之魂。

《史记·楚世家》说，楚怀王被秦昭王骗入秦国，勒逼割地；怀王不答应，竟被拘留，三年后死在秦国。这件事情在楚人中间引起了深刻的反响，当时正流放在江南的屈原，因此采用"招魂"的形式，来表达他对怀王的哀悼和对楚国命运的忧伤。"招魂"是古代的一种迷信活动，在"巫风"盛行的楚国广泛流行。屈原创造性地运用民间"招魂词"的形式来写诗，很适合于表达上述特定的抒情主题，客观上也有利于取得广泛的社会影响。在屈原的整个创作中，这是很有特色的一篇。至于篇中所大肆铺叙的宫廷生活和豪华享受，则只能说明封建贵族的荒淫腐朽。但正如清人蒋骥所说，本篇末章"魂兮归来哀江南"，才是写作的"本旨"所在，其余都不过是"幻设"。(《山带阁注楚辞》)这一看法有助于区分《招魂》的主题与题材、创作的目的与手段。结合作者在本篇首尾的"序"和"乱"中所揭示的写作背景来看，"招魂"正文所铺叙的享乐生活恰恰是从反面加重了抒情主题的悲剧色彩。

从中国古典文学的发展来说，《招魂》历来受到人们的重视。因为它的出现，可以说是"楚辞"向"骚体赋"演化的一个重要契机。屈原的创作普遍具有铺叙的特点，而《招魂》则尤其突出。它在艺术上所表现的铺张作风，对"赋"这种文体的产生有着直接的影响。

朕幼清以廉洁兮[1]，身服义而未沫[2]。主此盛德兮[3]，牵于俗而芜秽[4]。上无所考此盛德兮[5]，长离殃而愁苦[6]。帝告巫阳曰[7]："有人在下[8]，我欲辅之[9]。魂魄离散[10]，汝筮予之[11]。"巫阳对曰："掌梦[12]。上帝，其难从[13]。

若必筮予之,恐后之谢[14],不能复用。[15]"

◎ 注释

[1] 朕(zhèn):我,作者自称。幼:指年轻时。清:清白。以:而。
[2] 服:行。沬(mèi):通"昧",暗淡。以上二句说:我从小清白,不贪财利,亲身行义,毫不含糊。
[3] 主:君主,这里是动词,以某某为主子。盛德:意思是有盛德的人,指楚怀王。
[4] 牵:牵累。俗:世俗,指楚国贵族集团的腐朽风气。芜(wú)秽:草荒,比喻人的变质。以上二句说:我以那个有盛德的人为君主,他却因为受到世俗的牵累而变坏了。
[5] 上:君上,指楚怀王。考:成。
[6] 离:通"罹",遭。以上二句说:君王没有最终完成他的盛德,所以他长期遭受祸殃,非常苦恼。
[7] 帝:指上帝。巫阳:古代神话中的巫师。
[8] 有人:指楚怀王。下:下界。
[9] 辅:帮助。之:他,指楚怀王。
[10] 魂魄:灵魂。古人认为人身上有灵魂,人才能活;灵魂离身,人就死去。这里"魂魄离散"指楚怀王已死。
[11] 汝:你。筮(shì):占卦。予:给。这一句意思是:上帝叫巫阳算算卦,看下界那个人(指怀王)的灵魂散在哪里,把它招回来还给他。
[12] 掌梦:不详。一说:这是巫阳回答上帝说,自己只能管做梦的事,即让生人在梦中见到被招来的死者之魂;而无法将死者之魂还给死者本身,让他起死回生。掌,管。
[13] 上帝:这是巫阳称呼上帝。其难从:你的命令难以照办。从,听从。
[14] 后:后于。之:指怀王。谢:衰败,这里指躯体已坏。
[15] 以上三句意思是:如果一定要我算卦招魂,把魂还给那个人(指怀王),只恐这已在他的躯体腐坏之后,给他灵魂也不再有用。(巫阳的意思是招魂不能使怀王复活,但仍同意将怀王的魂招回楚国,所以下面紧接着描写招魂的情况。)

◎ 评析

　　以上一段是全篇的序,以幻想形式叙述招魂的缘由。

巫阳焉乃下招曰:"魂兮归来[1]!去君之恒干[2],何为四方些[3]？舍君之乐处[4]，而离彼不祥些[5]。

◉ 注释

[1] 焉：于是。乃：就。下：动词，降临下界。以上二句说：巫阳于是来到下界召唤道：魂啊，回来吧。

[2] 去：离开。君："你"的尊称，指所招的魂。恒：常。干：躯干，躯体。

[3] 何为：为何，干什么。些（suò）：句尾语气词。据宋代沈括的《梦溪笔谈》说，禁咒句尾用"些"，是楚人旧俗。以上二句说：你离开了你所常在的躯体，跑向四方干什么？

[4] 舍：抛弃。乐处：安乐的处所。

[5] 离：通"罹（lí）"，遭。不祥：不吉利。以上二句说：你抛弃了你的安乐处所，因而遭到那些不吉利的事。

"魂兮归来，东方不可以托些[1]！长人千仞[2]，惟魂是索些[3]。十日代出[4]，流金铄石些[5]。彼皆习之[6]，魂往必释些[7]。归来兮，不可以托些！

◉ 注释

[1] 托：寄托，寄居。

[2] 长人：巨人。仞（rèn）：古时以八尺或七尺为一仞。神话中说东方有长人之国，那里的人要吃鬼魂。

[3] 惟魂是索：专门搜索人的灵魂。

[4] 代：更替。代出：轮流升起。

[5] 流金：把金属熔成液体而流动。铄（shuò）石：销毁石头。

[6] 彼：指上述"长人"。习：动词，习惯于。

[7] 释：解，这里是被烧得熔化的意思。以上二句说：那里的巨人已经习惯于那种炎热，你这灵魂往那里去就必定熔化。

"魂兮归来，南方不可以止些[1]！雕题黑齿[2]，得人肉以祀[3]，以其骨为醢些[4]。蝮蛇蓁蓁[5]，封狐千里些[6]。

雄虺九首[7]，往来倏忽[8]，吞人以益其心些[9]。归来兮，不可以久淫些[10]！

◎ 注释

[1] 止：留。

[2] 雕题：刺着花纹的额头。题，额。雕题黑齿：指未开化的野人。

[3] 祀：祭祀。

[4] 醢（hǎi）：肉酱。

[5] 蝮（fù）蛇：一种大毒蛇，体色灰褐。蓁蓁（zhēn）：本指草木茂盛，这里是形容许多蝮蛇盘聚在一起。

[6] 封狐：大狐。千里：意思是千里之地到处是大狐。

[7] 雄虺（huǐ）九首：九个头的大毒蛇。雄，大。虺，毒蛇的一种。

[8] 倏（shū）忽：极快的样子。

[9] 益：补，滋补。

[10] 淫：久。久淫，久留的意思。

"魂兮归来，西方之害，流沙千里些[1]！旋入雷渊[2]，靡散而不可止些[3]。幸而得脱，其外旷宇些。[4]赤蚁若象[5]，玄蜂若壶些[6]。五谷不生，丛菅是食些[7]。其土烂人[8]，求水无所得些。彷徉无所倚[9]，广大无所极些[10]。归来兮，恐自遗贼些[11]！

◎ 注释

[1] 流沙：神话中的西方沙漠之地，据说那里的沙不停地流动。

[2] 旋入：卷进。雷渊：神话中的深渊名。

[3] 靡（mí）：糜烂。散：碎。以上二句说：你这灵魂如被风沙卷进雷渊，那就要粉身碎骨不可收拾了。

[4] 旷（kuàng）宇：空阔的天地，指荒野。以上二句说：即使你幸而逃脱了雷渊，可是外边还有可怕的荒野。

[5]赤蚁若象:红蚂蚁有象那么大。
[6]玄蜂若壶:黑胡蜂就像葫芦。壶,通"瓠(hù)",葫芦。
[7]菅(jiān):一种野草。这句说:专吃丛丛野草。
[8]其土:指西方之土。烂:腐烂。
[9]彷徉(páng yáng):游荡不定。倚:靠。
[10]极:尽,这里指边沿。以上二句说:你在西方游荡,无处投靠,那里的地方又大得无边无沿。
[11]遗(wèi):给予。贼:害。这句说:恐怕会给你自己带来祸害。

"魂兮归来,北方不可以止些!增冰峨峨[1],飞雪千里些。归来兮,不可以久些[2]!

◎ 注释

[1]增:通"层"。增冰,层层积累的坚冰,指冰山。峨峨:高耸的样子。
[2]久:动词,久留的意思。

"魂兮归来,君无上天些[1]!虎豹九关[2],啄害下人些[3]。一夫九首,拔木九千些。[4]豺狼从目[5],往来侁侁些[6]。悬人以嬉[7],投之深渊些[8]。致命于帝[9],然后得瞑些[10]。归来[11],往恐危身些[12]!

◎ 注释

[1]无:不要。
[2]虎豹九关:天门九重,都有虎豹把守。
[3]啄:吃。下人:下界的人。
[4]以上二句说:一个巨人长着九个头,一天要拔几千根大木头。"九千"的"九"是虚数,言其多。郭沫若先生认为这二句应在下二句之后,疑近是。
[5]从:通"纵",直。从目:竖起眼睛。
[6]侁侁(shēn):众多的样子。

[7] 悬人：把人倒提起来。嬉（xī）：玩耍。
[8] 投：掷。以上二句的主语应是前面所说的"九首"巨人，二句意思是：九头巨人把人倒提起来甩着玩，玩够了就把人抛入深渊。
[9] 致命：复命，回报。
[10] 瞑（míng）：闭上眼睛，指睡着。以上二句意思是：九头巨人把人抛入深渊之后，就去向上帝复命，然后才睡觉。
[11] 据以上文例，"归来"下疑缺"兮"字。
[12] 往：指到天上去。危：动词，危害。

"魂兮归来，君无下此幽都些[1]！土伯九约[2]，其角觺觺些[3]。敦脢血拇[4]，逐人駓駓些[5]。参目虎首[6]，其身若牛些。此皆甘人[7]，归来[8]，恐自遗灾些[9]！

◎ 注释

[1] 幽都：阴曹地府。幽，暗。
[2] 土伯：地府的君主。九约：不详。一说"约"是"屈"的意思；九约，指土伯的身体弯弯曲曲。
[3] 觺觺（yí）：角锐利的样子。以上二句说：土伯的身体弯弯曲曲，头上还长着尖角。
[4] 敦：厚。脢（méi）：夹脊肉，背肉。拇（mǔ）：手脚的大指，这里泛指手爪。
[5] 逐：追。駓駓（pī）：跑得很快的样子。以上二句说：土伯背肉隆起，手爪染着血，飞快地追人。
[6] 参：同"三"。参目，长着三只眼。
[7] 甘人：以人肉为美味。甘，味美，这里是动词。
[8] 据以上文例，"归来"下疑缺"兮"字。
[9] 恐自遗（wèi）灾：恐怕会给你自己带来灾害。

"魂兮归来，入修门些[1]。工祝招君[2]，背行先些[3]。秦篝齐缕[4]，郑绵络些[5]。招具该备[6]，永啸呼些[7]。魂兮归来，反故居些[8]。

◎ 注释

[1] 修门:据洪兴祖《楚辞补注》引《江陵记》说,修门是楚国郢都南关三门之一。

[2] 工祝:有本领的巫师。工,巧。祝,男巫。招:引。

[3] 背行:倒退着走。巫师因为要引导被招的魂,所以他面向跟着他的那个"魂",一步步倒退着走。先:动词,先导。以上二句意思是:请有本领的巫师来引导你,他一步步倒退着引你进入"修门"。

[4] 篝(gōu):竹笼。古代招魂时要用竹笼放着被招者的衣服,象征着他的魂依附于此。秦篝,产于秦地的竹笼。缕(lǚ):线,指系在竹笼上作为装饰用的彩线。齐缕,产于齐地的线。

[5] 绵络:织物,指盖在竹笼上的笼衣。郑绵络,产于郑地的织物。以上二句说:秦地的竹笼系着齐地的彩线,又盖着郑地的笼衣。

[6] 招具:招魂用的器具,即指上面说的"篝""缕"之类。该备:齐备。

[7] 永:长。以上二句说:招魂的器具都齐备,大家都拉着长调呼喊你。

[8] 反:同"返"。

"天地四方,多贼奸些[1]。像设君室[2],静闲安些[3]。高堂邃宇[4],槛层轩些[5]。层台累榭[6],临高山些[7]。网户朱缀[8],刻方连些[9]。冬有突厦[10],夏室寒些[11]。川谷径复[12],流潺湲兮[13]。光风转蕙[14],氾崇兰些[15]。

◎ 注释

[1] 贼:害。奸:恶。贼奸,指凶恶害人的东西。

[2] 像设君室:你的遗像张设在你的房间里。一说:想象中给你设置的住所。

[3] 静:清静。闲:宽舒。安:安乐。

[4] 邃(suì):深。宇:房顶覆盖之处,指房屋。

[5] 槛(jiàn):栏杆,这里是动词,用栏杆围着。层轩:指楼房。这句说:层层楼房都有栏杆围着。

[6] 榭(xiè):建在台上的屋子。

[7] 临:临近,靠近。以上二句意思是:层层高台和重重轩馆建造在靠近高山的风景区。

[8] 户:门。网户,指带有镂空花格的门,空格犹如网眼。朱:红色。缀(zhuì):联结。

朱缀，红色的花格密密联结。

[9] 刻：雕刻。方连：方格图案。以上二句说：带有格眼的门是红色的，上面刻的是方格图案。

[10] 突（yào）厦：深房复屋。因外间寒气不易侵入，所以比较暖和。

[11] 寒：这里是凉快的意思。

[12] 川：指较浅的水流。谷：指较深的水流。径：指直着流。复：指绕着流。

[13] 潺湲（chán yuán）：流水声。以上二句说：深深浅浅的水流纵横曲折，不停地发出流动的声响。

[14] 光：阳光。风：指微风。转：流转。蕙：香草，一名薰草。

[15] 氾：同"泛"，洋溢。丛：聚，指丛生。兰：香草，即兰草。以上二句说：晴光和微风在蕙叶上流转，丛生的兰草洋溢着芳香。

"经堂入奥[1]，朱尘筵些[2]。砥室翠翘[3]，挂曲琼些[4]。翡翠珠被[5]，烂齐光些[6]。蒻阿拂壁[7]，罗帱张些[8]。纂组绮缟[9]，结琦璜些[10]。

◎ 注释

[1] 奥（ào）：房屋深处，指内室。

[2] 朱：红色。尘：指承尘，即顶棚。筵：竹席，是铺在地上的。以上二句说：经过厅堂进入内室，上面张着红色的承尘，地上铺着洁净的竹席。

[3] 砥（dǐ）：磨平。砥室，墙壁和地板磨得很平的房间。翠翘（qiáo）：翡翠鸟尾上的长羽。

[4] 曲琼：玉钩，挂衣物用。以上二句说：磨得很平的墙上插着翡翠鸟的长羽，又悬挂着玉钩。

[5] 翡翠：鸟名，雄的叫翡，羽色红，雌的叫翠，羽色青绿。这里"翡翠"是形容被子的色彩红红绿绿。珠被：缀有细珠的被子。

[6] 烂：光闪闪的样子。以上二句意思是：色彩鲜艳的被子上连缀着细珠，光闪闪的被色和珠光交相辉映。

[7] 蒻（ruò）：本指嫩柔的蒲草，这里是柔软的意思。阿（ē）：古代一种轻细的丝织物名。拂壁：遮在壁上。

[8] 罗：轻软有稀孔的丝织物。帱（chóu）：帐。张：张挂。以上二句说：轻软的丝绸遮着

墙壁，屋子里还挂着罗帐。
[9] 纂（zuǎn）：红色的阔丝带。组：杂色的阔丝带。绮（qǐ）：有花纹的丝织物。缟（gǎo）：未经染色的丝织物。纂组绮缟，指各色各样的丝带。
[10] 琦（qí）：美玉。璜（huáng）：平圆形中间有孔的玉叫"璧"，半璧形的玉叫"璜"。以上二句意思是：在罗帐的周围用各色丝带结着玉器，作为装饰。

"室中之观[1]，多珍怪些[2]。兰膏明烛[3]，华容备些[4]。二八侍宿[5]，射递代些[6]。九侯淑女[7]，多迅众些[8]。盛鬋不同制[9]，实满宫些[10]。容态好比[11]，顺弥代些[12]。弱颜固植[13]，謇其有意些[14]。姱容修态[15]，絙洞房些[16]。蛾眉曼睩[17]，目腾光些[18]。靡颜腻理[19]，遗视矊些[20]。离榭修幕[21]，侍君之间些[22]。

◉ 注释

[1] 观：名词，指室中所见之物。
[2] 珍：贵重。怪：奇异。
[3] 兰膏：加香料的油脂，用以制烛。
[4] 华容：美貌，指美女。备：齐备。
[5] 二八：两列。八人为一列。侍宿：侍候过夜。
[6] 射：这里是看中、选定的意思。递代：更替。这句说：看中谁就让谁轮值。
[7] 九侯：指各国诸侯。淑：善。淑女，指各国诸侯送来的美女。
[8] 迅：通"洵"，真正。多迅众：真是众多。
[9] 鬋（jiǎn）：下垂的鬓发。盛鬋，鬓发浓密。制：样式。不同制，指种种不同的发式。
[10] 实满：充满。
[11] 容态：容貌姿态。好比：足可比美，美好的程度彼此差不多。
[12] 顺：依次。弥（mí）：久。这句意思是：顺着次序，久则相代。
[13] 弱：柔嫩的意思。固：健壮的意思。植：指身体。一说："植"通"志"，固植，心志坚贞。
[14] 謇（jiǎn）：不多说话的样子。意：情意。这句说：美女们虽然静默却很有情意。
[15] 姱（kuā）、修：都是美好的意思。

[16] 緪(gèng)：绵延，这里指往来不绝。洞房：幽深的卧房。这句意思是：美女众多，在洞房中往来不绝。

[17] 蛾眉：比喻美女的眉毛像蚕蛾眉那样又细又弯。曼：柔婉。睩(lù)：眼珠转动。

[18] 腾光：射出光亮。

[19] 靡(mǐ)、腻：都是细腻的意思。理：肌理，指皮肤。

[20] 遗(wèi)：投送。遗视，送过去一眼，瞟了一眼。矊(mián)：含情而视的样子。

[21] 离榭：正式住所以外的台榭等建筑，等于说别墅。修幕：大帐篷，游猎时所设。

[22] 间：通"闲"。以上二句意思是：在别墅和营帐里，她们也在你闲暇时侍候着你。

"翡帷翠帐[1]，饰高堂些[2]。红壁沙版[3]，玄玉梁些[4]。仰观刻桷[5]，画龙蛇些。[6]坐堂伏槛，临曲池些。[7]芙蓉始发[8]，杂芰荷些[9]。紫茎屏风[10]，文缘波些[11]。文异豹饰[12]，侍陂陁些[13]。轩辌既低[14]，步骑罗些[15]。兰薄户树[16]，琼木篱些[17]。魂兮归来，何远为些[18]！

◎ 注释

[1] 帷(wéi)、帐：都是挂在厅堂上的帐幕。翡、翠：指翡翠鸟似的颜色，有红有绿。

[2] 饰：装饰。以上二句说：色彩鲜艳的帐幕，装饰着高高的厅堂。

[3] 红壁沙版：朱砂涂的墙壁和平版。版，指窗台、壁橱等处镶的木板。

[4] 玄玉梁：黑玉装饰的房梁。

[5] 桷(jué)：方形的椽(chuán)子。刻桷，指方形的椽子像雕刻过的那样整齐精致。

[6] 以上二句说：抬头观看整整齐齐的方椽，上面画着龙蛇花纹。

[7] 以上二句说：入坐厅堂，伏在栏杆上，下面就是绕在堂外的水池。

[8] 芙蓉：荷花。始发：初生。

[9] 杂：夹杂着。芰(jì)：指菱叶。荷：指荷叶。

[10] 屏风：水生植物名，即荇(xìng)菜，一名水葵。这种植物白茎紫叶，这里的"紫茎"是泛说。

[11] 文：指水纹。缘：因。波：指轻微的波动。以上二句意思是：水葵的紫叶浮在水面上，随着微波漾出水花。

[12] 文异豹饰：指以豹皮为装饰的卫士。文，指豹皮的花纹。

[13] 侍：侍卫。陂陁（pō tuó）：指高低不平的山坡。以上二句说：穿着花纹奇异的豹皮服的卫士，侍卫在高低不平的山坡上。一说这二句的意思是：文豹皮敷设在池圹边上。

[14] 轩：有篷的车。辌（liáng）：古代一种卧车。低：通"抵"，到。

[15] 步：指步行的随从。骑：指骑马的随从。罗：罗列。以上二句意思是：乘车出行，所到之处，都有许多随从罗列陪侍。

[16] 薄：草木丛生。兰薄，丛生的兰草。树：动词，种。

[17] 琼木：玉树，指名贵的树木。以上二句说：一丛丛兰草种在门前，一行行好树作为篱笆。

[18] 这句说：为什么跑到远方去呢？

"室家遂宗[1]，食多方些[2]。稻粢穱麦[3]，挐黄粱些[4]。大苦咸酸，辛甘行些[5]。肥牛之腱[6]，臑若芳些[7]。和酸若苦[8]，陈吴羹些[9]。胹鳖炮羔[10]，有柘浆些[11]。鹄酸臇凫[12]，煎鸿鸧些[13]。露鸡臛蠵[14]，厉而不爽些[15]。粔籹蜜饵[16]，有餦餭些[17]。瑶浆蜜勺[18]，实羽觞些[19]。挫糟冻饮[20]，酎清凉些[21]。华酌既陈[22]，有琼浆些[23]。归来反故室，敬而无妨些[24]。

◎ 注释

[1] 室家：指家庭、家族。遂：就。宗：祖。这里是动词，作为祖宗。这句意思是：你既已返回本乡，全家全族的人就把你作为祖宗来供养。

[2] 食：食物。多方：多种多样。

[3] 粢（zī）：粟米，小米。穱（zhuō）：先成熟的麦子。

[4] 挐（rú）：杂糅。黄粱：黄小米，比一般粟米都香美。以上二句意思是：多种精细的粮食，互相掺和着做饭。

[5] 辛：辣。甘：甜。行：运用。以上二句意思是：做菜时使苦、咸、酸、辣、甜五味都得到适当运用。

[6] 腱（jiàn）：指供食用的牛蹄筋。

[7] 臑（ér）：通"胹"，煮得烂。若：与，和。以上二句说：肥牛的蹄筋，煮得烂而又香。

[8] 和：调和。

[9] 陈：献上。羹（gēng）：用肉、菜等做成的汤。吴羹，按吴地做法煮成的汤。
[10] 胹（ér）：煮。鳖：甲鱼。炮（páo）：一种做菜的方法，把东西连着毛包起来烤熟。羔：小羊。
[11] 柘（zhè）：通"蔗"。柘浆，甘蔗汁，取其甜酸味，用于烹调。
[12] 鹄（hú）：水鸟，俗名天鹅。鹄酸，做得带有酸味的鹄肉。鵙（juàn）：少汁的羹。凫（fú）：水鸟，俗名野鸭。鵙凫，把野鸭做成浓汤。
[13] 鸿：雁。鸧（cāng）：鸟名，一名鸧鸹（guā），也叫白顶鹤。
[14] 露鸡：郭沫若先生译为"卤（lǔ）鸡"。臛（huò）：肉羹。蠵（xī）：即蠵龟，是一种大龟。臛蠵，用龟肉作羹。
[15] 厉：烈，这里是味道浓烈的意思。爽：伤败。这句意思是：以上食物味道浓烈，但不伤胃口。
[16] 粔籹（jù nǔ）：古代的一种点心，以蜜和米面油煎而成。饵（ěr）：糕饼。蜜饵，掺蜜的糕饼。
[17] 餦餭（zhāng huáng）：古代的一种点心，以糯米粉和面，稍加盐，扭成环钏形，油煎而成。类似现在的麻花。
[18] 浆：淡酒。瑶浆，颜色如玉的美酒。勺：通"酌"，饮酒。蜜勺，饮时酒中加蜜。
[19] 实：动词，倒满。羽觞（shāng）：古代饮酒用的耳杯，因做成雀形，有羽翼，所以叫"羽觞"。
[20] 挫糟：意思是直接由酿酒的缸里逼开酒糟，挤出酒来。冻饮：喝冷酒，不加温。
[21] 酎（zhòu）：醇酒。以上二句说：滗开酒糟，舀出酒来冷着喝，这酒味道醇，又清凉。
[22] 酌：指酒宴。华酌，豪华的酒宴。陈：陈列。既陈，已经摆好。一说："酌"是酒斗，舀酒的器具。
[23] 琼浆：颜色如赤玉的美酒。
[24] 妨：害。以上二句说：回到老家来以后，人们都会尊敬你，你不会再受妨害。

"肴羞未通[1]，女乐罗些[2]。陈钟按鼓[3]，造新歌些[4]。涉江采菱[5]，发扬荷些[6]。美人既醉，朱颜酡些[7]。嬉光眇视[8]，目曾波些[9]。被文服纤[10]，丽而不奇些[11]。长发曼鬋，艳陆离些[12]。二八齐容[13]，起郑舞些[14]。衽若交竿[15]，抚案下些[16]。竽瑟狂会[17]，搷鸣鼓些[18]。宫庭震惊[19]，发激楚些[20]。吴歈蔡讴[21]，奏大吕些[22]。

士女杂坐，乱而不分些。放陈组缨[23]，班其相纷些[24]。郑卫妖玩[25]，来杂陈些[26]。激楚之结[27]，独秀先些[28]。

◎ 注释

[1] 肴（yáo）：用肉类做成的荤菜。羞：美味的食物。通：遍，齐。

[2] 女乐（yuè）：表演歌舞的女子乐队。罗：罗列。以上二句说：酒菜还没有上齐，乐队就排开准备表演。

[3] 陈钟：陈设乐钟。按鼓：安放乐鼓。一说：击鼓。

[4] 造：制作。这里是说将要表演新创作的歌舞。

[5] 涉江、采菱：都是楚国的歌曲名。

[6] 发：这里指齐声发出。扬荷：通"阳阿"，也是楚曲名，是一种众人合唱的歌曲。

[7] 酡（tuó）：指喝了酒脸上发红。

[8] 嬉光：逗人的眼光。眇（miǎo）视：眯着眼睛看。

[9] 曾：通"增"。波：指喝了酒以后两眼水汪汪。

[10] 被：通"披"。文：文绣，指绣花的衣装。服：穿。纤：指轻软的丝织衣服。

[11] 这句说：衣服美丽而不是怪模怪样。奇，怪。

[12] 陆离：曼长的样子。以上二句意思是：头发和鬓角都留得很长，那柔长的样子很娇艳。

[13] 二八：指女乐的两列（八人为一列）。齐容：一样的装饰。容，外貌，指服饰打扮。

[14] 郑：春秋时国名，这里指郑地。郑舞，郑地的舞蹈。以上二句说：两队女乐，一样的装扮，跳起了郑地的舞蹈。

[15] 衽（rèn）：衣襟。交竿：不详。王逸说："舞者回旋，衣衽掉摇，回转相钩，状若交竹竿。"

[16] 这句意思是：做着有节奏的手势徐徐退场。案，通"按"。

[17] 竽（yú）：古簧管乐器，像笙，有三十六簧。瑟（sè）：古拨弦乐器，有二十五弦。狂会：猛烈的合奏。

[18] 搷（tián）：急击。鸣鼓：响鼓。

[19] 震惊：这里是震动的意思。

[20] 激：指调子高而急。楚：指楚歌。传说楚歌的特点是"清激"，所以历来被称为"激楚"。这句意思是：在震动宫廷的器乐声中，大家齐唱高而急的楚歌。一说：激楚：楚曲名。

[21] 吴、蔡：都是春秋时国名，这里指吴地、蔡地。歈（yú）、讴：都是歌的意思。

[22] 大吕：古代音乐中的"十二律"之一。"律"就是现在音乐中的"调高","大吕"相当于#C调。以上二句意思是：唱了楚歌之后，又唱吴歌蔡曲，用的是大吕调。

[23] 放陈：随便放着。组：丝织宽带，古人用以系印或系玉，佩在身上。缨：系在颔下的帽带，以固定冠帽。这句意思是：解下身上佩带的东西，脱下冠帽，随便乱放。

[24] 班：次序。这里指排定的座位。纷：乱。这句说：座位次序也都乱了。

[25] 郑、卫：都是春秋时国名，这里指郑地、卫地。妖玩：新奇的玩意儿，当指小调杂耍之类。

[26] 杂陈：穿插表演。

[27] 激楚之结：指楚歌结尾的大合唱。

[28] 秀、先：都是出色的意思。以上二句意思是：在已经演唱的这许多乐曲中，唯独那个楚歌结尾的大合唱，是最出色的。

"菎蔽象棋[1]，有六簙些[2]。分曹并进[3]，遒相迫些[4]。成枭而牟[5]，呼五白些[6]。晋制犀比[7]，费白日些[8]。铿钟摇簴[9]，揳梓瑟些[10]。娱酒不废[11]，沈日夜些[12]。兰膏明烛，华镫错些[13]。结撰至思[14]，兰芳假些[15]。人有所极[16]，同心赋些[17]。酎饮尽欢，乐先故些[18]。魂兮归来，反故居些！"

◎ 注释

[1] 菎（kūn）：通"琨"，美玉。蔽：赌博用的筹码。菎蔽，玉筹。棋：棋子。象棋，象牙的棋子。

[2] 六簙（bó）：古代的一种博戏，二人对局，用六根筹、十二个棋子进行。

[3] 曹：伙伴，指博戏的对手。进：运子进攻。

[4] 遒（qiú）：有力，这里是使劲的意思。以上二句说：对手分开两边，都在运子进攻，使劲地互相紧迫。

[5] 枭（xiāo）、牟（móu）：都是博戏所用的术语。从洪兴祖《楚辞补注》引《古博经》所记的情况看，博戏所用棋盘，竖里有十二格，横里大概是六格。十二格的正中是一道"水"（相当于现在象棋中的河界），"水"中有两枚"鱼"。六个黑棋子、六个白棋子分别放在棋盘两端的横格中。对博时双方轮流掷五颗"骰（tóu）子"，得了彩才能够走棋（所以这不能叫下棋）。棋子走到"水"边，便竖起来，称为"枭棋"；再掷骰得彩，便

可以入"水""牟鱼"。"牟"到一枚"鱼",得两根筹码。这句中所说的"成枭",就是力争使棋子成为"枭棋";"牟"是取的意思,指得"鱼"。
[6] 五白:指五颗骰子所成的一种特彩,得了这种彩在争胜中非常有利,所以掷骰的人要呼唤"五白"出现。
[7] 晋制:晋地所制。犀(xī)比:不详。一说是以犀角制成的带钩,用作博戏的赌注。
[8] 费:消磨。白日:白天。
[9] 铿(kēng):象声词用作动词,指撞钟。簴(jù):挂钟的木架。摇簴:用力撞钟,木架动摇。
[10] 揳(jiá):弹奏。梓瑟:梓木所制的瑟。
[11] 娱酒:用喝酒来作为娱乐。不废:不停止。
[12] 沈:同"沉",沉湎。沈日夜,日夜沉湎于饮酒作乐。
[13] 镫:同"灯",古代有一种灯用青铜制。华镫:华美的灯。错:用金涂饰。
[14] 结撰(zhuàn):构思著述,指宴会上赋诗。至思:尽心思考。
[15] 兰芳:指优美的辞藻。假:借,借助。以上二句意思是:在宴会上大家还要作诗,都在尽心思考,借助优美的辞藻以成篇章。
[16] 极:极点。这里指欢乐之极。
[17] 赋:不歌而诵叫"赋",朗诵。以上二句意思是:人们都欢乐到极点,所以不约而同地朗诵诗作,互相唱和。
[18] 先故:故去的先辈,指所招的魂而言。以上二句说:痛饮醇酒,尽情欢快,使先辈的灵魂得到安乐。

◉ 评析

从"巫阳焉乃下招曰"至此,是招魂的正文,作者用巫阳的口气描述上下四方都非常凶险,召唤灵魂返回故居;又大力铺叙灵魂返回故居以后将会得到的豪华享受和安乐处境。

乱曰[1]:献岁发春兮[2],汨吾南征[3]。菉蘋齐叶兮[4],白芷生[5]。路贯庐江兮[6],左长薄[7]。倚沼畦瀛兮[8],遥望博[9]。

◎ 注释

[1] 乱：古代乐歌中的尾声；从诗的结构来看，它是全篇的结语。
[2] 献岁：意思是新的一年来到了。发春：春气发动。
[3] 汨（yù）：水流很快的样子，这里的意思是急急地。吾：屈原自称。南征：南行，指向南流放。
[4] 菉：通"绿"。蘋（pín）：植物名，生浅水中，因叶柄顶端生对称的四片叶子，也叫"四叶菜"。叶：动词，生出叶子。齐叶：整齐地生出四片嫩叶。
[5] 白芷（zhǐ）：香草。
[6] 路贯：这里的意思是由水路穿行。庐江：水名，所在不详。洪兴祖《楚辞补注》据《汉书·地理志》以为"出陵阳东南，北入江"，则是指今安徽东南部的青弋（yì）江。
[7] 左：指庐江左岸。薄：草木丛。长薄，长林。一说是地名，恐非是。
[8] 倚：靠着。沼：水池。畦（qí）：动词，区划，分隔。瀛（yíng）：大泽，这里指大的沼泽地。屈原流放在楚国的江南地区，那里沼泽很多，这句是说他在紧靠着池沼的路上行进，这些池沼被一些陆地分隔着，就像一个个的畦，存在于一片大沼泽地之中。
[9] 博：广阔，指旷野。这句说：远望着广阔的荒野。

青骊结驷兮[1]，齐千乘[2]。悬火延起兮[3]，玄颜烝[4]。
步及骤处兮[5]，诱骋先[6]。抑骛若通兮[7]，引车右还[8]。
与王趋梦兮[9]，课后先[10]。君王亲发兮[11]，惮青兕[12]。

◎ 注释

[1] 青：指青色的马。骊：纯黑色的马。驷（sì）：古代指驾一辆车所用的四匹马。
[2] 乘（shèng）：古代车的量词，四匹马拉一车叫"一乘"。这里"千乘"是说许多辆车。以上二句说：青马黑马四匹结成一组，整整齐齐地驾起大批猎车。按以下一段描写打猎的场面，所指不详。有人认为这和前面的招楚词一致，也是为了招楚怀王之魂，所以大力铺叙打猎的盛况。也有人认为这是讥刺顷襄王忘了父仇，不以国事为念，而纵情游猎。这两种说法都只能作为参考。
[3] 悬火：指火把。延起：火势蔓延，冲天而起。这是描写焚烧树林，驱赶鸟兽。
[4] 玄颜：指天空的颜色黑里透红。烝（zhēng）：火气上升。以上二句意思是：无数火把点燃树林，火势蔓延而上升，把天色熏得黑里透红。
[5] 步：徒步，指步行的从猎者。及：跟上。骤：马奔驰。骤处，指车马驰到之处。
[6] 诱：引导，这里是名词，指打猎中的向导。以上二句说：步行的从猎者跟着赶到车马

所到之处，专职的向导一马当先跑在前边。

[7] 抑：停止。骛（wù）：奔驰。若：顺。通：通畅，不混乱堵塞。这句意思是：整个打猎的队伍进退有节，指挥顺当。

[8] 右还：右转。指打猎的车队又向右转，追逐猎物。

[9] 王：君王。趋：奔向。梦：古代湖名。古代有云梦泽，是分跨在今湖北境内大江南北的两个大湖，在江以南的叫"梦泽"。

[10] 课：比试。以上二句说：大家跟着君王驰向梦泽，比试一下，看谁先谁后。

[11] 亲发：亲自发射。

[12] 惮（dàn）：应是"殚（dān）"的误字或借字，尽的意思，指被射的东西顿时毕命。兕（sì）：古代犀牛一类的野兽，青色。

朱明承夜兮[1]，时不可以淹[2]。皋兰被径兮[3]，斯路渐[4]。湛湛江水兮[5]，上有枫[6]。目极千里兮，伤春心。[7]魂兮归来，哀江南！[8]

◎ 注释

[1] 朱明：日出的景象，指白天到来。承：接续。

[2] 淹：久留。以上二句说：白天接替着黑夜，没有办法把时光留住。

[3] 皋（gāo）：水边陆地。皋兰，长在水边的兰草。被：盖，指兰草满地。

[4] 斯：这。渐：本意是慢慢地变化，这里指逐渐被水淹没。以上二句说：水边的路上长满了芬芳的兰草，然而这路逐渐被水淹没。

[5] 湛湛（zhàn）：深的样子。

[6] 枫：枫树。按古代称为"枫"的有好多种树，这里也是泛指江岸上的树。

[7] 以上二句意思是：举目望尽千里，看到一片春色而更感到伤心。（因为春天本是万物欣欣向荣的季节，然而此时楚国的命运和诗人本身的处境却毫无转机，所以感触更深。）

[8] 以上二句意思是：怀王的魂啊，回来吧，你也将为这春日的江南哀伤！（用意与前二句略同。）

◎ 评析

以上"乱词"，主要叙述作者当时的处境和心情，揭示写作《招魂》的实际背景和动机，为全篇作结。

屈原

渔父

汉代王逸在《楚辞章句》中说本篇是屈原所作。但他也指出，这只是屈原和江滨渔父的对话，后来"楚人思念屈原，因叙其辞以相传焉"。事实上，本篇的内容表明，它大概是楚国有道家思想倾向的人所作；在写作中可能有某些传说为依据，其主要目的却是通过对屈原问题提供答案，来宣扬与世浮沉、隐退自全的道家思想，具有明显的寓言色彩。但是，文中对屈原的思想和形象并没有加以歪曲；虽然屈原和作者心目中的理想人物渔父最终各走各的道路，但作者仍然是带着尊敬和同情来写屈原这个人的。由此可以看出屈原在广大的楚国人中的确留有深刻的影响。本篇在语言形式上更加接近散文，这是从一个方面反映了楚辞文体的流变。篇中的寓言色彩、问答形式以及记述对话多用排比铺叙，等等，后来都在汉代散体大赋中得到进一步的发展，这有助于了解从辞到赋的具体演变。

屈原既放[1]，游于江潭[2]，行吟泽畔[3]，颜色憔悴[4]，形容枯槁[5]。渔父见而问之曰[6]："子非三闾大夫与[7]？何故至于斯[8]？"屈原曰："举世皆浊我独清[9]，众人皆醉我独醒[10]，是以见放[11]。"渔父曰："圣人不凝滞于物[12]，而能与世推移[13]。世人皆浊，何不淈其泥而扬其波[14]？众人皆醉，何不餔其糟而歠其醨[15]？何故深思高举[16]，自令放为[17]？"屈原曰："吾闻之，新沐者必弹冠[18]，新浴者必振衣[19]，安能以身之察察[20]，受物之汶汶者乎[21]？宁赴湘流[22]，葬于江鱼之腹中，安能以皓皓之白[23]，而蒙世俗之尘埃乎？"渔父莞尔而笑[24]，鼓枻而去[25]，歌曰："沧浪之水清兮[26]，可以濯吾缨[27]；沧浪之水浊兮，可以濯吾足。[28]"遂去不复与言。

◉ 注释

[1] 放：流放，放逐。

[2] 游：游荡。江：结合屈原晚年经历及本篇下文来看，疑即指湘水。潭：楚方言，深水。

[3] 泽畔（pàn）：水边。

[4] 颜色：脸色。憔悴（qiáo cuì）：脸色枯暗的样子。

[5] 形容：体态容貌。槁（gǎo）：与"枯"同义。枯槁：枯瘦的样子。

[6] 渔父（fǔ）：渔翁。父，古代对老年男人的尊称。

[7] 子：古代对男子的美称。三闾大夫：屈原曾经担任的官职，掌管楚王朝的宗族昭、屈、景三姓之事。与：同"欤"，表示疑问的语气词。

[8] 斯：此，此地。以上二句说：您不是三闾大夫吗？为什么来到这样一个地方？一说"至于斯"是"落到这种地步"的意思。

[9] 浊、清：指品德行为而言。

[10] 醉、醒：指对楚国形势的认识而言。

[11] 是以：因此。见放：被放逐。

[12] 凝滞（zhì）：本义是水流不通畅，引申为拘泥、迂执的意思。

[13] 推移：推进、变动。以上二句说：圣人不拘泥于任何事物，而能够随着世道一起变化。

[14] 淈（gǔ）：搅混。以上二句说：世上的人都混浊，你何不也搅起泥沙，推波助澜？

[15] 餔（bū）：食。糟：酒渣。歠（chuò）：同"啜"，饮。醨（lí）：通"醴"，薄酒。以上二句说：众人都醉，你何不也连酒带糟喝他个大醉？

[16] 举：举动，行为。

[17] 令：使，使得。为：表示疑问的语气词。以上二句说：你为什么对事情想得那么深，行为又那么高超，以至于把自己搞到被人放逐呢？

[18] 沐：洗头。弹（tán）冠：弹去帽子上的灰尘。

[19] 浴：洗澡。振衣：抖掉衣服上的灰尘。

[20] 察察：洁白的样子。

[21] 汶汶（mén）：昏暗的样子，这里指污浊。以上四句说：刚洗头的人，必定弹干净帽子，刚洗澡的人，必定抖干净衣服。怎么能让干干净净的身体，去沾染外物的污浊呢？

[22] 宁：宁可。赴：投入。湘流：湘水，是今湖南境内流入洞庭湖的大江。

[23] 皓（hào）：很白的样子。

[24] 莞（wǎn）尔：微笑的样子。

[25] 鼓：动，这里指划动。枻（yì）：划船的桨。

[26] 沧浪（láng）：水名，是汉水的支流，在今湖北境内。具体所在地，旧说分歧，今已不能确指。

[27] 濯（zhuó）：洗。缨：古人系住冠帽的带子。

[28] 以上四句歌词是比喻人的行动应该与客观现实相适应，也就是劝屈原隐退自全。按《沧浪歌》是楚地流传的古歌谣，这里渔父只是引来讽劝屈原，不能认为本篇所写的事情就发生在沧浪江。

宋玉

九辩

本篇为宋玉所作。宋玉，楚人，生卒年代不详，但知他稍后于屈原；他的创作直接受过屈原的影响，因此有人说他是屈原的学生。史书说宋玉是楚王的小臣，"事楚襄王而不见察"。由于他在政治上郁郁不得志，因此作品中也多抒发怀才不遇的不平之气。宋玉的作品，据《汉书·艺文志》说共有十六篇。但除本篇历来基本上得到公认外，连《文选》所收的《高唐赋》《神女赋》《风赋》和《登徒子好色赋》也有人认为不是宋玉的作品，其他篇目就更难考知了。

本篇篇名《九辩》，原是古代的乐曲名，作者借它为题，来写诗歌。但在宋玉的时代，《九辩》之曲是否继续存在，或者说宋玉此诗是否真能用《九辩》的调子来唱，则现在已无法知道了。

作者在本篇中反复强调自己忠而有才，但却不被楚王了解，更受奸谗排挤，以至失职穷困，进退失所。篇中对楚王的指责和对谗人的揭露都比较鲜明而尖锐，能使人对当时楚国社会的黑暗和贵族统治集团的腐朽，产生较深的印象。在作者大量抒写的个人失意和悲愁中，也交织着对楚国命运的关心，又因为他的抒情大致是以实际的遭遇为基础，所以显得情真词切，有别于后代某些封建文人无病呻吟的"悲秋"之作。

本篇中有关秋景的描绘历来脍炙人口。作者对深秋典型景物的感受和把握相当敏锐，表现也比较准确细致，从而生动地比喻或衬托了他所要抒发的悲愁感情，常常收到情景交融的艺术效果，有利于抒情主题的完满表现。篇中语句的长短富于变化，语气词"兮"的位置也一再变换，这都使诗歌的语言和节奏显得相当灵活。

过去的注家对本篇有不同的分章。朱熹《楚辞集注》分全篇为九章，从文义上看比较恰当，因此加以采用。但这与篇题《九辩》之"九"，并无必然联系。

悲哉秋之为气也[1]！萧瑟兮[2]，草木摇落而变衰。憭栗兮，若在远行[3]；登山临水兮，送将归。[4]泬寥兮，天高而气清[5]。寂寥兮，收潦而水清[6]。憯凄增欷兮，薄寒之中人[7]。怆恍懭悢兮，去故而就新。[8]坎廪兮，贫士失职而志不平。[9]廓落兮，羁旅而无友生。[10]惆怅兮，而私自怜。燕翩翩其辞归兮[11]，蝉寂漠而无声[12]。雁廱廱而南游兮[13]，鹍鸡啁哳而悲鸣[14]。独申旦而不寐兮[15]，哀蟋蟀之宵征[16]。时亹亹而过中兮[17]，蹇淹留而无成[18]。

◉ 注释

[1] 气：古人认为充塞于宇宙的东西；在秋天，据说是一种肃杀之气，所以作者感叹其悲凉。

[2] 萧瑟：寂寞萧条的样子。

[3] 憭栗（liáo lì）：凄凉。

[4] 送：送别。以上四句意思是：心情凄凉，好像人在远行之中；又像登山临水送人归去，而自己更加伤感。

[5] 泬寥（xuè liáo）：空旷而清朗的样子。

[6] 寥：通"漻（liáo）"，一本即作"漻"。寂漻，平静而清澈的样子。潦（lǎo）：积水，这里指泛滥的水。收潦，泛滥的水归入正常水道。以上二句意思是：秋天的水不再泛滥，每条水流都显得平静而清澈。

[7] 憯：同"惨"。憯凄，悲伤。欷（xī）：叹息声。增欷，加重叹息。薄寒：深秋的轻寒。中（zhòng）：动词，侵袭。中人，侵人。

[8] 怆（chuàng）恍：失意、惆怅的样子。懭悢（kuàng lǎng）：与"怆恍"同义。去：离开。故：指原来所在的地方。就：到。新：指新的地方。以上二句意思是：在原来的地方很失意，所以想到新的环境中去。

[9] 坎廪（lǎn）：困顿，不得志。失职：失去职位。志：心意。

[10] 廓落：孤独空虚的样子。羁（jī）旅：做客他乡。友生：朋友。

[11] 翩翩（piān）：飞得轻快的样子。辞归：指燕子秋天飞回南方。

[12] 寂漠：通"寂寞"，清静无声。

[13] 廱廱（yōng）：通"雍雍"，形容鸣声和谐。

[14] 鹍（kūn）鸡：古书上说的一种像鹤的鸟。啁哳（zhāo zhā）：形容声音杂乱细碎。

[15] 申旦：达旦，直到天亮。不寐（mèi）：睡不着。
[16] 宵征：夜行。指蟋蟀在夜间活动时振翅发声。以上二句说：孤独失眠通宵达旦，蟋蟀夜鸣使人心烦。
[17] 亹亹（wěi）：行进不停的样子。过中：过了中年。
[18] 蹇（jiǎn）：通"謇"，楚方言，发语词。淹留：久留。以上二句说：时光不停过去，已经过了中年，久留在外却没有什么成就。

◎ 评析

以上第一段，由感叹秋气悲凉起兴，结合凄凉的秋景，抒述个人客居失意。

悲忧穷戚兮独处廓[1]，有美一人兮心不绎[2]。去乡离家兮徕远客[3]，超逍遥兮今焉薄[4]？专思君兮不可化[5]，君不知兮其奈何[6]！蓄怨兮积思，心烦憺兮忘食事[7]。愿一见兮道余意[8]，君之心兮与余异。车既驾兮朅而归[9]，不得见兮心伤悲。[10]倚结軨兮长太息[11]，涕潺湲兮下沾轼[12]。忼慨绝兮不得[13]，中瞀乱兮迷惑[14]。私自怜兮何极[15]，心怦怦兮谅直[16]。

◎ 注释

[1] 戚：通"蹙（cù）"，局促。穷蹙，陷于困境，无路可走。廓：空虚。
[2] 有美一人：作者自比。绎："怿（yì）"的假借字，喜悦。以上二句意思是：有一个美人，心情悲忧，处境穷困，孤独空虚，没有乐趣。
[3] 徕：同"来"。远：远方，指楚都。客：动词，做客。
[4] 超：远。逍遥：这里指游荡无依的样子。焉：疑问代词，何，哪里。薄：到。以上二句意思是：离开家乡来楚都做客，失去职位后，在远方游荡无依，如今又到哪里去？
[5] 专：一心一意。君：当是指楚顷襄王。化：改变。
[6] 其：句中助词。以上二句说：专诚思念君王的心意不可改变，君王不了解却无可奈何。

[7] 憺(dàn)：通"惮"，惊悸。以上二句说：心里积蓄着怨恨和思念，忧烦心悸不想吃饭和做事。

[8] 一见：见一见君王。道：说说。意：心意。

[9] 搚(qiè)：离去。

[10] 以上二句说：车已驾好想要离开这里而归去，但不能见到君王，心里仍然伤悲。

[11] 倚：靠着。軨(líng)：车栏。古代车厢前面和左右两面都有栏木，横直交结，所以叫"结軨"。太息：叹息。

[12] 涕：泪。潺湲(chán yuán)：水流不断的样子，这里形容流泪不止。沾：沾湿。轼(shì)：古代车厢前面供人凭倚的横木。

[13] 忼：同"慷"。慷慨，这里是激愤的意思。绝：断。

[14] 瞀(mào)：昏乱。以上二句说：激愤之下想和楚王断绝，却又做不到，心中昏乱又迷惑。

[15] 极：终了。

[16] 怦怦(pēng)：形容心跳。谅直：诚实正直。以上二句说：私下里自我伤感哪有个完，心跳激动皆因自信诚实正直。

◎ 评析

以上第二段，进一步具体抒述个人的遭遇和心情。

皇天平分四时兮[1]，窃独悲此凛秋[2]。白露既下百草兮[3]，奄离披此梧楸[4]。去白日之昭昭兮[5]，袭长夜之悠悠[6]。离芳蔼之方壮兮[7]，余萎约而悲愁[8]。秋既先戒以白露兮[9]，冬又申之以严霜[10]。收恢台之孟夏兮[11]，然欿傺而沈藏[12]。叶菸邑而无色兮[13]，枝烦挐而交横[14]。颜淫溢而将罢兮[15]，柯仿佛而萎黄[16]。萷櫹槮之可哀兮[17]，形销铄而瘀伤[18]。惟其纷糅而将落兮[19]，恨其失时而无当[20]。揽骐辔而下节兮[21]，聊逍遥以相伴[22]。岁忽忽而遒尽兮[23]，恐余寿之弗将[24]。悼余生之不时兮[25]，逢此世之佺攘[26]。澹容与而独倚兮[27]，蟋蟀鸣此西堂。心怵惕而震荡兮[28]，何所忧之多方。[29] 卬明月而太息兮[30]，步列星而极明[31]。

◎ 注释

[1] 平分：平均分配。四时：四季。

[2] 窃：暗自。凛（lǐn）：原作"廪"，据洪兴祖《楚辞补注》所引一本改。凛秋，寒凉的秋天。

[3] 白露：专指秋天的露水。

[4] 奄（yǎn）：忽然。离披：分散的样子，指树木枝疏叶落。梧：梧桐。楸（qiū）：树名，落叶乔木，树干高直。梧桐和楸树都比较早凋。

[5] 昭昭：光明的样子。

[6] 袭：承，继。悠悠：漫长的样子。以上二句说：离开了光明的白天，继而进入漫漫的长夜。

[7] 薆（ǎi）：繁盛的样子。方壮：正当壮盛之年。

[8] 余：我。萎：枯萎。约：拘束。以上二句说：我已离开那芳美繁盛的壮年，现在的心灵是萎缩而悲愁的。

[9] 戒：警戒。

[10] 申：重，加上。以上二句说：秋天已用白露来发出警告，冬天更要加上严霜的摧残。

[11] 恢：广大。台：通"胎"，象征物类富有生机。恢台，生机繁盛的样子。孟夏：初夏。

[12] 然：乃，就。欿：同"坎"，这里用作动词，沉陷。傺（chì）：住，止。沈：同"沉"。以上二句说：收走了初夏时期的繁盛生机，乃使它沉陷止息而埋藏起来。

[13] 菸（yū）邑：枯萎的样子。无色：没有鲜亮的色泽。

[14] 烦挐（rú）：纷乱。交横：纵横交错。

[15] 颜淫溢：指植物的外形因过度成熟而变形。淫溢，过分，过度。罢：通"疲"，指植物生长将至精疲力尽的阶段。

[16] 柯：树枝。仿佛：这里是色泽暗淡的意思。萎黄：枯黄。

[17] 萷（xiāo）：疏秃的样子。椮（xiāo sēn）：树木高耸的样子。

[18] 销铄（shuò）：销熔，这里指树木受到损毁。瘀（yū）伤：受伤而败血瘀积，这里指树木病残。以上二句意思是：深秋的树木疏秃耸立真是可悲，它们外形受损又内带病残。

[19] 惟：思。其：指树木。纷糅（róu）：众多而错杂的样子。

[20] 恨：憾，遗憾。失时：失去了壮盛之时。无当：没有好的遭际。以上二句说：想那纷然交错的树木都将在秋风中落尽树叶，真遗憾它们已失去壮盛之时而终无好的遭遇。

[21] 揽：总持，总把地拿着。騑（fēi）：古代驾车拉边套的马，这里是一般地指驾车的马。辔（pèi）：缰绳。下节：停车。节，度，指车行的速度。

[22] 聊：暂且。逍遥：悠游自得的样子。相佯：通"徜徉（cháng yáng）"，徘徊。

[23] 岁：年岁。忽忽：很快的样子。遒（qiú）：迫近。遒尽，近于完结。

[24] 寿：寿命。将：长。

[25] 悼：悲伤。不时：没遇上好的时世。

[26] 侘傺（kuāng rǎng）：纷扰不宁的样子。

[27] 澹：同"淡"，指心情淡漠。容与：闲散的样子。独倚：独自靠在什么地方站着。

[28] 怵（chù）惕：忧惧。

[29] 这句说：怎么所忧愁的事情是这样多。

[30] 卬（yǎng）：通"仰"，仰望。

[31] 步：动词，徘徊。列星：众星。极：至。明：天亮。这句意思是：徘徊于星夜，直到天亮。

◎ 评析

　　以上第三段，以秋天树木的遭遇为比喻，进而直接抒发自己生不逢时的悲愁。

窃悲夫蕙华之曾敷兮[1]，纷旖旎乎都房[2]。何曾华之无实兮[3]，从风雨而飞飏[4]。以为君独服此蕙兮[5]，羌无以异于众芳[6]。闵奇思之不通兮[7]，将去君而高翔[8]。心闵怜之惨凄兮，愿一见而有明[9]。重无怨而生离兮[10]，中结轸而增伤[11]。岂不郁陶而思君兮[12]，君之门以九重[13]。猛犬狺狺而迎吠兮[14]，关梁闭而不通[15]。皇天淫溢而秋霖兮[16]，后土何时而得漧[17]。块独守此无泽兮[18]，仰浮云而永叹[19]。

◎ 注释

[1] 蕙华：蕙草的花。华，同"花"。敷（fū）：开放。

[2]旖旎(yǐ nǐ)：茂美的样子。乎：于。都：华丽。都房，犹如说华屋。

[3]曾华：花朵累累。曾，通"层"。实：果实。

[4]飏：通"扬"。以上四句意思是：私自悲伤蕙花曾盛开于华丽的屋中，为什么它花朵累累却不结果实，最终随风雨而飘落。这是作者借蕙花来比喻自己的经历。

[5]服：佩带。

[6]羌(qiāng)：楚方言，发语词。众芳：一般的花草。以上二句说：我本来以为君王会专爱佩带这蕙花，谁知他对待蕙花和对待一般花草没有什么区别。

[7]闵：通"悯"，怜惜。奇思：出众的思想。

[8]翔：飞。以上二句说：可怜自己有出众的思想却不能上通于君王，所以将离开他而远走高飞。

[9]有明：有所表述，以明心迹。

[10]重：动词，看得很重的意思。无怨：意思是行为无可埋怨，等于说无罪。生离：意思是被抛弃。

[11]轸(zhěn)：通"紾"，心头扭结，悲痛。以上二句说：我把无罪而被弃这件事看得很重，因此心中积结着悲痛而且愈来愈伤心。

[12]郁陶：忧思郁结的样子。

[13]九重：九重大门，这里是强调君王难以见到。

[14]狺狺(yín)：犬吠声。

[15]关：门关。梁：桥梁。

[16]淫溢：过度，这里指下雨过多。霖(lí)：久下不停的雨。

[17]后土：大地。漧：同"干"。

[18]块：块然，孤独的样子。芜：通"芜"，荒芜。泽：聚水的洼地。下雨过多而又独处长满乱草的洼地，说明处境恶劣。

[19]永叹：长叹。

◎ 评析

　　以上第四段，以蕙华的遭遇自比，自叹无法得到楚王的了解，处境极为恶劣。

何时俗之工巧兮[1]，背绳墨而改错[2]！却骐骥而不乘兮[3]，

145

策驽骀而取路[4]。当世岂无骐骥兮？诚莫之能善御[5]。见执辔者非其人兮[6]，故駶跳而远去[7]。凫雁皆唼夫梁藻兮[8]，凤愈飘翔而高举[9]。圜凿而方枘兮[10]，吾固知其鉏铻而难入[11]。众鸟皆有所登栖兮[12]，凤独遑遑而无所集[13]。愿衔枚而无言兮[14]，尝被君之渥洽[15]。太公九十乃显荣兮[16]，诚未遇其匹合[17]。谓骐骥兮安归[18]？谓凤皇兮安栖[19]？变古易俗兮世衰，今之相者兮举肥[20]。骐骥伏匿而不见兮，凤皇高飞而不下。[21]鸟兽犹知怀德兮，何云贤士之不处？[22]骥不骤进而求服兮[23]，凤亦不贪馁而妄食[24]。君弃远而不察兮[25]，虽愿忠其焉得？[26]欲寂漠而绝端兮[27]，窃不敢忘初之厚德[28]。独悲愁其伤人兮，冯郁郁其何极[29]！

◎ 注释

[1] 时俗：当时的社会风气。工巧：善于投机取巧。

[2] 背：背弃。绳墨：木工用的墨斗墨线，是定直线的工具，这里比喻正道。错：通"措"，指正常的措施。

[3] 却：拒绝。骐骥（qí jì）：骏马，比喻贤能的人。

[4] 策：马鞭，这里是动词，用鞭赶马。驽骀（nú tái）：劣马，比喻庸劣的人。取路：赶路。

[5] 御：驾驭。

[6] 执辔者：拿着缰绳的人，即驾车者。

[7] 駶（jú）跳：跳跃。以上四句说：现在世上难道没有骏马？其实只是不善于驾驭它。它看到驾车的不是适当的人，所以连蹦带跳远远地逃去。这是比喻统治者昏庸，所以贤能的人都要离去。

[8] 凫（fú）：野鸭。唼（shà）：水鸟或鱼类吞食东西。梁：粟米。藻：水草。

[9] 高举：高高飞起。以上二句比喻小人得志，贤人远去。

[10] 圜凿（zuò）：圆的插孔。圜，同"圆"。方枘（ruì）：方的榫（sǔn）头。

[11] 鉏铻（jǔ yǔ）：同"龃龉"，互相抵触，彼此不合。以上二句说：圆孔中要插进方榫头，

我本来就知道那是不相配合而插不进的。

[12] 众鸟：比喻庸人。登：鸟升于树。栖：鸟类歇宿。

[13] 凤：凤凰，比喻贤士。遑遑（huáng）：匆忙不安的样子。集：栖止。无所集：无栖身之处。

[14] 衔枚：古代行军为了保密，常令士卒口衔一根木制短筷似的东西，以防说话。这里"衔枚"是闭口不言的意思。

[15] 被：蒙受。渥（wò）洽（qià）：深厚的恩泽。以上二句意思是：我情愿紧紧闭口什么都不说，但我曾受楚王的厚恩，所以不忍不讲。

[16] 太公：姜太公，姜尚。

[17] 匹：配。以上二句说：姜太公直到九十岁才显名荣耀，实在因为他原先未曾遇到可以相配、彼此投合的君主。

[18] 安归：归于何处。

[19] 安栖：栖于何处。以上二句都比喻贤士找不到适当的处所。

[20] 相者：相马的人。举肥：只挑选肥马。以上二句意思是：改变了古道，改变了好的风俗，所以时世衰微；现在那些专管选士的人，只是根据表面现象来挑选人才。

[21] 以上二句比喻贤士逃世隐居。伏匿（nì），隐藏。

[22] 云：说，这里是责怪的意思。不处：不留。以上二句意思是：凤凰、骐骥这种鸟兽尚且知道恋慕有德的人，又为何责怪贤士不肯留在昏乱的朝廷上呢？

[23] 骤：急速。服：用。

[24] 餧：同"喂"。安：胡乱。

[25] 弃远：弃而远之。

[26] 以上四句说：骏马不肯急速行进以求得人的使用，凤凰也不贪求饲养而乱吃人的东西；君主抛弃贤士而不辨善恶，贤士虽然愿意效忠又如何做到？

[27] 寂漠：通"寂寞"。绝：断。端：头绪。绝端，即断为两截，互不联系。

[28] 初：当初。以上二句说：想要自甘寂寞而同君王决裂，心里又不敢忘他当初的厚恩。

[29] 冯：通"凭"，楚方言，满。冯郁郁，充满愁闷的样子。何极：哪里才是尽头。

◎ 评析

　　以上第五段，诉说世道昏暗，明主难遇，因此贤士不被任用，以至退隐避世。

霜露惨凄而交下兮[1]，心尚幸其弗济[2]。霰雪雰糅其增加兮[3]，乃知遭命之将至[4]。愿徼幸而有待兮[5]，泊莽莽与野草同死[6]。愿自直而径往兮[7]，路壅绝而不通[8]。欲循道而平驱兮[9]，又未知其所从[10]。然中路而迷惑兮[11]，自压按而学诵[12]。性愚陋以褊浅兮[13]，信未达乎从容[14]。窃美申包胥之气盛兮[15]，恐时世之不固[16]。何时俗之工巧兮，灭规矩而改凿[17]。独耿介而不随兮[18]，愿慕先圣之遗教[19]。处浊世而显荣兮，非余心之所乐。与其无义而有名兮，宁穷处而守高[20]。食不媮而为饱兮[21]，衣不苟而为温[22]。窃慕诗人之遗风兮[23]，愿托志乎素餐[24]。寒充倔而无端兮[25]，泊莽莽而无垠[26]。无衣裘以御冬兮[27]，恐溘死不得见乎阳春[28]。

◎ 注释

[1] 霜露：比喻诬陷、迫害。

[2] 幸：希望。济：成功。

[3] 霰（xiàn）：雪珠，是水蒸气在高空遇冷而凝成的小冰粒，往往在下雪以前降落，所以这里霰雪连称。这是比喻比"霜露"更大的迫害。雰（fēn）：雪下得很大的样子。糅（róu）：混杂。

[4] 遭命：所要遭遇的命运。以上四句说：寒霜白露阴惨惨地一齐袭来，自己心里还希望它们不会得逞；现在看到雪珠雪片都杂在一起越下越大，才知道自己所要遭遇的悲惨命运就要到来了。

[5] 徼幸：同"侥幸"。

[6] 泊莽莽：置身于荒野的样子。以上二句意思是：我曾希望侥幸摆脱目前的处境，因而有所期待，可是现在却如同置身于荒野，将与野草同死。

[7] 此句原作"愿自往而径游兮"，据洪兴祖《楚辞补注》所引一本及朱熹《楚辞集注》改。自直：自己去辩明曲直。径往：直接去见楚王。

[8] 壅（yōng）：阻塞。

[9] 循道：遵循大道。平驱：平稳地驱驰。

[10] 从：由。以上二句意思是：想按正常的道路做人行事，在目前的环境中，又不知如何去做。

[11] 然：乃。中路：半路上。

[12] 桉：通"按"。自压按，自我克制。学诵：指学《诗》（专指《诗经》中的诗）。古人认为《诗》是温柔敦厚的，所以宋玉说为了自我克制，达到心平气和，而要学《诗》。

[13] 性：本性。陋：视野不广，缺乏见识。褊（biǎn）：狭隘。浅：浅薄。

[14] 信：真，实际上。从容：舒缓的样子。以上二句说：虽然学了《诗》，但由于本性愚陋、褊浅，所以实际上并没有达到心情舒缓。

[15] 美：动词，赞美。申包胥：春秋时楚国大夫。楚昭王十年，吴国攻楚，破郢都。申包胥求救于秦国，站在秦廷上哭了七天七夜，终于感动秦哀公，出兵救楚。这里引用申包胥的故事，是着眼于他敢于直接去找一个大国的君主提要求，与上文"愿自直而径往"相应，不牵涉楚国与别国的关系。

[16] 固：应作"同"，因字形相近而误，"同"与上文"通""从""诵""容"押韵。以上二句意思是：暗自赞美申包胥志壮气盛，然而恐怕现在的时世和那时不同了，他那种做法未必行得通了。

[17] 规：画圆形的仪器。矩：画方形的仪器。凿（záo）：动词，给物打眼。改凿，即不依靠"规矩"而胡乱打眼。

[18] 耿介：正直。不随：不肯随从流俗。

[19] 慕：仰慕，取法。先圣：前代圣贤。

[20] 宁：宁可。穷处：处于困境。守高：保持高节。

[21] 媮：同"偷"，苟且。

[22] 衣：动词，穿衣。以上二句意思是：吃东西不苟且，即使不饱也感到饱足；穿衣服不苟且，即使不暖也感到温暖。都是比喻不苟求富贵，但求心安理得。

[23] 诗人：专指《诗经》各篇的作者。遗风：遗留的高风格。

[24] 素餐：疑应作"素飧（sūn）"，"飧"与上下文"温""垠""春"押韵。素飧出于《诗经·魏风·伐檀》篇"彼君子兮，不素餐兮"（"素餐"亦出此篇），这有多种解释，其中之一是认为此二句讽刺贵族统治者生活奢侈，不吃朴素的饭食。宋玉在这里就是把"素飧"理解为朴素的饭食，从而表示他要和"诗人"一样来鄙视贵族统治者的奢侈，情愿在俭朴生活中寄托自己的志节。这一句是和上文"食不媮"二句紧密呼应的。

[25] 蹇（jiǎn）：通"謇"，楚方言，发语词。充：充塞，满。偭：通"屈"，委屈。无端：没完没了。

[26] 垠（yín）：边，尽头。以上二句说：满心委屈折腾个没完，又像是置身于荒野望不到边。

[27] 裘：皮衣。

[28] 溘（kè）死：忽然死去。阳春：温暖的春天。以上二句说：没有棉衣皮衣抵御寒冬，

真恐怕会忽然死去而见不到温暖的春天。

◉ 评析

　　以上第六段，描写个人处境艰难而找不到出路，但决心要保持自己的操守。

靓杪秋之遥夜兮[1]，心缭悷而有哀[2]。春秋逴逴而日高兮[3]，然惆怅而自悲。四时递来而卒岁兮[4]，阴阳不可与俪偕[5]。白日晼晚其将入兮[6]，明月销铄而减毁[7]。岁忽忽而遒尽兮[8]，老冉冉而愈弛[9]。心摇悦而日幸兮[10]，然怊怅而无冀[11]。中憯恻之凄怆兮[12]，长太息而增欷[13]。年洋洋以日往兮[14]，老嵺廓而无处[15]。事亹亹而觊进兮[16]，蹇淹留而踌躇[17]。

◉ 注释

[1] 靓（jìng）：通"静"。杪（miǎo）：树木的末梢。杪秋，秋末。
[2] 缭悷（liáo lì）：缠绕曲折。以上二句说：在寂静的秋末长夜中，心里缠绕不解的是哀愁。
[3] 春秋：指年岁。逴逴（chuò）：远远的样子，指过去的年头都显得很远。日高：指年岁一天比一天高。
[4] 递来：一个接着一个而来。卒岁：过完一年。
[5] 阴阳：古人认为阴阳二气交替消长形成四季，这里指寒往暑来的变化。俪、偕：都是"并"的意思，指同在一起。这句意思是：寒往暑来，时光不停流逝，而人却不可能跟着时光在一起，只能被它抛在后边，越来越衰老。
[6] 晼（wǎn）晚：太阳将下山的光景。入：日落。
[7] 销铄：这里是损蚀的意思，指月缺。
[8] 遒：临近，迫近。
[9] 冉冉（rǎn）：渐渐。弛（chí）：松懈。以上二句说：年岁很快要临近完结，年纪渐老，心志就愈来愈松懈。

[10] 摇悦：心动而喜。日幸：天天抱着侥幸的想法。
[11] 怊（chāo）怅：惆怅。冀（jì）：希望。以上二句说：天天抱有侥幸的想法，有时就心动而喜，但终究还是惆怅而绝望。
[12] 憯恻（cè）、凄怆：都是悲伤的意思。
[13] 太息：叹息。欷（xī）：即欷歔（xū），哀痛时不由自主地发出的急促呼吸声。以上二句的意思是：心中悲伤，以至于长声叹息和抽抽搭搭。
[14] 年：年时，时光。洋洋：广大的样子，这里是形容时光无穷无尽。
[15] 蓼（liáo）廓：通"寥廓"，空虚的样子。以上二句说：时光无穷无尽在一天天过去，自己老了却心情空虚而身无归宿。
[16] 事：指国事。亹亹（wěi）：这里是不停变化发展的意思。觊（jì）：企图。进：进取。
[17] 踌躇（chóu chú）：犹豫不决。以上二句意思是：国事还在不断变化，心里仍企图进取，所以久留在此而犹豫不决，没有断然离去。

◎ 评析

以上第七段，悲叹时光消逝，老而无成，但仍抱着进取的希望。

何氾滥之浮云兮[1]，猋壅蔽此明月[2]？忠昭昭而愿见兮[3]，然霠曀而莫达[4]。愿皓日之显行兮[5]，云蒙蒙而蔽之[6]。窃不自料而愿忠兮[7]，或黕点而污之[8]。尧舜之抗行兮[9]，瞭冥冥而薄天[10]。何险巇之嫉妒兮[11]，被以不慈之伪名[12]？彼日月之照明兮，尚黯黮而有瑕[13]。何况一国之事兮[14]，亦多端而胶加[15]。被荷裯之晏晏兮[16]，然潢洋而不可带[17]。既骄美而伐武兮[18]，负左右之耿介[19]。憎愠惀之修美兮[20]，好夫人之慷慨[21]。众踥蹀而日进兮[22]，美超远而逾迈[23]。农夫辍耕而容与兮[24]，恐田野之芜秽[25]。事绵绵而多私兮[26]，窃悼后之危败。[27]世雷同而炫曜兮[28]，何毁誉之昧昧[29]！今修饰而窥镜兮[30]，后尚可以窜藏[31]。愿

151

寄言夫流星兮[32]，羌倏忽而难当[33]。卒壅蔽此浮云兮[34]，下暗漠而无光[35]。

◎ 注释

[1] 氾滥：同"泛滥"，这里指浮云布满天空。浮云：比喻谗人。

[2] 猋（biāo）：狗奔跑很快的样子，这里形容浮云飘动。以上二句说：为什么布满天空的浮云，飘来飘去把明月挡住？

[3] 见：同"现"，显现。

[4] 霧（yīn）：乌云蔽日。霧曀（yì）：天色阴暗的样子。以上二句意思是：一腔忠心亮堂堂的，希望能够显现；然而天色阴暗，终究不能上达。

[5] 皓日：光明的太阳，比喻君主。显行：显赫地在空中运行，比喻君主明察一切。

[6] 蒙蒙：云气迷蒙的样子。

[7] 料：估量。原作"聊"，据洪兴祖《楚辞补注》所引一本及朱熹《楚辞集注》改。

[8] 黕（dǎn）：污垢。点：动词，玷污，污辱。以上二句意思是：我不自量而想要效忠于楚王朝，有人却用种种污秽来污辱我的忠心。

[9] 尧舜：唐尧、虞舜，传说中的上古圣君。抗行：高尚的行为。

[10] 瞭冥冥：高远的样子。薄：迫近。以上二句意思是：唐尧、虞舜的高尚行为远远超出世俗，似乎高入云天。

[11] 险巇（xī）：艰险，这里指险恶的人。

[12] 被：加在身上。伪名：捏造的恶名。以上二句意思是：唐尧、虞舜不把君位传给儿子而传给了贤人，为什么险恶的人出于嫉妒，竟把不慈爱这种恶名加在他们身上？

[13] 尚：尚且。黯黮（àn dàn）：昏暗的样子。瑕（xiá）：玉上的斑点，比喻缺点。以上二句意思是：唐尧、虞舜像日月那样光照天下，尚且被人把是非搅混而说成有缺点。

[14] 一国：一个诸侯国，指楚国，相对于唐尧、虞舜为全中国的共主而言。

[15] 多端：头绪繁多。胶加：纠缠不清。

[16] 裯（dāo）："祗（dī）裯"的简称，短衣。晏晏：轻柔的样子。

[17] 溃（huǎng）洋：空荡荡的样子，这里形容衣服不合身。带：动词，结上带子。以上二句说：披上荷叶制的衣服倒显得轻飘，可惜空荡荡地结不上带子。这是比喻楚王只求外观，不注重实际。

[18] 骄美：自骄其美。伐武：自夸其勇。

[19] 负：恃，倚仗。左右：指近臣。这句意思是：楚王认为他那些近臣的"正直"都靠得住。

[20] 惽惽（wěn lǔn）：心地实诚而不善于言辞的样子。修：与"美"同义，指美德。

[21] 好（hào）：喜爱。夫（fú）：指示代词，彼。慷慨：这里指善于发表激昂动听的言辞。以上二句意思是：楚王憎厌忠诚老实这种真正的美德，却喜爱那些人假装出来的激昂慷慨。

[22] 众：指谗人。蹀躞（qiè dié）：小步行走的样子。

[23] 美：指贤人。超：与"远"同义。逾迈：远行。以上二句说：谗人们扭扭捏捏地一天天往朝廷里挤，贤人们只能远远地走开。

[24] 辍（chuò）：停止。容与：闲散的样子。

[25] 芜秽：长满乱草，草荒。以上二句写由于楚王朝政治混乱，以致生产遭到严重破坏。

[26] 绵绵：久远的样子。

[27] 以上二句意思是：国家的政事长久以来被谗人们杂以私心，我暗自悲伤今后楚国的危亡。

[28] 雷同：人云亦云，彼此相同。炫曜（xuàn yào）：本指日光强烈，引申为目光迷乱、不辨是非。

[29] 毁：说人坏话。誉：赞美。昧昧（mèi）：昏暗的样子。以上二句意思是：世俗的人都同样的目光迷乱，他们评论人的好坏是多么昏乱。

[30] 修饰：以修饰容貌比喻克服缺点。窥镜：以看镜比喻自己找出毛病。

[31] 窜：逃。窜藏，这里是逃过危难、得以保全的意思。以上二句意思是：现在能找出毛病加以克服，今后还可能逃过危难、得以保全。这是作者对楚王朝提出的希望。

[32] 寄言：托人传送言辞。

[33] 儵（shū）忽：快速的样子。当：值，遇上。以上二句意思是：无人可托，只能请流星向楚王传送我的言辞，然而流星快速地飞来飞去，实在很难遇上。

[34] 卒：终究。

[35] 暗漠：昏暗的样子。以上二句意思是：楚王终究被谗人所蒙蔽，下面的整个楚国就昏暗无光。

◎ 评析

以上第八段，揭露谗人蒙蔽君主，混淆是非，指责楚王骄傲昏庸，对楚国前途表示担心。

尧舜皆有所举任兮[1]，故高枕而自适[2]。谅无怨于天下兮[3]，心焉取此怵惕[4]？乘骐骥之浏浏兮[5]，驭安用夫强策[6]。谅城郭之不足恃兮[7]，虽重介之何益[8]？遭翼翼而无终兮[9]，忳惛惛而愁约[10]。生天地之若过兮[11]，动不成而无效。愿沈滞而不见兮[12]，尚欲布名乎天下[13]。然潢洋而不遇兮[14]，直怐愁而自苦[15]。莽洋洋而无极兮[16]，忽翱翔之焉薄[17]？国有骥而不知乘兮，焉皇皇而更索[18]？宁戚讴于车下兮[19]，桓公闻而知之[20]。无伯乐之善相兮[21]，今谁使乎誉之[22]？罔流涕以聊虑兮[23]，惟著意而得之[24]。纷纯纯之愿忠兮[25]，妒被离而鄣之[26]。愿赐不肖之躯而别离兮[27]，放游志乎云中[28]。乘精气之抟抟兮[29]，骛诸神之湛湛[30]。骖白霓之习习兮[31]，历群灵之丰丰[32]。左朱雀之茇茇兮[33]，右苍龙之躣躣[34]。属雷师之阗阗兮[35]，通飞廉之衙衙[36]。前轻辌之锵锵兮[37]，后辎乘之从从[38]。载云旗之委蛇兮[39]，扈屯骑之容容[40]。计专专之不可化兮[41]，愿遂推而为臧[42]。赖皇天之厚德兮[43]，还及君之无恙[44]。

◎ 注释

[1] 举任：选拔、任用贤能的人。

[2] 高枕：高枕无忧。自适：自身安逸。

[3] 谅：信，确实。

[4] 怵惕（chù tì）：恐惧警惕。以上二句说：尧舜确实不被天下人怨恨，他们心中哪里用得着忧惧？

[5] 浏浏（liú）：水流的样子，这里是顺溜的意思。

[6] 驭：驾驭。强策：强硬有力的鞭策。以上二句说：尧舜乘着骏马跑得挺顺溜，驾驭时何必再用有力的鞭策？

[7] 郭：外城。

[8] 介:甲,盔甲。以上二句说:里里外外的城墙实在不足倚靠,虽有坚厚的盔甲又有什么好处?

[9] 邅(zhān)翼翼:不敢冒进、小心翼翼的样子。无终:没有结果。

[10] 忳(tún)惽惽(mē):忧郁烦闷的样子。约:穷困。愁约,穷愁潦倒。

[11] 这句意思是:人生天地之间如同路过一个地方,不会久留。

[12] 沈滞(zhì):沉抑不伸,埋没。见:同"现"。

[13] 布名:扬名。以上二句说:甘愿自己埋没而无所表现吧,终究还是希望扬名于天下。这是写思想上矛盾的情况。

[14] 潢(huǎng)洋:空荡荡的样子,这里是没有着落的意思,形容"不遇"。

[15] 直:只是,简直是。怐愗(kòu mòu):愚昧。以上二句紧接上文,意思是:既然毫无着落地得不到好的遇合,还想扬名天下就简直是愚昧而自讨苦吃。

[16] 莽洋洋:荒野辽阔的样子。

[17] 翱(áo)翔:鸟回旋飞翔。薄:到,止。以上二句意思是:如同面对辽阔的荒野望不到边,像鸟儿似的飘忽飞翔又能飞到哪里去?

[18] 皇皇:通"遑遑",匆忙不安的样子。索:寻求。以上二句说:楚国明明有骏马却不知驾乘,为什么反而要急急忙忙地另外去寻求?

[19] 宁戚:春秋时卫国人,传说他经商于齐,夜间喂牛,望见齐桓公,就敲着牛角唱歌,自叹怀才不遇。桓公找他谈话后,用他为卿。

[20] 桓公:齐桓公,春秋前期齐国国君,曾称霸于诸侯。

[21] 伯乐:人名,以善于相马著称。相(xiàng):指相马,识别马的好坏。

[22] 誉:称扬。以上二句说:没有伯乐那样善于相马的人,现在又让谁来称扬好马?这是比喻贤才没有人了解。

[23] 罔:通"惘(wǎng)",怅惘,失意的样子。虑:思考。

[24] 著:同"着"。着意,很用心。以上二句意思是:在失意悲愁中,且来想一想前代的事情,君主们只有用心求贤,才能够得到他们。

[25] 纷纯纯:很诚挚的样子。

[26] 被离:通"披离",纷乱的样子。鄣:同"障",阻碍。以上二句说:极其诚挚地愿意效忠于楚王朝,却被形形色色的嫉妒手段阻挡。

[27] 不肖:不贤。

[28] 志:意。志乎:意在。以上二句说:但愿君王开恩,让我这不贤的人离去,我有意在那云天之中散心游玩。

[29] 精气:古代指充塞于自然的元气。抟抟(tuán):聚而成团的样子。

[30] 骛(wù):追求,追随。湛湛(zhàn):浓厚的样子,这里是形容众神密集。以上二句

说：我要乘着一团团的精气，去追随一群群的神灵。
- [31] 骖（cān）：古代驾在车前两侧的马。这里作动词，意思是两侧驾以白霓。霓（ní）：副虹。习习：飞动的样子。
- [32] 历：经过。群灵：指群星之神。丰丰：众多的样子。以上二句说：车旁驾着飞动的白虹，穿过了那么多星星。
- [33] 朱雀：原作"朱荣"，据洪兴祖《楚辞补注》所引一本及朱熹《楚辞集注》改。朱雀为星座名，为南方七宿的总称。茇茇（pèi）：飞舞翻动的样子。
- [34] 苍龙：星座名，为东方七宿的总称。躍躍（qú）：行进的样子。以上二句是想象在群星中穿行，看到一些星座的生动形象。
- [35] 属（zhǔ）：接连，跟随。属雷师，让雷师跟随于后。阗阗（tián）：鼓声，比喻雷声。
- [36] 通：开路。通飞廉，让飞廉在前面开路。飞廉：神话中的风神。衙衙（yú）：行进的样子。
- [37] 轻：原作"轻"，据洪兴祖《楚辞补注》所引一本及朱熹《楚辞集注》改。辌（liáng）：古代一种卧车。轻辌，轻便的卧车。锵锵（qiāng）：象声词，指车铃声。
- [38] 辎（zī）乘（shèng）：辎重车。从从（cōng）：与下文"容容"为互文，都是"从容"的意思，指跟得不紧不慢。
- [39] 载：带着。云旗：以云为旗。委蛇（wēi yí）：卷曲而延伸的样子。
- [40] 扈（hù）：扈从，侍从。屯骑：聚集的车骑。扈屯骑，以成群的车骑为扈从。
- [41] 计：心意。专专：专一、执着的样子。
- [42] 遂：终于。推：推广。臧（zāng）：善，好。以上二句意思是：我对楚王朝的心意十分执着而不可改变，但愿这种心意最终会推广开去，起到好的作用。
- [43] 赖：依赖，仰仗。
- [44] 恙（yàng）：疾病。以上二句说：仰仗上天的深厚恩德，仍保佑楚王无病无灾。

◉ 评析

　　以上第九段，强调楚王应任用贤才，慨叹自己终于怀才不遇；想象超脱现实，放游太空，但最后仍不忘楚王，对他表示良好的祝愿。

贾谊

吊屈原

本篇是汉初贾谊（前200—前168）所作。贾谊今河南洛阳人，有进步的政治思想，也很有才能，一度受到汉文帝的重视；后来因统治阶级内部矛盾而被排挤，贬为长沙王太傅；在渡湘水时，写了本篇。由于遭遇上的相似，贾谊对屈原怀有深刻的同情；但本篇主要是借题发挥，通过追吊屈原，抒发作者本人的牢骚和不平。文中用了大量比喻，来揭露现实中黑白颠倒、是非不分的现象，这在剥削阶级占统治地位的社会中是具有普遍性的，所以有一定的认识意义。汉代人用楚辞形式写作，大都用"代言体"，即作者代表屈原、用屈原的口气来叙事和抒情，这就不能不流于矫揉造作、因袭模拟。贾谊的这篇辞作却较有抒情深度，使用比兴形象也有一定的创新。由于王逸《楚辞章句》未收本篇，所以这里原文依朱熹《楚辞集注》过录；文中有个别的字曾参照《史记·屈原贾生列传》和《文选·吊屈原文》作了校改。

贾谊还有一篇《鵩鸟赋》，也是抒发怀才不遇的不平之气和不妥协的思想感情的。

此外，贾谊还是一位散文家，代表作品是《过秦论》。文章写得像辞赋一样铺张，富有艺术表现力。

恭承嘉惠兮，俟罪长沙[1]。仄闻屈原兮，自湛汨罗[2]。造托湘流兮，敬吊先生[3]。遭世罔极兮，乃陨厥身[4]。

◎ 注释

[1] 恭承：恭敬的承受。嘉：善，美。嘉惠，对恩惠的美称，这里指汉文帝任命贾谊为长沙王太傅。俟（sì）罪：待罪，旧时对做官的谦称，意思是随时等待皇帝降罪。长沙：汉初所封的异姓王国名，领地在今湖南东部。

[2] 仄：同"侧"。侧闻，从旁闻知，表示曾有所闻的谦辞。湛（chén）：通"沉"。汨（mì）罗：水名，在今湖南东北部，注入洞庭湖。相传屈原是投汨罗江而死的。

[3] 造：到。托：托足，意思是站在湘水边上。一说"托"是请托，意思是托湘水寄意。湘流：湘水，是今湖南境内流入洞庭湖的大江。按汨罗江由洞庭东岸入湖，是在今湘水的延长线上，所以从前人也常说屈原沉湘而死。先生：指屈原。

[4] 罔（wǎng）：无，没有。罔极，混乱变化，没有定规。陨（yǔn）：通"殒"，死亡。厥（jué）：其，他的。以上二句说：屈原遭遇的时世很混乱，因而丧了他的性命。

乌虖哀哉兮，逢时不祥[1]。鸾凤伏窜兮，鸱鸮翱翔[2]。
阘茸尊显兮，谗谀得志[3]。贤圣逆曳兮，方正倒植[4]。
谓随夷溷兮，谓跖蹻廉[5]。莫邪为钝兮，铅刀为铦[6]。
于嗟默默，生之亡故兮[7]。斡弃周鼎，宝康瓠兮[8]。腾
驾罢牛，骖蹇驴兮[9]。骥垂两耳，服盐车兮[10]。章父荐屦，
渐不可久兮[11]。嗟苦先生，独离此咎兮[12]！

◎ 注释

[1] 乌：通"呜"。虖：同"呼"。呜呼哀哉，表示悲悼的叹词。时：时世。祥：吉利。

[2] 鸾、凤：传说中属于同一类的神鸟。伏窜：隐伏。鸱鸮（chī xiāo）：猫头鹰一类的鸟，古人认为是恶鸟。翱（áo）翔：回旋飞翔。

[3] 阘茸（tà rǒng）：指品格平庸、才能低下的人。尊显：尊贵显耀。谗谀（yú）：指专搞诽谤、谄媚的人。

[4] 逆曳（yì）：向相反的方向拉扯。意思是不让"贤圣"顺当行事。方正：端方正直的人。倒植：倒置，指端方正直的人反而被压在下面。

[5] 随：指卞（biàn）随，传说中的古代隐士，商汤灭夏以后要把天下让给他，他不肯接受，投水自杀。夷：指伯夷，因反对周武王灭商，饿死在首阳山。卞随、伯夷都是古代统治阶级心目中的"高人义士"。溷（hùn）：混浊。跖（zhí）：即传说中的"盗跖"。蹻（jué）：指庄蹻，春秋时期楚国人。跖和蹻都是古代统治阶级心目中的"大盗"。廉：廉洁。

[6] 莫邪：古代著名的宝剑。铅刀：铅做的刀，很钝的刀。铦（xiān）：锋利。

[7] 于：通"吁（xū）"。于嗟（jiē），叹词。默默：无声的样子。生：指屈原。亡故：死掉，过世。以上二句意思是：可叹屈原先生现在默默无声，已经过世了。一说"默默"是不得意的样子。"亡故"指无故遭祸。

[8] 斡（wò）：转。斡弃，背弃。周鼎：指周代的传国宝器九鼎。宝：动词，珍视。康：通"糠"，引申为"空"的意思。瓠（hù）：通"壶"。以上二句说：抛掉无比贵重的九鼎，

160

倒把空空的瓦壶当成宝贝。
[9] 腾：飞奔。驾：驾车。罢（pí）：通"疲"。骖（cān）：古代驾在车前两侧的马，这里作动词，意思是把驴驾为边马。蹇（jiǎn）：跛足。以上二句说：使疲乏无力的牛飞奔驾车，还让瘸腿的驴拉边套。
[10] 骥（jì）：骏马。垂两耳：形容马用力过度，低头垂耳。服：驾。盐车：指装载很重的运盐车。骏马驾盐车是古代比喻人才不得其用的寓言，《战国策·楚策四》说，骏马老了，还让它驾着盐车上太行山，它拉不上去，善相马的伯乐看到了，为之伤心落泪。
[11] 章父：通"章甫"，古代的一种礼帽。荐：垫。屦（jù）：麻葛等制成的单底鞋。渐：这里是逐渐损蚀的意思。以上二句说：把大礼帽拿来垫鞋，它是磨不了多久的。
[12] 离：通"罹（lí）"，遭遇。咎（jiù）：罪过。以上二句说：可叹的是苦了屈原先生，您所遭就是这种罪！

讯曰[1]：已矣[2]！国其莫吾知兮[3]，子独壹郁其谁语[4]？凤缥缥其高逝兮[5]，夫固自引而远去[6]。袭九渊之神龙兮[7]，沕渊潜以自珍[8]。偭蟂獭以隐处兮[9]，夫岂从虾与蛭螾[10]？所贵圣之神德兮[11]，远浊世而自藏[12]。使麒麟可系而羁兮[13]，岂云异夫犬羊[14]？般纷纷其离此尤兮[15]，亦夫子之故也[16]。历九州而相其君兮[17]，何必怀此都也[18]？凤皇翔于千仞兮[19]，览德辉而下之[20]。见细德之险微兮[21]，遥增击而去之[22]。彼寻常之污渎兮[23]，岂容吞舟之鱼[24]？横江湖之鱣鲸兮[25]，固将制乎蝼蚁[26]！

◎ 注释

[1] 讯（suì）：相当于"乱辞"，古代乐曲中的尾声。但从辞赋的结构来看，则是全篇的结语。
[2] 已矣：罢了。
[3] 吾：这是作者用站在屈原一边的语气说话，等于说"咱们"。
[4] 子：古代对男子的美称，这里指屈原。壹：《史记》作"堙（yīn）"，堵塞。"堙郁"或"壹郁"都指心情抑塞愁闷。以上二句说：举国没有人了解咱们，您独自愁闷向谁诉说？
[5] 缥缥（piāo）：通"飘飘"，飞翔的样子。

161

[6] 引：避开。以上二句说：凤鸟飘然高飞，它完全是自动逃避而远去。

[7] 袭：继承，引申为效法的意思。九渊：极深的渊。

[8] 汨（mì）：潜藏的样子。渊：这里是深的意思。以上二句说：应当效法深渊中的神龙，它深深地潜藏起来以自珍惜。

[9] 偭（miǎn）：背弃。蟂（xiāo）：据说是一种吞食鱼类的四脚水蛇。獭（tǎ）：水獭，生活在水边，善于入水吞鱼。

[10] 蛭（zhì）：水蛭，俗名蚂蟥。螾（yǐn）：同"蚓"，蚯蚓。以上二句意思是：神龙远离蟂、獭之类而隐居起来，也不同虾米、蚯蚓之类混在一起。

[11] 神德：非凡的德行。

[12] 臧（zāng）：善。自臧，独善其身。一说"臧"通"藏"，隐藏的意思。以上二句说：圣人的非凡德行之所以可贵，就在于他远离浊世而独善其身。

[13] 麒麟：传说中的神兽。系、羁（jī）：都是束缚的意思。

[14] 云：语助词。以上二句说：假使麒麟而可被束缚，那和犬羊还有什么区别？

[15] 般：原作"殷"，据《史记》改。般，通"斑"。斑纷纷，纷乱的样子。离：通"罹"，遭。尤：原作"邮"，据《史记》改，罪过。

[16] 夫子：指屈原。故：原因。以上二句意思是：在那乱糟糟的世上受这样的罪，屈原先生自己的身上也是有原因可找的。按《史记》"故"作"辜"，用意更明显。联系上下文，可以看出这是作者出于同情而发的埋怨。

[17] 历：遍，走遍。九州：指全中国，古代中国分为九州。相（xiàng）：观察、选择。

[18] 此都：指楚国。以上二句说：您应该遍历九州去挑选贤君，何必那样怀恋楚国？

[19] 皇：通"凰"。仞（rèn）：古代长度单位，一仞是八尺或七尺。千仞，形容很高。

[20] 德辉：道德的光辉。以上二句说：凤凰飞翔于千仞高空，要看到君主的道德光辉才肯下来。

[21] 细德：指薄德之人。险：险恶。微：幽暗不明，与上"德辉"相对。又《文选》"险微"作"险征"，意思是险恶的征兆，也可通。

[22] 击：击空高飞。增击，加快飞行。以上二句意思是：凤凰一看到下面是薄德之君在统治，气氛险恶又幽暗，它远远地就加快飞走了。

[23] 寻：八尺。常：十六尺。污：死水。渎（dú）：小沟。

[24] 吞舟：形容鱼的巨大。以上二句说：那丈把阔的死水沟，岂能容下吞舟大鱼？

[25] 鳣（zhān）：即鳇（huáng）鱼，是鲟（xún）鱼一类的大鱼，长一二丈。鱏（xún）：原作"鲸"，据《史记》改；即鲟鱼。

[26] 蝼蚁：蝼蛄、蚂蚁。以上二句紧接上文，意思是：横行于江湖之中的鲟鳇大鱼，进入了死水沟，当然就要受制于蝼蛄与蚂蚁。

招隐士

淮南小山

汉代王逸在《楚辞章句》中指出本篇是"淮南小山之所作"。但他又做了解释，所谓"淮南小山"，是汉初淮南王刘安招接宾客，著作辞赋，以类相从，或称"小山"，或称"大山"，相当于《诗经》的《小雅》《大雅》。这样说来，"淮南小山"并非人的名号，而是文学集团或作品类别之称。本篇所招的"隐士"，王逸以下一般都认为是指屈原。近代则有不少人指出本篇是为思念刘安而作：因为刘安常到长安朝见汉帝，而朝中情况复杂险恶，宾客们怕刘安遇害，所以希望他不要在朝中久留。这种解释也只能作为参考。本篇在汉代辞作中较有特色，不同于对屈原作品的简单模仿。篇中极少直接写情的语句，而致力于形象的刻画与气氛的烘染，来曲折传达深沉的思绪与情感，是一篇较有意境的抒情之作。

桂树丛生兮山之幽[1]，偃蹇连蜷兮枝相缭[2]。山气茏苁兮石嵯峨[3]，谿谷崭岩兮水曾波[4]。猿狖群啸兮虎豹嗥[5]，攀援桂枝兮聊淹留[6]。王孙游兮不归[7]，春草生兮萋萋[8]。岁暮兮不自聊[9]，蟪蛄鸣兮啾啾[10]。

◉ 注释

[1] 桂树：常绿灌木或小乔木，秋季簇生香花，俗名木樨。山之幽：山中幽深处。

[2] 偃蹇（yǎn jiǎn）、连蜷（quán）：都是屈曲宛转的样子。缭（liáo）：纠缠。

[3] 茏苁（lóng sǒng）、嵯（cuó）峨：都是高峻的样子。山气茏苁，是写远山的形象；石嵯峨，是写近处的山石。一说"茏苁"是云气四起的样子。

[4] 谿：同"溪"。溪谷，山间水道。崭（chán）：通"巉"；巉岩，险峻的样子。曾：通"层"；层波，水波层叠。

[5] 狖（yòu）：黑色长尾猿。猿狖，泛指猿猴。啸：长声呼叫。嗥（háo）：吼叫。

[6] 攀援：攀折。聊：且。淹留：停留。

[7] 王孙：古代贵族子弟的通称，此处所指不详。旧说本篇所招的是屈原，他是楚王宗族，

所以称之为"王孙"。

[8] 萋萋(qī)：草茂盛的样子。

[9] 岁暮：一年将尽的时候。聊：这里是聊赖的意思，指生活或情感上的依托。不自聊：意思是心情空虚，无可依托。

[10] 蟪蛄(huì gū)：昆虫名，蝉的一种，夏秋时鸣。啾啾(jiū)：象声词，指蟪蛄聚鸣。按以上二句是倒文，因从时间上说，蟪蛄鸣在前，岁暮在后。以上四句意思是：王孙远游不归，从春天到岁暮一直把他思念。

块兮轧[1]，山曲岪[2]，心淹留兮恫慌忽[3]。罔兮沕[4]，憭兮慄[5]，虎豹穴，丛薄深林兮人上慄[6]。嵚岑碕礒兮[7]，碅磳磈硊[8]。树轮相纠兮[9]，林木茇骫[10]。青莎杂树兮[11]，薠草靃靡[12]。白鹿麏麚兮[13]，或腾或倚[14]，状貌崯崯兮峨峨[15]，凄凄兮漇漇[16]。猕猴兮熊羆[17]，慕类兮以悲[18]。攀援桂枝兮聊淹留。虎豹斗兮熊罴咆[19]，禽兽骇兮亡其曹[20]。王孙兮归来，山中兮不可以久留！

◎ 注释

[1] 块轧(yǎng yà)：通"块圠(yà)"，高低不平的样子，指山路崎岖。兮：句中语气词，无义。下同。

[2] 曲岪(fú)：曲折的样子。

[3] 恫(dòng)：恐惧。慌忽：通"恍惚"，心神不定的样子。以上三句说：山路崎岖，山势曲折，心里想留却恐慌不安。

[4] 罔(wǎng)：通"惘"，迷惘。沕(mì)：潜藏的样子，这里指心情低沉。

[5] 憭(liáo)栗：凄凉。

[6] 丛薄：草木丛。栗：恐惧。以上四句意思是：人在深山中情迷惘低沉，处境凄凉；又有虎豹巢穴，草丛深林，人上行至此就感到恐惧。

[7] 嵚(qīn)岑：通"嵚崟(yín)"，山势高险的样子。碕礒(qí yǐ)：石不平整的样子。

[8] 碅磳(jūn zēng)：高耸的样子。磈硊(kuǐ wěi)：旧注"石貌"，具体形状不详。以上二句写山高势险，到处是各种形状的石头。

[9] 轮：旧注"横枝也"，根据不详。纠：纠结。

[10] 茂（fá）：枝叶茂密的样子。骩（wěi）：枝条屈曲的样子。以上二句写树木交错，枝叶繁杂。

[11] 莎（suō）：莎草，地下块根叫"香附子"。

[12] 蘋（fán）草：亦称青蘋，形状像莎草而大。靃（suǐ）靡：草随风披拂的样子。以上二句写树间杂草丛生。

[13] 麕（jūn）：兽名，即獐子。麚（jiā）：雄鹿。（旧注"牝鹿"，误。）

[14] 腾：跳。倚：立。

[15] 崟崟（yín）、峨峨：都是高耸的样子，形容鹿角。

[16] 凄凄、漇漇（xǐ）：都指皮毛湿润的样子。

[17] 猕（mí）猴：猴的一种。㹱（pí）：马熊，熊的一种。

[18] 慕类：思慕同类。悲：悲鸣。以上六句写山中野兽的形状和动态。

[19] 咆：咆哮，怒吼。

[20] 骇（hài）：惊惧。亡：失去。曹：同类。以上二句写山中猛兽横行，其他禽兽都惊惧离散。

附录一

《楚辞》注本十种提要

给《楚辞》做过注释的,古今有许多人;又因为《文选》中也选录了十几篇《楚辞》,所以注《文选》的人,自然也要注楚辞;此外在古代各种文集、笔记中,也常常谈到《楚辞》的问题。倘若我们要对《楚辞》做深入而系统的研究,这些材料当然都必须参考。这里只介绍几种古人的《楚辞》注本。

根据现在所知的材料来看,汉代的淮南王刘安是第一个注楚辞的人,但他所注的只是《离骚》一篇。《汉书·淮南王安传》说:"时武帝方好艺文,以安属为诸父,辩博善为文辞,甚尊重之","使为《离骚传》,旦受诏,日食时上"。颜师古注说:"传,谓解说之,若《毛诗传》。"所以《离骚传》也就是《离骚》的注。这次注释仅仅用了半天的工夫,可以想见那一定是相当简略的。现在刘安的《离骚传》虽然已经失传,但《史记·屈原列传》中有"国风好色而不淫"至"虽与日月争光可也"一段话,班固在《离骚序》中认为这就是淮南王叙《离骚传》的话。在淮南王以后,前汉尚有刘向、扬雄做过《天问》的注解,后汉则有班固、贾逵的《离骚章句》，但这些著作都已不传。到现在我们所能看到的最早《楚辞》注本，是后汉王逸的《楚辞章句》，以下就从这本书谈起。

一、王逸:《楚辞章句》十七卷

王逸字叔师，南郡宜城（今湖北宜城）人，东汉安帝时为校书郎，顺帝时官至侍中，见《后汉书·文苑传》。据今本《楚辞章句》题"校书郎臣王逸上"，则其书似乎是他在做校书郎的时候著的。又据王逸所说，《楚辞》一书是由刘向编定（见《楚辞章句·离骚后叙》）；王逸在作注时又附了一篇他自己作的《九思》，全书共为十七卷。书中各篇，王逸都给作了序文，指明作者、写作时间、命题意义和主要内容，如说《天问》是屈原放逐，彷徨山泽，见楚国先王之庙及公卿祠堂画着天地山川和古代各种传说，因书其壁而问之；楚人哀惜屈原，因而论述其文。又说《渔父》本是屈原与江滨渔父问答之词，楚人思念屈原，因叙其辞。这些都可供后人参考。又谓《离骚》之文，"依《诗》取兴，引类譬喻，故善鸟香草以配忠贞，恶禽臭物以比谗佞"云云，正确地指出了楚辞在运用比兴手法上对《诗经》的继承。至于《九章》各篇，王逸一概以为是屈原被放逐于江南时所作，则未必尽然；又说"章者，著也，明也，言己所陈忠信之道甚著明也"，更是望文生义的解释。在王逸所作的各篇序文中，有些说法与前人不同。例如《招魂》的作者，司马迁说是屈原，王逸却认为是宋玉；《离骚》的篇题，司马迁、班固都认为是遭遇忧患的意思，而王逸说"离，别也；骚，愁也"。又把"离骚"二字之下后人所加的"经"字解释为"径"，说屈原"放逐离别，中心愁思，犹依道径以风谏君也。"《离骚》称"经"是出于后人对它的尊重，非屈原自题。在"经学"盛行的汉代，王逸何以会作出这样的解释，殊不可解。王逸在注文中有时也采用不同的说法，例如《离骚》"曾歔欷余郁邑兮"，注云"歔欷，惧貌"，又引或曰"哀泣之声也"；又"哀高丘之无女"引或云："高丘，阆风山上也；无女，喻无与己同心也。旧说，高丘，楚地名也"；等等。由此可见，他的《章句》也已经吸收了前人的成果；其中《离骚》《天问》两篇，也许就有班、贾、刘、扬的注释在内。王逸这部著作存在不少缺点，其中一些穿凿附会之处，多经前人指出。但其书时代较早，字句训诂多有可取。尤其如《楚辞》中多用方言土语，王逸既生长楚地，时代又去楚未远，所以均能一一指出。又因为他吸收了别人的成果，一些汉代研究者的说法也多少赖以保存。因此这部书仍然是我们学习《楚辞》所不可缺少的注本。另外，本书从《九章·抽思》以下，注文往往采用隔句用韵的形式，如"哀愤结绢，虑烦冤也""哀悲太息，损肺肝也""心中结屈，如连环也"等等，也是一个特点，可为研究古韵的参考。

二、洪兴祖：《楚辞补注》十七卷、《楚辞考异》一卷

洪兴祖字庆善，丹阳（今江苏丹阳）人。宋政和中上舍登第，南渡后历仕秘书省正字、太常博士等职，后出知真州、饶州，因触犯秦桧而编管昭州卒。事详《宋史·儒林传》。《楚辞补注》是补王逸《章句》之所未备，故其书体例，先列王注于前，而一一疏通证明，补注于后。全书总的看来考证详审，征引宏富，对《楚辞》文义时有阐发，于旧解多所驳正，是一部很有价值的《楚辞》注本。《补注》中对六朝隋唐和同时人的著作也多所引用，这些著作现在都已失传，靠洪氏这部书保存了若干遗说。尤其是《楚辞释文》一书，自宋南渡以后，久已不为注家所

知,而《楚辞补注》中尚保存不少。

关于洪氏此书的撰述过程,据晁公武《郡斋读书志》和陈振孙《直斋书录解题》说,洪兴祖曾得欧阳修、苏轼、孙觉、苏颂等人的校本,互相参校,遂成定本,所以能补王逸《章句》所不足。且书成之后,又得姚廷辉本,作《考异》,附于古本《释文》之后。可见《释文》和《考异》原来都是独立成卷;但在今本《补注》中,二者俱分散在各句之下,已非洪氏原书面目。且《释文》仅存七十多条,似乎也不完全。又晁公武《郡斋读书志》著录此书说"未详撰人",不知何故;又所引作者自序,亦不见于今本《补注》中。可能因为洪氏曾得罪秦桧,故不敢举其姓名,连洪氏自序也许就因为这个缘故而被人删去了。

《楚辞补注》一书,除了在名物训诂等方面做出了不小的贡献之外,于洪氏的思想人格也往往有所表现。朱熹对这一点评价极高,他说:"洪氏曰:'佝规矩与改错者,反常而妄作。背绳墨以追曲者,枉道以从时。'论扬雄作《反离骚》言'恐重华之不累与',而曰:'余恐重华与沉江而死,不与投阁而生也。'(重华,虞舜。累,湘累,指屈原。与,赞同。投阁而生,指扬雄。)又释《怀沙》曰:'知死之不可让,则舍生而取义可也。所恶有甚于死者,岂复爱七尺之躯哉!'其言伟然可立懦夫之气,此所以忤桧相而卒贬死也。可悲也哉!"(见《楚辞辩证》)另外,《楚辞补注》在王逸后序之后,又附论班固、颜之推等人对屈原的错误评论,认为他们的议论"无异妾妇儿童之见"。这也鲜明表现了他的思想倾向。

三、朱熹:《楚辞集注》八卷、《楚辞辩证》二卷

《楚辞集注》八卷,宋朱熹著。书中从卷一至卷五,以屈原所著的

二十五篇为"离骚",其篇章及次第一仍王逸《章句》之旧;卷六至卷八,以宋玉以下诸人辞作十六篇为"续离骚",其篇章与王逸旧本有所不同,在贾谊《惜誓》之后,又增加了他的《吊屈原赋》和《鹏鸟赋》;其他汉人的作品,仅取庄忌《哀时命》和淮南小山《招隐士》,余者皆以为"辞气平缓,意不深切"而删弃不录。注释的体例是将原作分为若干章(每章四句至八句不等),然后逐章为注,先注字音,后释字义并通解章内大意。又每章均标出"赋""比""兴"等字,如《毛诗传》之例。朱熹认为王、洪二家的著作只详于训诂,未得作者意旨,所以他作《集注》,特别注意发明屈子微意,但因此也就往往导致穿凿附会。例如他说《九歌·湘君》篇"皆以阴寓忠爱于君之意",又在"桂櫂"六句下作注说"此章比而又比也。盖此篇本以求神而不答比事君之不偶,而此章又别以事比求神而不答也。"又如《山鬼》篇全以托意君臣之间者为说,"子慕予之善窈窕者,言怀王之始珍己也;折芳馨而遗所思者,言持善道而效之君也",等等,都是显著的例子。书中凡谈到君臣关系、义理性情的地方,往往不免有迂曲深求之病。又《大招》的作者,王逸谓疑不能明,朱氏则断为景差;且以宋玉《大、小言赋》为旁证,谓其中"凡差语皆平淡醇古",以此来推测《大招》亦景差所作。但《大言》《小言》乃后人所伪作,其中所引景差的话,均出自赋作者的创造。因此朱氏这一论断,可以说毫无根据。但《集注》在字句训诂和串解等方面,虽颇采前人的说法而往往比较简明透彻,有些地方态度也相当谨慎,没有把握的宁可缺而不说。有些见解也比前人更近于事理,例如《九歌》,王逸以为屈原见土俗祭祀歌舞之乐其词鄙陋而作,朱熹则以为"颇为更定其词,去其泰甚",即在原来民间祭歌的基础上,屈原作了一番加工。又如《九章》,王逸以为是屈原被放逐于江南时所作,"章者,著也，明也；言己所陈忠信之道甚著明也"；朱熹则认为"屈原既放，思君念国，随事感触，辄形于声。后人辑之，得其九章，合为一卷，非必出于一时之言"。这些见解都比较近是。所以统观全书，也有许多优点。《楚辞集注》在后世注家中影响极大，倘若我们要系统了解宋代以后的《楚辞》注释情况，也要先注意此书，才能明其源流。

《集注》之外，朱熹还有《楚辞辩证》二卷。据他自述，有些驳难考证的问题，放在《集注》中恐怕文字太繁，故别为《辩证》，以备参考。其中于王、洪旧说多所驳正，如《离骚》深责椒、兰之不可恃，王逸以为指司马子兰、大夫子椒，朱熹则认为初非实有其人而以椒、兰为名字者。又如巫咸降神一节中，叙述傅说、吕望、宁戚诸事，洪氏以为屈原语，朱熹则认为巫咸所说，都比前人正确。又他认为《离骚》中的"摄提"为星名，非太岁在寅之称，亦颇有参考价值。但如反对前人引《山海经》《淮南子》来证《天问》，认为二书本因解《天问》而作；且偏信儒家经典，不理解屈原之辞多用神话传说，则是不正确的。

四、汪瑗：《楚辞集解》八卷、《蒙引》二卷、《考异》一卷

汪瑗，字玉卿，安徽歙县人，明万历间诸生，有《巽麓草堂诗集》。《楚辞集解》今本八卷，附《蒙引》二卷、《考异》一卷。《集解》但注屈辞，而缺《天问》（从书中有关题跋看，《天问》原来也有注，后来为人匿去）；《蒙引》则仅有《离骚》一篇。关于汪瑗此书，《四库全书总目提要》有如下评论："《楚辞》一书，文重义隐，寄托遥深。自汉以来训诂或有异同而大旨不相违舛。瑗乃以臆测之见，务为新说，以排诋诸家。其尤舛者，以'何必怀故都'一语为《离骚》之纲领，谓（屈

原)实有去楚之志,而深辟洪兴祖等谓原惓惓宗国之非;又谓原为圣人之徒,必不肯自沉于水,而痛斥司马迁以下诸家言死于汨罗之诬。盖掇拾王安石《闻吕望之解舟》诗李璧注中语也。亦可谓疑所不当疑、信所不当信矣。"今按《提要》言汪"务为新说",不为无据,其所举二例,错误尤为明显。但从全面来说,《提要》的评论尚欠公允。因汪瑗此书在材料、思考两方面均用力甚勤。他的"新说",有些固然是"臆测之见",但也有不少卓越的见解。例如《九歌·礼魂》,王逸以为"祭善终者",洪兴祖、朱熹无异说;而汪瑗则以《礼魂》为前十篇的"乱"辞,此说后来即为王夫之所采用,或与之暗合。又如《湘君》《湘夫人》两篇,从来皆以舜与二妃(娥皇、女英)为说,汪独以为"湘君者,盖泛谓湘江之神;湘夫人者,湘君之夫人",说明这是神话中一对配偶神。又指出二篇的关系,前篇"盖托为湘君以思湘夫人之词,后篇又托为湘夫人以思湘君之词",此说后来为闵齐华《文选瀹注》所采用(按闵氏取汪说最多)。又《离骚》"夏康娱以自纵",前人均以"康娱"指夏太康而言,汪氏则以"夏"为"夏之子孙,指太康而言",而"康娱"二字则解为"犹言逸豫也"。后来戴震明确指出"康娱"为连文,可能也是接受了汪氏的说法。这些都是很有启发意义的解释。又《离骚》"吾令羲和弭节兮",朱熹因为不同意用神话来解释屈辞,故释羲和为尧时主四时之官;汪氏驳他说:"屈子之所用羲和,与望舒、飞廉等号一也。如以羲和不为日御,则望舒亦不当为月御、飞廉亦不当为风伯矣。"其敢于驳正旧说,往往如此。《蒙引》二卷重在辩证考释,亦因文字繁重,不宜入《集解》正文,故别为附录。《考异》则以王、洪、朱三本互校字句,但列异文而不断以己意。

五、钱澄之:《楚辞屈诂》不分卷

钱澄之,原名秉镫,字饮光,安徽桐城人,生于晚明,入清后隐居不仕,自号田间老人。《楚辞屈诂》一名《屈子诂》,与《庄子诂》合为一书,题曰《庄屈合诂》。其体例是先列朱熹及汪瑗、张凤翼、黄文焕、李陈玉等人的旧说在前,以下标出"诂曰",方是自己的意见。作者在"楚辞屈诂自引"中说,他最反对前人牵强穿凿的解释,因此他认为《九歌》"本楚南祀神之乐章,原从而改正之,虽其忠爱之思时有发见,而谓篇篇皆托兴以喻己志者,凿矣"。又说《天问》"发摅其胸中所多不可解之愤懑;而必求其义对之,以解其所不解,岂非愚乎"?又说"《九章》之义,具于命题,按题以诂,大略可见,正不俟牵强穿凿以为之也"。按牵强穿凿确是前人注骚的通病,钱氏的态度比较实事求是,这是值得肯定的。再看他所作的字句解释,一般也比较平正通达,如《离骚》"纷吾既有此内美兮,又重之以修能"二句,他说:"'内美'以质言,'修能'以才言;'重之'言既有其质,又有其才也。"又"众不可户说兮,孰云察余之中情?世并举而好朋兮,夫何茕独而不予听"四句,他说:"此亦述女媭之言,上'余'字为原言也,下'予'字自指。"又"折若木以拂日兮,聊逍遥以相羊"二句,他说:"折若木以拂日,犹麾戈以返日也。吾既至西,犹当拂日,使不遽沉,得以逍遥相羊,庶可从容以求索耳。"又如"和调度以自娱兮,聊浮游以求女"二句,他说:"'调度',指玉音之璆然有调有度也。古者佩玉,进则抑之,退则扬之,然后玉声锵鸣;和者,鸣之中节也。"这些说法都比较简明准确。但他解释《九歌》,认为"河非楚所及,山鬼涉于妖邪,不宜祀;屈原仍举其名,改为之词,而黜其祀,故无赞神之语,歌舞之事,则祀神之歌正得九章",又纯为臆测之见。但因他力戒牵强穿凿,所以过分荒谬的地方毕竟比较少见。

六、王夫之:《楚辞通释》十四卷

王夫之,字而农,号姜斋,湖南衡阳人。他在明清之际,与顾炎武、黄宗羲并以气节、学问见称。因隐居衡阳石船山,世称船山先生。《楚辞通释》十四卷,依王逸《章句》而删去《七谏》以下五篇,加以江淹的《山中楚辞》《爱远山》二篇及自己作的《九昭》一篇,共为四十四篇,各为分段立释。明末清初时,注《楚辞》的人最多,一般都通过屈原作品的注释,寄托了自己的民族思想,这一点在王氏《通释》中表现得尤为深切。如《天问》"帝降夷羿"一段,他借寒浞杀后羿事说:"盖无道必亡,虐民纵欲,虽有强力,不足凭也。"又"日安不到,烛龙何照"二句,王氏说:"天地之间,必无长夜之理,日所不至,尚或照之,见明可以察幽,人心其容终昧乎?"在当时的历史背景中,这都是有所指而发的。又自序《九昭》说:"有明王夫之,生于屈子之乡,而遭闵戢志,有过于屈者。"更明以屈子的遭际自况。至于文字训诂方面,以考释《哀郢》的创作背景最为学者称道。旧说《哀郢》"方仲春而东迁"指屈原流放而东行,王氏则以为追忆顷襄王二十一年迁都于陈事。是年秦将白起破郢,故王氏谓"哀故都之弃捐,宗社之丘墟,人民之离散,顷襄之不能效死以拒秦,而亡可待也。……曰东迁、曰楫齐扬、曰下浮、曰来东、曰江介、曰陵阳、曰夏为丘、曰两东门可芜、曰九年不复,其非迁原于沅溆,而为楚之迁陈也明甚。王逸不恤纪事之实,谓迁为原之被放,于'哀郢'之义奚取焉?"按王氏此说亦未必尽确(参看《哀郢》篇注),但指出《哀郢》与白起破郢有关系,则是有价值的创见。又王氏以《九歌·礼魂》为"前十祀之所通用,而言终古无绝,则送神之曲也",近人均以为新创,其实是采用汪瑗说而有所引申。又王氏曾疑上官大夫与靳尚为一人(见《离骚》序小注),则蒋骥《山带阁注楚辞》已辨其非。又《远游》一篇,专取道家修丹炼形之术以为解说,更是不恰当的附会。

七、林云铭:《楚辞灯》四卷

林云铭,字西仲,福建闽侯人,清顺治戊戌进士,官徽州府通判。本书自序说:"二千年中,读骚者悉困于旧诂迷阵,如长夜坐暗室,茫无所睹。……颜之曰'灯',庶屈子之文可以烛照无遗。"这就是本书命名的含义。书中单取屈原所作(包括《大招》)逐句诠释,旁加圈点,每篇各为"总论"。卷首除列《史记·屈原列传》外,又附"楚怀襄二王在位事迹考",并考订屈原生平事迹系之于后。又重订《九章》各篇的次第,自《涉江》以下,都与旧本不同。改为《惜诵》第一,《思美人》第二,《抽思》第三,《涉江》第四,《橘颂》第五,《悲回风》第六,《惜往日》第七,《哀郢》第八,《怀沙》第九。谓《惜诵》是怀王时屈原见疏之后,又进言得罪而作,那时只是见疏,并未放逐;本传说他不复在位,是不复在左徒之位,而非不在朝廷。又谓《思美人》及《抽思》都是怀王放原在外时所作,但此时是在汉北,与江南无涉;惟《涉江》《橘颂》《悲回风》《惜往日》《哀郢》《怀沙》六篇,才是顷襄王时屈原放逐在江南所作。这些说法本采自明黄文焕《楚辞听直》,虽有些地方还需要商榷,但比王逸、朱熹等人的看法又进了一步。至于《大招》一篇,他认为也是屈原所作,这虽本王逸旧说,但王逸又谓"或曰景差,疑不能明",所以后来朱熹等又肯定为景差所作;而黄文焕《楚辞听直》则断言二招均为屈原之辞,林氏此说即本于黄氏,而又详加申说,认为《招魂》是屈原自招,《大招》则屈原招怀王,"特谓之大,所以别于自招,乃尊君之词也"。这些见解我们认为有得有失。本书的注解务为浅近,有些地方亦简明可取。如释《离骚》"屈心而抑志兮,忍尤而攘诟","攘"作"取"解;又"依前圣以节中",说"节中即折中,乃持平之意"。但林氏此书,纯以点评时文的方法来解释古书,未免近于浅陋,所以《四库提要》竟称它为"乡塾课蒙之本"。

八、蒋骥:《山带阁注楚辞》六卷、《余论》二卷、《楚辞说韵》一卷

蒋骥,字涑塍,清江苏武进人。《山带阁注楚辞》六卷,自序题康熙癸巳;又有后序,作于雍正丁未,于生平遭际及成书过程有所叙述。卷端冠以《史记·屈原列传》、唐沈亚之《屈原外传》及《史记·楚世家》节略;并考屈原事迹的始末,分别系于节略之后。又附《楚辞地理》五图:一、《楚辞地理总图》;二、《抽思、思美人路图》(自注:"怀王时斥居汉北");三、《哀郢路图》(自注:"顷襄初年迁江南");四、《涉江路图》(自注:"即《招魂》发春南征时,系顷襄九年后事");五、《渔父、怀沙路图》(自注:《涉江》后事。自溆浦东出龙阳遇渔父,遂南徂长沙,卒以自沈。《招魂》'朱明承夜兮斯路渐,魂兮归来哀江南'即其时也。")又在篇目附记中说:"(屈原)作文次第,年代幽远,无可参核,窃尝以意推之……(屈原)初失位,志在洁身,作《惜诵》。已而决计为彭咸,作《离骚》。十八年后,放居汉北,秋,作《抽思》。逾年春,作《思美人》。其三年,作《卜居》。——此皆怀王时也。——怀王末年,召还郢。顷襄即位,自郢放陵阳;三年怀王归葬,

作《大招》。居陵阳九年，作《哀郢》。已而自陵阳入辰溆，作《涉江》。又自辰溆出武陵，作《渔父》。适长沙，作《怀沙》《招魂》。其秋，作《悲回风》。逾年五月沉湘，作《惜往日》。"此外在《九章》各篇的注释中对年月道里等问题又特加详辩。所以蒋氏此书，在屈原生平事迹及作品创作时地的考证方面，用力最深；有许多地方考据颇为精确，值得我们参考。《余论》二卷，主要是驳正旧注的错误，考证名物的异同。如《离骚》"摄提贞于孟陬"，朱熹以为摄提是星名，驳王逸太岁在寅之说。蒋氏则认为"摄提格"之省称"摄提"，乃"古人删字就文，往往不拘"之故，并引《后汉书·张纯传》"摄提之岁，苍龙甲寅"为证，指出"时建武十三年，（王）逸尚未生，已有此号"。至于他解释"昔三后之纯粹"句，以"三后"指伯夷、禹、稷，认为周以前诸侯皆称后，可以用来指臣下，则恐不合上下文义。又说"《离骚》以女喻贤君，以芳草喻贤臣，首尾一线，不相混淆"，也是比较主观的看法。尤奇者，他解《招魂》"魂兮归来哀江南"，以"哀江"为地名，实难令人相信。最后《说韵》一卷，分以字母，通以方音，每部列"通韵""叶韵""同母叶韵"三例，引证古书，极为繁博。明清两代的楚辞注家，或偏于破碎的训诂，或偏于迂腐的义理，而蒋氏此书则比较实事求是，征引宏富，考证详明，对《楚辞》的确下过一番比较全面深入的工夫，所以是一个较有参考价值的《楚辞》注本。

九、王邦采：《离骚汇订》四帙、《屈子杂文笺略》二帙

王邦采，字贻六，江苏无锡人。清康熙间诸生。《离骚汇订》第一帙为"卷首"，列载《史记·屈原列传》、沈亚之《屈原外传》及贾谊《吊屈原辞》，并有自作序文、书后、象赞及《读离骚绝句》等等。第

二、第三、第四帙为《汇订》正文,采王逸、洪兴祖、朱熹、徐焕龙、林云铭、朱冀六家之说,而在按语中提出自己的看法,除疏通文义外,于林云铭、朱冀之说多所驳正。王氏分《离骚》全文为三大段:自首句至"岂余心之可惩"为第一大段;自"女媭之婵媛兮"至"余焉能忍与此终古"为第二大段;自"索藑茅以筳篿兮"至篇末为第三大段。这一分段法最能说明《离骚》内容的层次,所以直到现在还多为人采用。其余字句训诂方面,有的地方亦较前人为准确,如《离骚》"览察草木其犹未得兮,岂珵美之能当"二句,前人释"当"字均患在不切,王氏则谓"当如《司马相如传》云'恐不得当也',注云,'当,谓对偶之'。珵美之能当,乃所以两美其必合也"。至如"理弱而媒拙"句,王氏认为屈原以贞而不字之淑女比隐而不仕之高人,并说"夫劝之出仕,而何以患理弱哉?盖天下莫强于理,然在治世则强,在乱世则弱"。又"和调度以自娱"句,王氏以为"言声调太高,则和者弥寡,法度太峻,则合者愈难。和其调,则不伤于促矣;和其度,则不病于隘矣"。这些话或流于穿凿,或望文生义,均不可取。《屈子杂文笺略》二帙,包括《离骚》以外的其他屈原作品。其字句解释有得有失,和《离骚汇订》大致相同。但王氏因《九章》《九辩》都是九篇,所以认为《九歌》中《湘君》《湘夫人》只作一歌,《大司命》《少司命》只作一歌,来凑合九篇的数目,则甚属无谓。又说《远游》一篇,在游过东西两方之后,因不忍南游,故由西即以及北。其实"二女御,九韶歌,使湘灵鼓瑟兮,令海若舞冯夷"等语,又何尝不是南游?所以王氏此说,亦属附会。

十、戴震:《屈原赋注》十卷、《通释》二卷,附汪梧凤《音义》三卷

戴震字东原,安徽休宁人,为乾隆时期著名学者。他解释屈原辞注重在字句训诂、名物考释,很少空谈义理的地方。如《离骚》"昔三后之纯粹",前人或以为指禹、汤、文王;或以为指少昊、颛顼、高辛。戴氏认为:"三后谓楚之先君贤而昭显者,故径省其辞,以国人共知之也,今未闻在楚言楚,其熊绎、若敖、蚡冒三君乎?"又自注说:"犹《下武》言'三后在天',共知为太王、王季、文王。"又《离骚》"恐皇舆之败绩",前人多解"绩"为功绩,戴氏则说"车覆曰败绩",引《礼记·檀弓》"马惊败绩"及《春秋传》"败绩厌覆是惧"为证。诸如此类,其训诂均在先秦古籍中有所根据。又《离骚》"夏康娱以自纵",旧说为夏太康娱乐纵放,戴氏则以为"夏之失德也,康娱自纵,以致丧乱",并说"'康娱'二字连文,篇内凡三见"。虽汪瑗已有类似之说,但戴氏证以文例归纳,自然更为可信。又《天问》题解说:"问,难也;天地之大,有非恒情所可测者,设难疑之;而曲学异端往往骛为闳大不经之语,及夫好诡异而善野言,以凿空为道古,设难诘之,皆遇事称文,不以类次,聊舒愤懑也。篇内解其近正,阙所不必知,虽旧书雅记,其事概不取也。"态度也相当谨严。至于他说《九歌》各篇是就当时的祝典为赋,非祀神所歌,与王逸、朱熹之说相异,不能令人置信。又谓屈原之歌《河伯》,大概投江之意已决,故说"灵何为兮水中",又说"波来迎""鱼媵予"云云,更属附会之谈。《通释》二卷,上卷疏证山川地理,下卷疏证草木鱼虫,考证名物,多有根据。

戴氏书《通释》之后别有《音义》三卷,乃歙县汪梧凤所作。汪

字在湘，与戴震同学，著有《松溪文集》，又撰《诗学汝为》二十六卷。据建德周氏刻本《屈原赋注》，《音义》后有汪氏自记，谓据戴君注本为《音义》三卷，体例略拟陆德明《经典释文》。今通行本删去汪氏自记，读者遂不知《音义》非戴氏所作。今观其书，音读详明，校勘精审，考证文义故实时有可取。如《离骚》"不抚壮而弃秽兮"句，汪氏以"不"字为衍文，说："按王逸云'言愿君抚及年德盛壮之时'，又《文选》注云'抚，持也。言持盛壮之年'，此汉唐相传旧本无'不'字之证。洪兴祖作补注，不详核此字为后人所加，而云'谓其君不肯当年德盛壮之时弃远谗佞也'，宋以来遂无异说。盖由'美人'二字失解，故改古书以就其谬，而不顾失立言之体。"（按胡绍煐《文选笺证》引此条，正作汪梧凤《离骚音义》，亦可证《音义》确为汪氏所著无疑。）又《天问》"逢彼白雉"，汪氏引汲冢古文昭王伐楚，天大噎，雉兔皆丧事为解，与徐文靖《管城硕记》不谋而合。凡此均足资读者参考。

附录二

宏微兼观，文史融通
——金开诚《楚辞》研究论析*

周建忠（南通大学文学院）

金开诚，1955年毕业于北京大学中文系，1959年至1965年，担任著名楚辞学大师游国恩先生的助手，协助游先生编撰《楚辞注疏长编》，并为游先生起草"知识丛书"《屈原》（中华书局1963年初版，1980年修订重版），积累了丰富的资料，打下了坚实的根基。"文化大革命"结束后，又为游先生主编的《楚辞注疏长编》第一编《离骚纂义》（中华书局1980年版）、第二编《天问纂义》（中华书局1982年版）作修订、补辑工作，使之付印出版。金开诚满怀深情地说过："我涉猎楚辞虽然较久，但主要是做助理工作，过去的一切成果都应属于游国恩先生。"（见金开诚先生1989年12月28日致笔者信）1979年5月，他完成了"中国古典文学普及读物"《楚辞选注》（北京出版社1980年版）的编撰工作。此后，在《文史》《文学遗产》《中国古典文学论丛》《古籍整理与研究》《文史知识》等刊物上相继发表了一系列研究论文，先后

---

* 此文系此次出版新增文章。

出版了《文艺心理学概论》《文艺心理学论稿》《艺文丛谈》《历代诗文要籍详解》《屈原辞研究》《屈原集校注》等学术著作。这些成果，奠定了他在楚辞学界的特殊地位。1986年6月中国屈原学会第二届年会公推他担任中国屈原学会学术委员。

面对这样一位"正宗"的典型的"学院派"学者，本文所要重点评述的是金开诚在坚实的旧学功底的基础上，主动、自觉地吸收、运用"新方法"，以其一系列引人注目的可贵探索获得进展，横跨"楚辞"与"文艺心理学"两个领域，相互发明，渗透融通，对古代作家、作品作出新颖可喜的阐释。

一

在《楚辞选注·前言》中，金开诚公开说明："本书的注释极少新意。选注者所做的一点微小工作，只不过是选择介绍古今学者已经做过的解释。"但此书一出，一版再版，备受欢迎，历久不衰。究其原因，亦如作者所言："详尽通俗，争取给读者少留难点。"关于这一点，笔者亦有体会。1981年笔者在南京师范学院随刘盼遂弟子叶晨晖先生、胡小石弟子吴锦先生学《楚辞》，将古今选本、注本四十余种做比较、对勘，特别是把当代近二十种普及本作对比分析，觉得各有特点，郭沫若"今译"，实际上是"诗人的再创造"；文怀沙"今译"，是一种"结构调整"后的"再现"；马茂元选本，解释往往"有字无句"；姜亮夫"校注"，学术性尤强；聂石樵"新注"，过于简略；《离骚纂义》，又过于浩繁。当时感到，特别利于初读的《楚辞》入门书，以金开诚此书为宜，因为作者对"原作中的大部分句子，基本上以两句为单位作了串讲"，或直译，或意译，或释意，或提示，平和、具体、实在，往往扣住原文进行阐释，多解人颐。

《楚辞选注》卷首为"前言",次为作品注析,选录凡18篇,即《离骚》,《九歌》之《湘君》《湘夫人》《少司命》《东君》《山鬼》《国殇》,《天问》,《九章》之《橘颂》《抽思》《哀郢》《涉江》《惜往日》《招魂》,《渔父》,《九辩》,《吊屈原》,《招隐士》,末附"《楚辞》注本十种提要"。"前言"为该书总论,第一部分介绍"楚辞"含义,以为有三重:(1)它指的是出现在战国时代楚国地区的一种新的诗体;(2)它也指战国时代一些楚国人以及后来一些汉朝人用上述诗体所写的一批诗;(3)它也指汉朝人对上述这一批诗进行辑选而成的一部分。第二部分介绍"屈原",主要从三个方面分析其对人民群众的态度、对楚国的热爱、政治变革的要求。第三部分介绍屈原作品的艺术成就,积极浪漫主义的创作方法、比兴的艺术、诗歌语言的特点。第四部分说明本书体例,介绍版本来源、繁简字处理、校勘范围、注音情况、注释安排。

　　《楚辞选注》的正文部分为楚辞作品注释,分为"题解""原诗""注释""段意"四个部分。"题解"主要包括释题、内容简析、艺术提示、文学史意义,有时涉及作品的成因与创作时地。总体来看,金氏往往用浅近通俗的语言,介绍基本上为学术界所接受的学术观点,深入浅出,平和简练,流畅自然。有时也会不动声色地插入自己的学术思想,或提出新见,或概括得体,或分析透彻,或暗中提示,而且与前后介绍大致融合,前后连贯。因此,在平和中肯的叙述里体现自己的学术见解,是本书注释的一个重要特点。如《离骚》题解云:"由于《离骚》的创作密切反映了楚国当时的政治现实,作者在强烈的政治倾向的推动下,又创造性地在抒情叙事中融进了说理的成分,因而使全诗具有鲜明的政论性。"又如《山鬼》题解云:"《山鬼》是对山神的祭歌","它的祭祀对象,是某一座山的某个具体神灵。"又如《国殇》,金氏云:"至于具体的祭祀对象,一般都认为是'战士',从实际内容来看,所祭的应是一位主将。但本篇以主将为中心而写了整个战场的情况,因此也就包含了对广大战士的歌颂。"金氏既提出自己的看法,又细腻、具体地阐释了两说之间的区别与融通,这与一般研究者弘扬己说驳斥他说、仿佛两说势不两立的处理方法迥然不同,更为高明、巧妙。又如《九章》,金氏认为,屈原所写的九篇作品"之所以被编在一起,大约和古代文书用绢帛或竹简书写有关"。再如对《抽思》介绍说,屈原在篇中对郢都表现了强烈的思念,"这种思念的实际含义,是迫切要求回到政治斗争的第一线上去,以实现他改革楚国政治的进步理想"。再如《九辩》,金氏说宋玉"在大量抒写的个人失意和悲愁中,也交织着对楚国命运的关心,又因为他的抒情大致是以实际的遭遇为基础,所以显得情真词切"。关于《九辩》的分章,金氏介绍朱熹分为九章的方法,在文义上比较恰当,但又提示读者,"这与篇题《九辩》之'九',并无必然联系"。这一提示,显示了金氏的良苦用心,的确有读者甚至有一些学者认为《九辩》写了九章。这一提示被吴广平《白话楚辞·九辩》直接过录[1],可见学术界对其重视。

  《楚辞选注》"题解"对作品艺术特色、文学史意义的分析或提示,亦颇精当、恰切。如《离骚》题解云,"《离骚》的出现,的确在中国文学史上标志着诗歌创作进入了新的时代"。如"二湘",金氏既认为是"楚人心目中的湘水配偶神","是古代人民在想象中把湘水加以人格化的结果",同时又指出,"由于虞舜和娥皇、女英的悲剧传说的制约,湘君、湘夫人的关系也被写成彼此热烈相爱而终究无缘会合"。又如《抽

---

[1] 吴广平:《白话楚辞》,岳麓书社1996年版,第254页。

思》,金氏认为,此篇"倡"中,"已经把抒情的笔触深入到潜意识的活动,大大加深了对现实矛盾和诗人的政治热情的表达"。《涉江》中"描写山水景物,虽似荒无人烟,却幽深清峻,并无感伤的阴影,这就很好地衬托诗人倔强而孤独的形象"。又如《惜往日》,"语言特别质直,作者自称为'贞臣',而直斥顷襄王为'壅君',倾向性非常鲜明,这对于了解作者思想感情的变化也是有意义的"。这一提示,开当代学者"屈原思想发展研究"的先河。

《楚辞选注》尽量考虑到初学者、一般读者阅读古代作品的困难,在注释中追求通俗、详尽,串讲明晰,概论句意尽量采用"直译"。便于一般读者"入门"是此书的另一个重要特点。基本上每句加注,先注字、词,同时为难读的字括注读音,而且是先拼音后直音,进而分两句或四句为组,对诗歌内容进行串讲,凡用"以上二句说"提示的,则为直译,如注《东君》"杳冥冥兮以东行"句:"杳(yǎo)冥冥:深沉而昏暗的样子,形容夜空。以上二句说我握住马缰绳驰骋飞翔,在暗沉沉的夜空中向东方驰去。"而用"以上二句意思是"提示的大体是意译,如《东君》"夜皎皎兮既明"句:"皎皎(jiǎo):同'皎皎',明亮的样子。以上二句意思是太阳缓缓升起,夜色已退去,露出明亮的曙光。"而何时用直译、何时用意译,往往视篇、视句而定。如自传体政治抒情诗《离骚》,主要直译,偶尔意译;象征性作品《橘颂》,则主要用意译,间用直译。注释中凡涉及楚国方言的,均一一指出,如《离骚》中的"扈""汩""搴""凭""羌""謇""媭""婵媛(啴咺)""邅"等;凡涉及文义诠释而不得不校改的字,均在注文中说明版本根据。在注释中,凡是不能确解的,则用"不详"标之,这在《离骚》《抽思》《天问》《招魂》《招隐士》中均有反映,而尤以《天问》为著。具体处理又分为两种类型,如《抽思》"宿北姑兮","北姑:地名,不详所在。由文义推测,当在今湖北襄阳西北的汉水北岸"。第二种类型是点明"不详"后,援引他说以供读者参考,如《天问》"中央共牧,后何怒?蜂蛾微命,力何固",金氏注前二句云:"以上二句不详。近人马其昶认为是指西周厉王、宣王之间的共和执政……马氏之说可供参考。"注后二句云:"以上二句所指不详。"接着援引了郭沫若的译文,未作评述。这是一种值得肯定的朴学传统,实事求是,客观审慎,在某种情况下,"存疑"比自以为是、强作解人更为可取。此种处置方法,在如今的众多注本中,几近绝迹。

金氏是较早运用系统论的方法研究《九歌》演唱方式的学者。在《楚辞选注》中,他认为《东皇太一》主巫不唱不舞;《云中君》《大司命》《少司命》《东君》都是主巫与群巫轮番作歌,并伴之以舞;《湘君》《湘夫人》《河伯》《山鬼》《国殇》均为主巫独唱独演。金氏正是以这一观点来注释本书所选《九歌》中的六篇作品的,《少司命》《东君》为主巫与群巫对唱,《二湘》《山鬼》为主巫独唱,唯《国殇》释为对唱,"操吴戈兮"一节为主巫独唱,"出不入兮"一节为"群巫合唱的颂曲"。

这本选注实际上是金开诚厚积薄发、举重若轻的第一个"拳头产品"。

二

在"古典文学宏观研究热"逐步冷却、淡退的今天,尤其有必要介绍金开诚的楚辞研究。不少楚辞学者曾多次致函笔者,提到"学风"与"深入"之关系,的确深有同感又令人担忧。不少新论完全是"空中楼阁",在原作、原句、原字的理解上犯了许多常识性错误。不读书,不认真读书,不读懂书,不读通书,似乎成了时下值得注意的通病。而金开诚的可贵实践——不惜屈尊、放下架子，从原作入手，逐一过关，力求读懂读通，对如今端正学风颇有借鉴意义。他认为，"读通之后才谈得上思想的理解与艺术的欣赏"[1]，旧注的失误是极为严重的，因此长期影响了对作品的阅读与欣赏。当然，这是一个浅显、明白的道理，但问题是这人人明白的道理往往又为大多数人所忽视。而金开诚则高度重视，力求读"通"原作，纠正旧注之误。如《离骚》写"周游求索"（"朝发轫于苍梧兮……余焉能忍与此终古"），一般学者都理解为想象——屈原不可拘纼、天马行空地骋驰想象，很少去辨析作品具体的逻辑结构，金开诚却从清人谢济世《离骚解》得到启发，认为这儿在叙事上表现了一个时日的程序，共写了三日，每次从早上出发说起："第一日：朝发轫于苍梧兮……第二日：饮余马于咸池兮……第三日：朝吾将济于白水兮……"从而得出结论，屈原实际上毫无拘束地对自己的想象活动进行了自觉的选择和整理，表现为完全合乎逻辑的时序发展和空间转换。这就纠正了清人徐焕龙《屈辞洗髓》、朱冀《离骚辩》、段玉裁《说文解字注》的句义阐释错误。不过，金开诚还不仅仅拘泥于句义、文句的串释，一方面，他精微、细致地析出差别，言明周游为三日行程；另一方面，又揭示屈原的用意：是为了清晰显示叙事、抒情的层次，以一再表现从早到晚的追求，来概括他当时倾其全力于探索政治出路的处境与心情。[2]

关于《九歌·少司命》的解读，也是金开诚微观研究的突出成绩。

---

[1] 金开诚：《系统方法与〈九歌〉分析》，《中国古典文学论丛》第5辑，人民文学出版社1987年版。
[2] 金开诚：《〈离骚〉"周游三日"辨》，《北方论丛》丛书第3辑之《楚辞研究》，哈尔滨师范大学印刷厂1983年版。

他认为《少司命》是饰为少司命神的主巫与群巫的对唱,层次的划分应依据文义的分析与字句的重复与呼应:

1. "秋兰兮麋芜"四句与"秋兰兮青青"二句重复,说明二段必出于对唱双方之口,前者是群巫描述祭坛布置,后者是主巫临坛所见;

2. "入不言兮出不辞"之"入""出",表明少司命之做客口气;"倏而来兮忽而逝"之"来""逝",是与前者呼应,则为群巫之言;

3. "君谁须兮云之际"与"与女沐兮咸池"是问答关系;

4. "美人"凡两见,必出于同一人之口,即主巫;

5. "荪"凡两见,必为群巫之词。

根据以上原则,金氏将《少司命》分为五段,即群巫合唱的迎神词、主巫独唱的临坛词、群巫合唱的问词、主巫独唱的答词、群巫合唱的送神词。[1]

常常听到一些六十岁上下的学者谦称或埋怨:论旧学功底,比不上更老一辈学者;论接受西方进步文艺理论,又比不上头脑敏捷、外语熟练的青年学者。特殊的生活经历与时代影响,的确给他们的学术研究带来许多困难,但这一代学者扎实、从容、承前启后的执着追求,又是别的年龄档次的学者所不能替代的。金开诚的研究实绩则又表明,他是这一档次学者中的突出代表:拥有扎实的旧学基础,熟悉传统治学的手段、方式、方法,但又不满足于旧学门径,总是站在历史与时代发展的高度,利用旧学根底,作更新、更深的探讨。他提出的中肯、平和、持重、严密的结论,不仅会引起学界的密切注视,而且也给人以方法论的启迪。

---

[1] 金开诚:《〈九歌·少司命〉的解释与欣赏》,《文史知识》1981年第5期。

比如，关于《离骚》的创作年代、写作时间，历来是屈学研究的热点与难点之一。金开诚对此也做过认真、严肃的考证，他的结论是：1.通过汉人旧说的一致性肯定《离骚》作于怀王时代；2.通过《离骚》内容分析，确定其作于楚怀王二十四、二十五、二十六这三年之中；3.这时屈原的情况是：被疏以后又经历了较多的斗争，他有行动的自由，尚未离开郢都，还保持着继续"求索"和斗争的精神状态，是一个四五十岁的人。对于金开诚这一结论的可靠性，我们只能提供一个参照：大致与浦江清、逯钦立、孙作云、詹安泰、胡念贻诸人的说法相近，但在方法论上却有相当的价值与意义：1.承认《史记·屈原列传》的记述矛盾并揭示矛盾之由来；2.总结出汉人记述屈原的原则与特点：宏观上可信，微观上不可句句当真；3.以汉人旧说考定大体时代，以作品内证考定具体作年。[1]这样的研究方法，与回避或曲说《屈原列传》的矛盾、沉迷于汉人诸说而不能自拔、内证外证抓住一面不及其余的做法，其层次、角度、气魄、境界自然不同。

金开诚对汉代楚辞学的考述，也具有宏观把握、微观分析的特点。他论定了汉人对屈原及其辞作的认识和研究的功绩，又指出汉人在认识和研究中也存在着明显的错误：即解释屈原的辞作总要同屈原生平事迹三大要点联系起来，犯了"重点扩散"的毛病，从而造成一定的混乱。这一倾向开始于贾谊，强化于司马迁，到了王逸则发展到了最为严重的地步。[2]

在众多的汉代楚辞学研究论文中，金文显得相当出色，超出他人之

---

[1]金开诚：《〈离骚〉创作年代考》，《北京大学学报》1983年第3期。
[2]金开诚：《论汉人对屈原及其辞作的认识和研究》，《文史》第25辑，中华书局1985年版。

处首先在于：以历史的、确凿的、辩证的材料与眼光去评判汉人的功过得失，与人们对刘安、司马迁、王逸等人赞誉有加的"一边倒"迥异其趣。尤其是对于王逸，金文认为："他的《楚辞章句》既总结了汉人研究屈原的主要成果，也集中了他们在认识上、方法上的主要缺陷。"这一结论恐怕更接近事实本身，而且公正、客观、高人一筹。其次，从体贴、谅解的角度对汉人"重点扩散"的原因做了分析，这比上纲上线、论家论派、高度推崇司马迁、过分贬斥班固、扬雄的处理方法，更为中肯、贴切。

金开诚在考据方面最突出的成就，表现在对《天问》错简的整理上。他注意两种方法的调剂、协调、融通。他认为，今本《天问》确有错简，而非原辞无序；在没有条件进行正规校勘的情况下，采用"归类列序法"把《天问》的商周史事部分（共132句）制成一个调整的模式。[1]进而通过对模式的模拟，对《天问》的夏朝史事（包括神话和传说）部分（共84句）作错乱之辞的调整。从而得出结论：《天问》本来是一篇严密有序的辞作；关于夏、商、周史事的提问显得集中、连贯，而且有规律可循，如对夏、商、周三朝都只问一头一尾，问过开国情况即问衰亡之事；关于自然界的种种提问（一百多句），基本上是两句一问，各个疑问之间也基本上没有联系；两种不同的提问方法，既取决于所问的内容，又反映了思维的节奏。二者不容相互交织的内在逻辑特点，是分类整理、调整《天问》错简的主要依据。[2]经过金开诚的调整、梳理，消除了《天问》阅读上的迷雾，摆脱了人们推崇之余的困惑。金

---

[1] 金开诚：《〈楚辞〉二题》，《古籍整理与研究》第1期，中华书局1986年版。
[2] 金开诚：《〈天问〉夏朝史事错简试说》，《古籍整理与研究》第5期，中华书局1990年版。

氏在选注《天问》时言"不详"者凡十处[1]，足见其态度严谨、谦和、实在；而我们再来读他调整之后的《天问》，则有涣然冰释之感，再现了《天问》有序可解的历史风貌。假如胡适先生健在，能够看到金氏调整后的《天问》，恐怕再也不会发出"文理不通"的感慨。[2]

三

在中国大陆，1985年以来兴起的"方法论热"与观念更新，是对学者冲击最大的一次文化思潮。不管各自的态度如何，实际上均经受了一场洗礼与考验，在实践中有意无意地做了尝试与运用。金开诚在这个潮流中，没有守旧抵制，也没有趋赶时髦，他认为学术研究的目标多样化、学者多样化、智能结构多样化、信息多样化，决定了各自的方法选择，应该兼容并包，各展所长。[3]他撰文分析过系统论与文史研究的关系，认为系统论注重整体、联系、预见与效率，比较适于当前世界学术的发展潮流，便于融汇各种新的学术成果和使用新的技术手段，所以从方法上较为符合信息时代学术更新的要求。他还提出了许多有实际参考价值的意见，如"全面发展为体，扬长避短为用"，"注意发挥个人的能力长处，形成适合于本身特点的工作方式和学术风格"，"要坚持运用连绵不断的职业思维与职业敏感，争取随时随地得到有益的启示，出现有价值的思想或找到有用的材料"。[4]这篇文章后来被读者推荐为《文史知识》"好文章"之一，在青年学者中影响较大。[5]

其实，金开诚关于方法论的探求，早就开始于文艺心理学的研究，

---

[1] 金开诚：《楚辞选注》，北京出版社1980年版。
[2] 胡适：《读〈楚辞〉》，《胡适古典文学研究论集》上册，上海古籍出版社1988年版。
[3] 金开诚：《兼容并包　各展所长》，《文史知识》1985年第10期。
[4] 金开诚：《系统论与文史研究》，《文史知识》1984年第6期。
[5]《文史知识》编辑部：《第二次征求意见致读者》，《文史知识》1985年第10期。

他的《文艺心理学论稿》是中华人民共和国成立后第一本文艺心理学论著,其中许多例子来自作者非常熟悉的楚辞;同时,文艺心理学的钻研、建构,又提高了他楚辞研究的水平,可以高瞻远瞩、娴熟自如地去解决楚辞中的疑难问题,发前人所未发,或将前人已经涉猎的成果上升到系统的理论高度。在这方面,他是主动、积极地提倡将新方法运用于古老的楚辞研究的,并且破除保守、等待、观望、随俗的落后意识,身体力行,大胆而谨慎地尝试,开风气之先。比如屈辞超现实想象对古代神话的继承,是国内外研究者一致强调的问题,但始终未能从艺术思维发展的角度来揭示两种超现实想象作为艺术思维经验的根本区别,金开诚《论作为艺术思维经验的屈辞超现实想象》一文,则从神话、《诗经》、屈辞的纵向比较中,揭示了屈辞自觉的超现实想象的特点与性质,指出这已成为一种既有创新意义而又相当成熟活跃的艺术思维经验。继而通过古代神话与屈辞超现实想象的横向比较,突出屈辞自觉的超现实想象的价值与意义:思维经验的承传性、神话天地的再造性、认识容量的扩张性、抒情述志的自觉性。[1]再如,金开诚认为《离骚》在整体上是"三段、两线、一结"的结构。"三段"即王邦采"三段"说;"两线"即两个"主题旋律"(一是通过君主由上而下实行变革,二是集结志同道合的人互相扶持、共张声势);"一结"即"乱辞"。并提出"牢牢把握这两个'主题旋律',乃是读通《离骚》全文的关键"。[2]关于王邦采的三段说,王锡三有过质疑,不同意王氏第一大段"全文已包举"的分析,认为三大段分别记叙了三个不同时期(从

---

[1]金开诚:《论作为艺术思维经验的屈辞超现实想象》,《北方论丛》1984年第2期。
[2]金开诚:《〈离骚〉的整体结构和求女、问卜、降神解》,《文学遗产》1985年第4期。

政、流放、殉国)的思想斗争。[1]这是笔者也不能同意的结论。而金开诚认为,《离骚》第一大段已经充分表现了的两个"主题",也必然要在第二大段中"变奏"重现,"叩阍见拒"即为第一"主题"的"变奏","求女不成"显然就是第二"主题"的"变奏";第三大段只不过是两个"主题"的又一次变奏,问卜是要解决寻求伙伴的忧疑,是第二"主题"的"变奏",降神是要解读不得于君的忧疑,是第一"主题"的"变奏"。由此可见,金氏的"变奏说"尚能自圆其说,而且沟通了全诗,做到句句落实。也许过分指实了,或者关于"两个主题旋律"的扩散与通用,他人还有一些不同看法,但从宏观上来看,金氏的"变奏"说有很大的针对性,切合《离骚》全诗的特点。

金开诚"两法"轻捷、古今融通的最引人瞩目的成就,还体现在其《九歌》的系列研究之中,代表了他在这方面探索的最高水平。这儿不妨先对《九歌》的研究做些回顾与分析,《九歌》不同于《离骚》《九章》,题旨隐约,情思绵渺,艺术气氛浓烈,最得文人赏玩,然亦歧义纷纭,难点颇多,历来是一个研究的热点。据笔者统计,1949年至1990年之间,仅《九歌》总体研究的论文就发表了148篇之多,还出版了4部研究专著[2],从不同角度对《九歌》作系列研究的作者有萧兵、汤漳平、易重廉、赵逵夫、李延陵、程嘉哲、龚维英、张国荣、刘操南等。从如此热烈的整体气氛中,再来看金开诚的《九歌》研究,则能揭示其总体特点:其一,金氏论文虽然只有三篇,即《系统方法与〈九

---

[1] 王锡三:《王邦采"三段说"质疑——谈〈离骚〉的构思》,《天津师大学报》1985年第2期。
[2] 周勋初:《九歌新考》,上海古籍出版社1986年版;林河:《〈九歌〉与沅湘民俗》,生活·读书·新知三联书店1990年版;黄士吉:《古剧九歌今绎》,延边大学出版社1988年版;孙常叙:《楚辞九歌整体系解考证》,吉林教育出版社1990年版。

歌〉分析》[1]《〈九歌〉的体制与读法》[2]《〈九歌〉的性质与作用》[3]，却涉及了《九歌》研究中的所有疑难，覆盖面广；其二，角度新颖，方法较新，整体思路是全新的，具体论证又是平实、朴素、本色的；其三，互相勾连，自圆其说，言必有据，持之有理，容易为人们所接受；其四，尽量恢复到屈原时代的原貌，从动态发展中揭示那个时代横断面的性质。

金开诚的《九歌》研究，主要论点是：

1. 现存《楚辞·九歌》是一套完整的乐歌歌词，是用于国家祀典的乐神之歌，它不是祭礼中的正式祷词，而是作为祭礼余兴的娱乐性歌舞。

2. 《九歌》只能是屈原任三闾大夫期间为楚国宫廷祭神之后的娱神活动修改加工的乐歌，而不是屈原个人的抒情诗。《九歌》中有屈子思想、性格、情感、意趣的自然流露，而不是屈原有意要借《九歌》来表现自己的经历与遭遇、怨愤与企求。

3. 《九歌》由于经过了屈原较大幅度、较为全面的修改加工，因此《九歌》十一篇才在丰富多彩中呈现着内在的统一，运用不同素材、祭祀不同对象而达到相同的水平。

4. 《九歌》除"终礼之曲"《礼魂》之外，分为"天神之曲"和"地祇人鬼之曲"两组，体现了祭祀的不同规格与不同体制。"天神之曲"五篇，即《东皇太一》《云中君》《大司命》《少司命》《东君》，基本

---

[1] 金开诚：《系统方法与〈九歌〉分析》，《中国古典文学论丛》第5辑，人民文学出版社1987年版。

[2] 金开诚：《〈九歌〉的体制与读法》，《文史》第17辑，中华书局1983年版。

[3] 金开诚：《〈九歌〉的性质与作用》，《古籍整理与研究》1987年第2期，中华书局1987年版。

上是由饰为天神的主巫与代表世人的群巫轮番歌舞与演唱;"地祇人鬼之曲"五篇,即《湘君》《湘夫人》《河伯》《山鬼》《国殇》,基本上是饰为神灵的主巫的独唱,其间既没有主祭者参与,也没有屈原的介入。

5."天神五曲"中的情爱,并不是男女爱情,而是天神与世人之间的友爱;"地祇四曲"(《国殇》一篇祭祀人鬼除外),无一例外都有谈情说爱的内容,但那是地祇与地祇之间的爱情(湘君与湘夫人相爱,河伯与其女伴相爱,山鬼与其男友相爱),与巫者、世人、屈原均不相干,绝非神人相爱、神巫相爱。

6.《九歌》作为乐神仪式歌的体制,决定了在表演空间上具有立体性,对后世歌舞剧的产生与发展有深刻的影响,而尤以歌舞表演的写意与象征性质为著。但如果竟把它看成歌舞剧的剧本,则又似乎太过,因《九歌》虽有某些戏剧因素但基本上没有冲突与情节。

在对金开诚的《九歌》成果做理性评判之前,我们不妨先做一点比较。关于《九歌》之"神神之恋"、戏剧因素,萧兵曾做过相近的探讨[1];关于《九歌》的宫廷性,马其超、郭沫若、陈子展、闻一多、孙作云、汤漳平等人从不同角度做过探讨;关于《九歌》的思想意义,包景诚《论〈九歌〉的思想意义》[2]、孙元璋《〈九歌〉思想内容简论》[3]、赵沛霖《〈九歌〉同是对自然和人的赞歌》[4],也分别有所论列。只不过,即使以上学者的某些成果与金文相近、相似或有部分相同,也无法替代

---

[1] 肖兵:《论杀人祭神,人神恋爱——九歌十论之七》,《社会科学辑刊》1979年第5期;萧兵:《论〈九歌〉不是原始戏剧——〈九歌十论〉之八》,《黑龙江大学学报》1979年第4期。
[2] 包景诚:《论〈九歌〉的思想意义》,《屈原研究论集》,长江文艺出版社1984年版。
[3] 孙元璋:《〈九歌〉思想内容简论》,《文学评论丛刊》第18辑,中国社会科学出版社1983年版。
[4] 赵沛霖:《〈九歌〉同是对自然和人的赞歌》,《锦州师院学报》1986年第2期。

金开诚的独立探讨。这是因为金氏的系列研究，是有自己的严密体系的，能自圆其说，自成一家，而且在细微之处，总能显示出同中之异。如金氏论《九歌》之"神神之恋"，仅限制在"二湘"《河伯》《山鬼》四篇之内。他不承认《九歌》的戏剧说，但反复强调"立体性"的特征及其意义。他认为《九歌》是官廷祭祀的乐章，但又提出属于祭礼余兴的娱乐性歌舞；这一见解不仅新颖，而且从《九歌》性质的认定上揭示出《九歌》作为祭歌与娱神的双重特征；这一突破性的进展，是对《九歌》研究做出的重大贡献。他不同意《九歌》作为祭歌的直接功利性，也不同意思想感情的比兴寄托，只是提"流露""自然流露"，认为"读者可以看到诗人对人民命运的美好祝愿，对生活的热爱，对楚国文化习俗的尊重与理解，对优美山川的敏锐感受"，这儿值得肯定的是"读者可以看到"这一提法，而不是"诗人表达了"这主动性、主体性的表述，只是从客观上去体认。所以我们说，金开诚在旧学功底上采用"新学"，有如猛虎添翼，大大推动了研究的深入，他的结论既有综合、梳理，又有融合、创造。特别是"祭礼余兴的娱神歌舞"这一新见，比王逸以来的各种说法更加合情合理，许多难解之谜由此可以解开。

至此，我们再来分析金开诚关于《九歌》系列的研究方法。第一，以系统论的观点确认《九歌》也是一个封闭、有序的系统；综合汪瑗、王夫之、蒋骥三说与《礼魂》的内部信息，确定《礼魂》为前十篇表演完毕之后所演奏的终礼之曲；据洪兴祖《楚辞考异》"一本自《东皇太一》至《国殇》上皆有'祠'字，从版本上证明前十篇为专祀之典；据《周礼·春官宗伯》与古书错简规律，确定《九歌》的序列是按照天神、地祇、人鬼这些祭祀对象的身份地位排列的。第二，以《离骚》《天问》印证屈原对《九歌》的认识同于《山海经·大荒西经》，从而确认《九歌》作为乐歌的娱乐性质,屈原只是整理、加工而非个人创造。第三,选择《少司命》为模式[1],根据对唱情况找出《九歌》中的对唱法则,进而从正面运用模式所提供的经验,确定《云中君》《大司命》《东君》的对唱序列,从反面确认祭祀地祇、人鬼五篇的独唱结构,揭示出《九歌》的不同体制与风格。这样的方法、途径,也是当今学者很少使用的,所以特别富于融合、探索意义。

总之,金开诚的楚辞研究非常具有个性,容易为新老学者、传统与开放之学者双方所接受。其实他的研究领域和方式也是相当广阔、多样的,在形式上有汇注、选注、校注、论文集种种,在内容上有《离骚》研究、《九歌》研究、《天问》研究、整体研究、基础研究、楚辞学史研究等等。即使是普及的、熟悉的题目,也能发掘其时代的思想意义,作出高于前人的新阐述。

如果要指出金开诚楚辞研究的不足的话,笔者反复思考,只有一点:就是他对前人、对当代名家诸说非常熟悉,论述中引证、驳难、评判、发挥颇多,但对当代一般学者,尤其是20世纪80年代以后的研究成果,似乎很少注意。这儿仅举一例,他在1984年11月改定的《〈九歌〉的性质和作用》一文中,说了这样一句话:"若是采用多数研究者所持的'因白起破郢而作《哀郢》'说,则屈原是在顷襄王二十一年作《哀郢》的。"[2]事实上这里的"多数研究者",实际上是指郭沫若及其追随者。郭氏看错了王夫之的解释,早在1979年至1981年之间,张叶芦、熊任望、钱贵成、潘啸龙、章培恒等五位学者不约而同地对此做了辨难,在学界影响很大。根据他们的充分论证,因白起破郢而作

---

[1] 金开诚:《〈九歌·少司命〉的解释与欣赏》,《文史知识》1981年第5期。
[2] 金开诚:《〈九歌〉的性质与作用》,《古籍整理与研究》1987年第2期。

《哀郢》,《哀郢》作于顷襄王二十一年之说,显然不能成立。可惜金文仍采用了被人们驳得痛快淋漓的郭说。

(原刊载《北京大学学报》1992年第5期,此为作者最新修订版)

修订重印后记

《楚辞选注》要第三次印刷了,谨在此向广大读者及负责编辑出版的同志恳致谢意。

从第一次印刷到第二次印刷,仅有两处改了注释的标点,一处改了注音的标号,因此未另加说明。

这一次乘第三次印刷之机,对《九歌·国殇》的注释作了一些变动。原来认为此篇两段分别为主巫、群巫所唱;后来在研究中确定,《九歌》中只有祭祀天神之曲,才由主巫、群巫共同表演:其中《东皇太一》一篇,主巫仅饰为天帝,出现于祭坛,并不歌舞;《东君》《云中君》《大司命》《少司命》四篇,则是饰为天神的主巫与代表人间祭者的群巫轮番歌舞,而祭祀地祇、人鬼的五篇,则只有主巫所饰的神鬼独唱独舞。最后第十一篇《礼魂》乃是群巫所唱的送神之曲(说详拙作《九歌的体制与读法》,见《文史》第十七辑),《国殇》既为祭祀人鬼之篇,显然不应注为主巫、群巫的轮唱,因此作了数处修改。

《楚辞选注》出版后,曾收到许多读者来信,谨此致谢,并希续加指正。

1984年3月